Tödlicher Sog

Walter Millns wurde 1963 in London geboren. Er wuchs in Graz und Olten auf. Heute lebt er mit seiner Familie in Schaffhausen. Er schreibt, inszeniert, zeichnet und hat dafür schon Preise gewonnen. Im Sommer schwimmt er im Rhein, im Winter spaziert er am Ufer entlang.

WALTER MILLNS

Tödlicher Sog

KRIMINALROMAN

emons:

Bibliografische Information der Deutschen Nationalbibliothek
Die Deutsche Nationalbibliothek verzeichnet diese Publikation in der Deutschen Nationalbibliografie; detaillierte bibliografische Daten sind im Internet über http://dnb.d-nb.de abrufbar.

FSC
www.fsc.org
MIX
Papier aus verantwortungsvollen Quellen
FSC® C083411

Umschlagmotiv: photocase.com/David Dieschburg
Umschlaggestaltung: Tobias Doetsch
Gestaltung Innenteil: César Satz & Grafik GmbH, Köln
Lektorat: Irène Kost, Biel/Bienne (CH)
Druck und Bindung: CPI – Clausen & Bosse, Leck
Printed in Germany 2015
ISBN 978-3-95451-688-9
Originalausgabe

Unser Newsletter informiert Sie
regelmässig über Neues von emons:
Kostenlos bestellen unter
www.emons-verlag.de

Für Mam, Dad, Joana, Sabine, Ivy und Funny

1

Aus dem Hinterhalt fielen kalte Tropfen durch die Nebeldecke auf den gefrorenen Boden. Innerhalb von Minuten erstarrte die Welt in klirrendem Eis. Oliver Roth steuerte den Peugeot in eine Parklücke und liess den Motor absterben. Die Lüftung der Heizung verstummte. Das Wasser hatte die Konsistenz von Gelatine und glitt an der Windschutzscheibe hinunter. Darin brach sich das Weiss der Strassenbeleuchtung. Er liess die Hände vom Steuerrad in den Schoss sinken und lehnte den Kopf gegen die Nackenstütze. Mit Daumen und Zeigefinger zog er die Augäpfel gegen die Nasenwurzel und rieb. Die Dunkelheit dahinter explodierte in gelben und blauen Flecken.

Der Briefumschlag lag auf dem Beifahrersitz. Roth kontrollierte, ob alle Informationen darin verstaut waren. Dann klebte er den Umschlag zu und öffnete die Autotür. Eis bedeckte den Asphalt. Er schob den Brief unter den Mantel, um ihn vor dem Regen zu schützen. Der Brief verschwand in einem Briefkasten der Poststelle Herblingen. Morgen würde er am Bestimmungsort eintreffen. Eine analoge Sicherungskopie für eine Welt, die aus mehr bestand als aus Nullen und Einsen.

Digital ruhten die gesamten Daten, die fotografierten Dokumente, Bankauszüge und was er sonst noch im Verlaufe des vergangenen Jahres gesammelt hatte in seinem Computer. Der Artikel war geschrieben. Er wollte ihn morgen ein letztes Mal durchgehen, bevor er mit ein paar Mausklicks die Bombe platzen liess.

Der Verkehr war zum Erliegen gekommen. Gelbes Licht zuckte schwach über die vereiste Welt. Roth hörte Schneeketten rasseln, dann sah er einem Räumungsfahrzeug nach, das Salz auf die Eisschicht säte. Das Klirren der Eisenketten entfernte sich und mit ihm das gelbe Licht. Eine Sirene war unterwegs zum ersten Unfall. Er kalkulierte kurz und kam zum Schluss, dass er mit den Sommerreifen wenig Chancen hatte, sicher daheim anzukommen. Mit kleinen Schritten und angespannten Pobacken bewegte er sich zum Auto, nahm den Laptop an sich und schloss die Zentralverriegelung. Er folgte der Spur des Räumungsfahrzeugs die Thayngerstrasse hoch.

Er hatte die letzte Laterne der Quartierstrasse hinter sich gelassen und schlitterte in die Dunkelheit. Die Fenster des Hauses waren tote Löcher. Vera war nicht zu Hause. Roth tastete die Taschen seiner Kleider ab. Der Hausschlüssel war im Auto liegen geblieben.

Unter den Füssen knirschte das gefrorene Gras, als er ums Haus ging, um im Schuppen nach dem Schlüssel zu tasten. Die lottrige Holztür schleifte über den Boden und löste das Eis von den Halmen. Drinnen war nichts zu erkennen. Roth hatte Respekt vor den Gartenwerkzeugen, die locker an den Wänden lehnten oder hingen. Immer musste er damit rechnen, dass sich eine Heugabel oder ein Beil löste. Seit fünf Jahren wollte er hier aufräumen, und fünf Jahre lang war es vergessen gegangen.

Um beide Hände freizuhaben, lehnte er den Laptop am Boden gegen die Innenwand. Er leuchtete mit dem Licht des Displays seines Smartphones in den Raum. Die Schatten der Zacken tanzten übers Holz. Ganz hinten sah er den Schlüssel blinken.

Der Regen hatte aufgehört. Er folgte seinen Fussspuren zurück auf die Quartierstrasse, ging zur Haustür und steckte den Schlüssel ins Schloss. Die Tür gab dem Druck nach und ging nach innen auf. Hatte Vera sie vergessen abzuschliessen? Schon möglich. Die Umstellung der Hormone hatte in den ersten drei Monaten eine latente Übelkeit zur Folge, dann war der Heisshunger gekommen, und kürzlich hatte der Nestbau eingesetzt. Vielleicht gehörte eine gewisse Nachlässigkeit dazu. Woher sollte er das wissen? Bisher waren sie nie über die Übelkeit hinausgekommen. Doch dieses Kind wollte bleiben.

Drinnen knisterte das Holz im Ofen. Er rief nach Vera, erhielt aber keine Antwort. Er wollte den Anrufbeantworter abhören und setzte sich auf das Sofa. Sein Blick blieb am Kinderbett hängen. Ein Geschenk eines befreundeten Paars. Der Anrufbeantworter rauschte erst und meldete, dass keine neuen

Nachrichten eingegangen waren. Roth blieb eine Weile sitzen und lauschte dem Klappern eines Ladens vor einem der Fenster. Er stand auf und machte ihn fest.

Er war wieder mit dem Knistern allein. Konnte es sein, dass seine Frau nach draussen gegangen war, um irgendwo Treppen zu steigen? Er stand vor der Tür und rief. Seine Stimme fiel zu Boden. Dicke Flocken tanzten im Licht und blieben auf der Eisschicht liegen. Vielleicht war sie mit ihrer Mutter unterwegs gewesen und vom Eisregen überrascht worden. Roth schrieb eine SMS und ging in die Küche. Er ass stehend ein Stück Brot mit Käse, öffnete eine Flasche Bier und spülte nach.

Auf der Holztreppe in den ersten Stock spürte er ein Stechen im Knie. Sobald Zeit war, würde er zu einem Arzt gehen. Roth zog sich aus und warf seine Kleider vor dem Badezimmer auf den Boden. Er blieb auf den kalten Fliesen stehen und liess heisses Wasser auf den Boden der Dusche rieseln. Dampf stieg auf und kondensierte an den Kacheln und am Spiegel. Die Brille beschlug, und er zog sie aus. Endlich schien ihm der Boden der Dusche genügend angewärmt. Roth stieg ein und zog den Vorhang. Das heisse Wasser wärmte seine durchfrorenen Glieder. Er wollte sich eben einseifen, als der Strahl aus der Brause erst spärlicher wurde, bis es nur noch tropfte.

Roth fluchte und zog sich das Badetuch um die Hüften. Der Dampf aus der Dusche waberte in den Gang. Die Treppe knarrte. Im Parterre öffnete er die Tür zum Keller. Die Steintreppe war kalt. Hühnerhaut breitete sich auf seinen Armen aus. Im spärlichen Licht einer nackten Glühbirne zwängte er sich an Umzugskisten vorbei, bis er vor dem Boiler stand.

Er konnte Dokumente lesen und deuten, Zusammenhänge zwischen unterschiedlichen Fakten herstellen. Aber von technischen Dingen hatte er keine Ahnung. Er kniff die Augen zusammen, um besser sehen zu können. Am Boiler schien alles in Ordnung. Roth besah sich die Hauptleitung und entdeckte, dass der Wasserhahn zugedreht war. Er öffnete ihn und wollte eben nach oben in die warme Wohnung spurten, als er stockte.

Neben der Tiefkühltruhe tauten Fleisch, Fischstäbchen, Saucen und weitere Verpackungen auf. Er ging näher und hob einen Gefrierbeutel hoch. Die darin eingeschlossenen Himbeeren waren weich und matschig. Sie erinnerten ihn an eine Blutkonserve. Er öffnete die Truhe, um die Beeren zurückzulegen.

Zuerst sah er den gewölbten Bauch mit dem nach aussen gestülpten Nabel. Er war mit einer feinen Eisschicht bedeckt. Der Kopf lag seitlich an die Schulter gepresst und stiess in einer Ecke gegen die Wand. Die Haare klebten an den Eiskristallen. Die Beine waren angewinkelt.

Roth griff nach ihr. Seine Hände fanden am gefrorenen Fleisch keinen Halt. Er zog an den Haaren und löste den Kopf von der Wand. Der Körper hatte sich verkeilt. Er zog und rüttelte, kriegte ihn aber nicht frei. Schliesslich wuchtete er die Truhe um. Vera rutschte hinaus und schlitterte über den Boden in eine Ecke. Roth versuchte, sie aufzurichten, als er ein Klicken in seinem Rücken hörte. Er drehte sich um. Kaltes Licht blendete ihn.

Er tastete hinter sich, um einen Gegenstand zu erwischen, irgendwas, womit er sich verteidigen konnte. Die Distanz von der Stirn zur Mündung der Waffe war kurz. Die Kugel zu schnell.

2

Cobb stützte sich an der Mauer ab und rang nach Luft. Atmen tat weh. Er war zu schnell gelaufen. Als vergangene Nacht der Eisregen eingesetzt hatte, hatte er gehofft, die Verabredung fahren lassen zu können. Aber pünktlich um neun Uhr war Valentin unten gestanden und hatte ihn herausgeklingelt. Valentin war der neue Volontär bei der Zeitung. Er war Cobb zugeteilt worden.

«Warum nennen dich alle Cobb?» Valentin balancierte auf der Mauer.

«Weil ich so heisse. Pass auf, dass du nicht abrutschst.»

«Haben deine Eltern den Vornamen vergessen, oder hast du ihn irgendwo verloren? Wäre ein geiler Titel: ‹Der Mann, der seinen Namen verliert›.»

«Titel wofür?»

«Egal. – Leihst du mir deine Handschuhe?»

«Cadoc. Die Mauer ist feucht.»

«Wie?»

«Feucht, vereist.»

«Nein, das andere.»

«Cadoc.»

«Was ist das?»

«Mein Vorname.»

«Wie Haddock?»

«Nein, Cadoc.»

«Eben.»

«Was?»

«Wie Käpt'n Haddock aus Tim und Struppi.»

«Haddock ist ein Fisch.»

«Sag ich ja. Käpt'n Haddock heisst wie ein Fisch, wie der Haddock. Das ist, glaub ich, ein Schellfisch.»

«Cadoc ist walisisch.»

«Und heisst?»

«Egal. Meine Eltern haben mich so getauft und basta.»

«Und?»

«Was?»

«Deine Handschuhe. Leihst du mir die?» Valentin streckte das linke Bein nach vorne und beugte das rechte Knie in die Hocke

«Warum?»

«Weil ich mir sonst die Finger abfriere.» Sein Hintern berührte die Mauer. Er blieb darauf sitzen.

«Und ich?» Cobb konnte keinen Sinn darin erkennen, seine Handschuhe abzustreifen, bloss um sie jemandem auszuhändigen, der die seinen vergessen hatte.

«Ich werde in der Zeit, in der du darauf wartest, dass sich dein Puls beruhigt, meinen Arsch die Treppen runter- und wieder hochbewegen.»

«Bisher ging's auch ohne Handschuhe.»

«Auf allen vieren. Trainiert die Schultermuskulatur.»

«Auf allen vieren? Die hundertzwanzig Stufen runter und wieder hoch?»

«Genau. – Und?»

«Was?»

«Handschuhe.»

«Da.»

«Danke.» Valentin roch daran. «Sie stinken. Nach Rauch stinken sie. Ich dachte, du hättest aufgehört.»

«Nur hin und wieder eine.» Cobb unterdrückte ein Husten.

«Zeit, damit aufzuhören. Ganz aufzuhören, Cobb.»

«Ja, ja. Mach dich vom Acker.»

Valentin nahm, Kopf voran und auf allen vieren gehend, die erste Stufe zum Rheinfall hinunter. Cobb sah ihm nach, bis er hinter der Mauer verschwunden war.

Tatsächlich hätte er sich jetzt gerne eine angezündet. Aber Fluppen und Trainingsklamotten vertragen sich schlecht. An normalen Tagen rauchte er tatsächlich kaum noch. Und wenn, dann bloss noch draussen. Deshalb stanken seine Handschuhe. Ärzte machen sich keine Vorstellung von der Panik, die einen angesichts eines nikotinfreien Daseins überfällt.

Vor eineinhalb Jahren war er mit einer Rauchvergiftung auf

der Notfallstation gelandet. Er hatte verhindert, dass Dutzende Mitglieder einer Sekte eingeschlossen in ihrer Kirche verbrannten. Die Medien feierten ihn als Helden, während er auf dem Ergometer litt. Der Arzt hatte ihm dringend geraten, mit dem Rauchen aufzuhören und mit Sport zu beginnen. Der Zustand der Lunge war eine Katastrophe gewesen, und Bauchfett, Blutfettwerte und Blutdruck würden es seinem Herzen nicht eben leicht machen, ihn am Leben zu erhalten.

«Scheissköter!» Valentin rieb die Handschuhe an der Rinde eines Baumes. «Ich dachte, es wäre ein Stein, aber innen war es weich.»

«Wirf sie weg.» Cobb seufzte.

«Tut mir echt leid. Ich werde dir neue besorgen.»

«Los geht's!» Cobb versuchte, in einen laufenden Trott zu verfallen. Die Gelenke knarzten. Er war froh, dass es sachte bergab ging. Valentin hüpfte neben ihm her, sprang übers Geländer und wieder zurück, nahm Anlauf, flog über die ganze Länge von Parkbänken und hangelte sich an Laternenpfählen hoch. Wenn der Vorsprung auf Cobb zu gross war, rannte er zurück und plapperte dort weiter, wo er aufgehört hatte.

«Soll ich dir einen meiner Texte vortragen?» Valentin lief seitwärts neben Cobb her.

«Nein.»

«Komm schon, Cobb. Morgen Abend ist Slam. Ich brauche einen Zuhörer.»

«Such dir sonst wen aus.»

«He, Cobb! Ich will bloss wissen, wie der Text bei der älteren Generation ankommt.»

«Geh sie fragen.»

«Tu ich ja. Hast du ihn wenigstens gelesen?»

«Was gelesen?»

«Na, den Text. Ich habe ihn ausgedruckt und dir auf den Tisch gelegt.»

«Hab ihn nicht gesehen.»

«Er lag zuoberst auf einem Stapel, du musst ihn gesehen haben.»

«Ich habe keine Zeit für pubertäre Gedichte.»

«Nach zwanzig ist man nicht mehr in der Pubertät.»

«Lass mich in Ruhe.»

Vielleicht sollte man sich Menschen, für die man etwas übrighat, auf Distanz halten. In keinem Fall sollte man sie neben sich herrennen lassen. Cobb näherte sich seitlich einer Mauer. Es wurde zu eng für seinen Sportsfreund. Valentin liess sich zurückfallen, überholte seinen Chef, nahm Anlauf und kletterte die Mauer hoch. Oben rappelte er sich auf und rannte mit Cobb gleichauf, während er seinen Text rezitierte. Cobb wünschte sich, er hätte härter trainiert. Aber so blieb ihm nichts anderes, als dem Volontär zuzuhören.

«Telefon!», rief Valentin. Cobb blieb stehen. Das Smartphone war an seinem Oberarm befestigt. Das Display leuchtete auf. Cobb löste den Klettverschluss und hielt sich das Telefon ans Ohr. Nach den ersten paar Worten hätte Cobb den Anrufer am liebsten aus der Leitung gedrückt. Aber er hatte eine Tochter zu ernähren, deshalb hörte er ruhig zu. Cobb fluchte erst, als er aufgehängt hatte.

«Dieses Arschloch.»

«Deupelbeiss?»

«Ja.»

«Was wollte er denn?»

«Eulacher liegt im Spital. Er ist gestern Nacht auf dem Eis ausgerutscht.»

«Na und?»

«In drei Tagen wird die Tennishalle eingeweiht.»

«Mit Eröffnungsparty und allem, ich weiss. Kommt Wawrinka?»

«Was weiss ich. Ich weiss nur, dass ich heute Nachmittag hin muss zu diesem Interview.»

«Warum?»

«Na, weil Eulacher auf den Arsch gefallen ist.»

«Wäre das sein Job gewesen?»

«Ja, das war sein Job. Und jetzt ist es meiner, weil die Zeitung als Hauptsponsorin …»

«… ein vitales Interesse daran hat, die Tennishalle zu portieren», beendete Valentin den Satz.

«Deupelbeiss' Worte», lächelte Cobb.

Das Telefon gab einen kurzen Ton von sich. Cobb sah auf die SMS.

«Ich muss mich beeilen.»

3

Jack war am Stadtrand gestrandet. Im achten Stock. Strom und Heizung inbegriffen. Jetzt, im Winter, blieb es tagsüber düster, und abends wurde es dunkel. Die Sonne zeigte sich erst im März wieder. Von hier hatte sich selbst die Schwerindustrie verabschiedet.

Er wohnte nicht in einem jener weichen, hügeligen Teile einer Landschaft, die eine Stadt umgeben. Dort, wo die Menschen es sich leisten können, Häuser nach eigenen Vorstellungen bauen zu lassen. Wo sie aus dem Wohnzimmer auf die Lichter der Stadt blicken, in weichen Sesseln eindösen, wo sie von den Optionen ihres Lebens träumen, um sich die passende auszusuchen. Dort läutet man den Lebensabend damit ein, dass man die Liegenschaft rollstuhlgängig umbauen lässt.

Auch Jack konnte wählen. Zum Beispiel, ob er sich am Tisch im Wohnzimmer aufhalten sollte oder ob er sich ins Bett legte. Wenn es warm genug war, stellte er sich auf den Balkon, um acht Stockwerke tiefer den Kindern zuzuschauen, die auf dem lehmigen Rasen spielten.

Zwei Zimmer, Küche und Bad. Zehn Minuten mit dem Bus ins Stadtzentrum, fünf Minuten zu Fuss zum Einkaufen, zehn Sekunden im Lift zu seiner Wohnung. Das war, was er sich leisten konnte.

Er sass am Tisch und füllte einen Lottoschein aus. Noch wusste er nicht, ob er ihn abgeben würde. Er hatte noch nicht einmal die Lesebrille auf. So sah er nicht, welche Zahlen er ankreuzte. Das war egal. Viel wichtiger war, dass die Zeit verging.

Reto hatte ihn morgens um vier angerufen. Er hatte sich angehört, als rutsche ihm die Zunge am Gaumen ab. Jack hatte so viel verstanden, dass Reto heute passen müsse und ob er, Jack, den Auftrag übernehmen könne. Jack hatte in den Hörer geflucht und ihn gefragt, wann er endlich gedenke erwachsen zu werden. Aber da war die Verbindung längst gekappt.

Er hatte die Augen geschlossen und sich auf die Seite gedreht. Seine Blase wollte die Chance auf eine frühzeitige Entleerung nicht vorbeiziehen lassen. Jack war aufgestanden und hatte sich müde auf die Schüssel gesetzt. Jetzt schien die Blase eingeschlafen zu sein. Geduldig hatte er gewartet. Die Konzentration auf seine inneren Vorgänge hatte ihn endgültig wach werden lassen.

Er hatte sich einen Kaffee angerührt. Am Tisch sitzend hatte er damit eine Multivitamintablette hinuntergespült. Nach den ersten Zügen von der Zigarette war er milder gestimmt gewesen.

Er hatte Teresa versprochen, sich um ihren Sohn zu kümmern. Er hatte schon damals gewusst, dass es keine Angelegenheit von ein paar guten Ratschlägen werden würde. Reto soff sich hin und wieder die Birne weg. Das hatte er von seinem Alten. Auch Teresa trank. Sie stand trotzdem jeden Tag hinter dem Tresen, füllte Bier in Gläser, wischte Tische ab und kümmerte sich um die Stammgäste. Reto kam mehr nach seinem Vater, der bis am Mittag schlief, seinen Kumpels Freibier ausschenkte, einen Hirnschlag erlitt und in den Rhein sprang, um nicht wieder aufzutauchen. Teresa blieb nicht lange Witwe. Tabak und Alkohol forderten ihren Tribut.

Sie sass eines hässlichen Tages in der Küche, neben sich einen Koffer, und wartete auf ein Taxi. Jack konnte sich nicht erinnern, ob es die Leber war oder die Lunge. Egal. Der Arzt gab Teresa nur noch wenige Wochen. Fortan ging Jack sie im Spital besuchen. Täglich. Die Routine war geblieben, die Umgebung hatte gewechselt. Und da hatte sie ihm das Versprechen abgenommen, auf ihren Sohn aufzupassen. Seither zog er Reto immer wieder aus dem Schlamassel.

Jack fuhr hoch, als es klingelte. Er hatte seinen Auftraggeber erwartet. Stattdessen stand Frau Beslic von der Wohnung gegenüber in der Tür.

«Guten Tag, Herr Heiner.» Sie lächelte ihn an.

«Guten Tag, Frau Beslic.»

«Tut mir leid, wenn wir Sie gestern Abend gestört haben.»

«Ich wüsste nicht, wie Sie mich gestört haben sollen», erwiderte Jack.

«Wir hatten Gäste, Herr Heiner. Und Sie wissen ja, wie das ist, wenn erst einmal der Sliwowitz auf dem Tisch steht.»

«Kann ich mir vorstellen.»

«Es ist deshalb etwas laut geworden.» Sie lächelte noch immer.

«Ich habe nichts gehört. Ich tu mir nachts Ohrenstöpsel rein, und die Schlaftablette tut den Rest.»

«Sie haben Schlafprobleme, Herr Heiner?»

«Schon seit ich denken kann, Frau Beslic, seit ich denken kann. Aber jetzt, wo ich die Tabletten nehme, denke ich nicht mehr darüber nach. Wenigstens nachts nicht.»

«Auf jeden Fall habe ich Ihnen etwas mitgebracht. Ich hoffe, Sie mögen das. Es ist süss.» Frau Beslic hielt ihm eine Baklava hin, und Jack überlegte, um wie viel er seine Insulinration steigern müsste, um damit fertigzuwerden.

«Vielen Dank, Frau Beslic.»

«Nichts zu danken, Herr Heiner. Auf Wiedersehen.»

«Auf Wiedersehen.»

Jack tat die Baklava in die Küche. Wieder klingelte es an der Wohnungstür. Das musste er sein.

«Wer sind Sie?» Der Mann musterte Jack.

«Und Sie?»

«Das tut nichts zur Sache. Wo ist Reto?»

«Verhindert.»

Der Mann zwängte sich an Jack vorbei in die Wohnung. «Das heisst?» Er sah sich in der Wohnung um, als erwarte er, Reto hinter einer Tür oder einem Schrank zu finden.

«Er hat sich verletzt. Ich habe ihn gestern in die Notaufnahme gefahren. Knöchel gebrochen.» Es war nur eine weitere Lüge, um Teresa einen weiteren Gefallen zu tun.

Der Mann baute sich vor Jack auf und reichte ihm doch nur bis zum Kinn. «Und was tun wir jetzt?»

«Ich hör mir an, was Sie zu sagen haben, und überlege mir dann, ob ich für Reto einspringen werde.»

«Wer sagt, dass Sie für Reto einspringen werden? Vielleicht wollen wir das nicht.»

«Vielleicht will ich das nicht», entgegnete Jack.

Der Mann hielt noch eine Weile strammen Augenkontakt, dann wandte er sich ab und zog ein Telefon aus der Jackentasche. Er wählte eine Nummer und spazierte zum Fenster. Die Verbindung war da. Er sprach etwas in einer Sprache, die Jack nicht verstand. Der Kleine drehte sich um und betrachtete Jack eingehend, als ob er eine Beschreibung der Person, die vor ihm stand, überprüfen würde. Dann steckte er das Telefon ein.

«In Ordnung.»

«Wer sagt das?»

«Gehen wir.» Der Mann bewegte sich zur Tür hin.

Jack schloss die Tür. «Wohin gehen wir?»

«Auf die andere Seite der Stadt.»

«Und was tun wir da?»

«Keine grosse Geschichte. Wir besuchen jemanden und werden unserer Forderung etwas Nachdruck verleihen.»

«Welcher Forderung?»

«Egal. Ich werde reden, du stehst rum. Vielleicht musst du ein Sofa aufschlitzen oder Porzellanfiguren fallen lassen, mehr nicht.»

«Welche Garantien habe ich?»

«Mein Wort.»

«Das reicht nicht.» Jack stand noch immer vor der geschlossenen Tür.

«Reto hat es gereicht.» Der Kleine lächelte und kratzte sich am Schlüsselbein. Jack erkannte den Ansatz einer Tätowierung. Der Mann langte in die Jackentasche und zog ein Geldbündel hervor. «Und damit waren bei ihm sämtliche Bedenken weggewischt.»

Jack dachte, was Reto doch für ein leichtsinniges Arschloch war. Er zählte das Geld, schluckte trocken und redete sich ein, dass er das alles nur tat, um Teresa einen Gefallen zu tun. Er gab die Tür frei.

«Nach Ihnen», bot er dem Kleinen an.

Jack wollte ihn nicht in seinem Rücken haben. Zum ersten Mal, seit er hier wohnte, mied er den Lift und nahm die Treppe.

4

Anna Galati wartete vor der geschlossenen Wohnungstür. Cobb rannte die Stufen der Treppe hoch und atmete schwer.

«Wird Zeit, dass wir die Sache mit dem Schlüssel regeln», keuchte er auf halbem Weg.

«Ich brauche keinen Schlüssel. Noch nicht.»

«Wann denn?»

«Kann ich nun reinkommen?»

«Heute wäre ein Schlüssel eine nützliche Sache gewesen.»

«Pünktlichkeit wäre auch etwas, was ich schätzen würde.»

«Es ist was dazwischengekommen.» Cobb war bei ihr angelangt und wollte sie küssen.

«Geh duschen, Cobb.»

«Wie du willst.» Cobb löste das Armband vom Oberarm und zog den Schlüssel hervor.

«Wo hast du deine Handschuhe, Cobb?»

«Die hat Valentin ruiniert.»

«Wie denn?»

«Er ist damit in Hundescheisse getreten. Geh nur voraus.» Cobb trat zur Seite.

«Mit den Handschuhen?»

«Ja, war Treppen steigen.»

«Auf den Händen?»

«Ja, auf den Händen.»

«Mit den Handschuhen, die ich dir geschenkt habe?»

«Ja.»

Anna Galati warf ihren Wintermantel über den Stuhl, der im Eingang stand. Das war auch so eine Sache. Sie benutzte die Garderobe nie. Darin war sie genau so stur wie in der Sache mit dem Schlüssel. Seit eineinhalb Jahren war die Beziehung ein Provisorium.

Cobb warf die verschwitzten Kleider in eine Ecke und liess das Wasser laufen. Bevor er aus der Wanne stieg, setzte er seinen

Kreislauf einem Kälteschock aus. Dann schrubbte er sich wieder warm.

Er roch Kaffee. Die Bialetti keuchte. Anna Galati sass in der Küche und blätterte durch eine Zeitschrift.

«Danke für den Kaffee.»

«Nichts zu danken. Wenn du so weit bist, können wir ja draussen ein paar Schritte tun, bevor es dunkel wird.»

Cobb setzte sich, blies über den Rand der Tasse und setzte sie wieder ab. «Ich muss noch kurz weg.»

«Dann geh ich alleine raus.»

«Tut mir leid.»

«Braucht dir nicht leidzutun.»

«Ein Spaziergang am Rhein ist jetzt eine wunderschöne Sache.»

«Ich werde mich zurechtfinden, Cobb.» Sie stand auf, schlüpfte erst in die Winterstiefel und dann in den Mantel. «Wir sehen uns, Cobb.»

«Gegen Abend werde ich zurück sein!», rief er hinterher.

«Ich sehe, was ich tun kann.»

«Der Schlüssel liegt unter der Fussmatte.»

«Ja, ja.»

Cobb trank den Kaffee aus und zog sich an. Er suchte kurz nach den Autoschlüsseln. Sie klimperten, als er seine Jacke anzog. Dann war er zur Tür raus.

Dicke, nasse Schneeflocken fielen auf ihn herab. Einige landeten in seinem Nacken. Wo hatte er bloss den Schal liegen gelassen? Cobb stieg in den grünen Ford Fiesta. Sein neues Auto, eine Occasion. Er fand, es sah aus wie der VW Polo, den er zu Schrott gefahren hatte. Cobb kratzte die Windschutzscheibe frei. Er fuhr los nach Herblingen.

Er steuerte den Wagen an Baggerarmen und Planierraupen vorbei zum Parkplatz. Offenbar wollten die letzten Arbeiten an der Tennishalle erledigt sein, bevor in drei Tagen die Eröffnungsfeier über die Bühne ging. Cobb wich zur Seite, als ein Flammenwerfer fauchte. Eine Isolation musste noch an die Fassade geklebt werden. In unmittelbarer Nähe liess ein Lastwagen eine

Ladung Kies zu Boden rutschen. Drei Arbeiter machten sich sofort daran, die Steine übers Gelände zu verteilen.

Ein roter Streifen am Boden führte ihn zu einer Bar. Die Frau dahinter putzte das Chrom der Kaffeemaschine blank. Cobb stellte sich hin und räusperte sich. Der blonde Pferdeschwanz wirbelte herum.

«Sie können gerne eine Cola oder einen Eistee bestellen. Die Kaffeemaschine ist noch nicht in Betrieb.»

«Ich möchte keinen Kaffee», erwiderte Cobb. «Ich suche Marius Hausmann.»

«Marius? Platz vier.»

«Platz vier?»

«Folgen Sie dem roten Streifen da, bis er sich verzweigt. Alles Weitere ist inzwischen ausgeschildert worden.»

«Danke.»

«Nichts zu danken.»

Cobb tat wie ihm geheissen. Tatsächlich entdeckte er ein Schild mit dem Hinweis, dass er nun nach rechts abbiegen musste. Cobb folgte den Pfeilen und gelangte nirgendwohin. Fand sich in einem langen Gang wieder und probierte die eine oder andere Tür. Keine liess sich öffnen. Also machte sich Cobb wieder zurück zur Bar.

«Kann es sein, dass die Beschilderung falsch angebracht worden ist?»

«Wie?» Die Frau hörte nicht auf zu polieren.

«Ich glaube, die Beschilderung stimmt nicht.»

Die Frau warf den Lappen auf die Theke. «Wie ich dieses Chaos hasse!»

Sie ging voraus, und Cobb lief dem wippenden Pferdeschwanz, dem rosa Top, den Trainingshosen in Camouflage und den grellen Turnschuhen hinterher. Sie folgten dem roten Streifen und bogen zweimal links ab, bevor Cobb das helle Knallen von Tennisbällen vernahm.

«Und jetzt da lang.»

«Danke.»

«Ist in Ordnung.» Sie verschwand wieder in den Tiefen des Baus.

Cobb bog ab und stand in einer hellen Halle. Ein Mädchen hüpfte am Netz auf und ab. Sie wuchtete mit einem Tennisschläger die Bälle, die ihr der Trainer zuwarf, zurück ins gegnerische Feld. Der Granulatboden hatte dieselbe Farbe wie die Markierungen, die durch den ganzen Bau führten. Hin und wieder verkantete das Mädchen einen Ball. Dann flog der hoch in die Zuschauerränge und verschwand irgendwo zwischen den zahlreichen Schalensitzen.

«Noch zehn Bälle, Eleina!»

Cobb drehte sich um. Der Mann sass in der dritten Reihe und hatte seine Arme auf den Lehnen der Stühle unter ihm abgestützt.

«Noch neun!»

Cobb wartete, bis alle Bälle gespielt waren, bevor er die Treppe hochstieg. Der Mann erhob sich.

«Ah, Herr Eulacher vom ‹Schaffhauser Tagblatt› nehme ich an. Marius Hausmann.»

«Nein, Cobb.»

«Ich dachte Herr Eulacher würde vorbeikommen.»

«Eulacher ist gestern Nacht gestürzt.»

«Tut mir leid.»

«Mir auch. Blitzeis.»

«Ach ja, das Blitzeis. Da kann man nicht vorsichtig genug sein.»

«Ja.» Cobb beobachtete, wie das Mädchen einen Ball gegen eine Wand schmetterte, den Abprallern entgegenlief und erneut auf den Ball eindrosch. Der Trainer feuerte sie an, auch den unmöglichsten Bällen hinterherzuhechten. Hausmann setzte sich.

«Meine Tochter Eleina. Ein grosses Talent.»

«Auf jeden Fall hat sie Biss.»

«Das ist das Wichtigste, Herr Cobb. Biss. Ohne Biss geht nichts.»

Hausmann verschränkte die Arme und lächelte zufrieden. Cobb schätzte sein Alter und rechnete aus, dass der Erbauer der Tennishalle gut und gerne als Grossvater der Kleinen hätte durchgehen können.

«Was halten Sie davon, wenn wir in der Bar ein paar Worte wechseln?», fragte er, ohne den Blick von seiner Tochter zu wenden.

«Einverstanden.»

Hausmann stemmte sich aus dem Schalensitz. «Nach Ihnen.»

Er folgte Cobb durch die Sitzreihen.

Die junge Frau an der Bar legte den Putzlappen weg. Hausmann orderte einen Gurkensmoothie, Cobb bestellte einen doppelten Espresso. Die Frau sah Hausmann an. Hausmann nickte.

«Schaffhausen ist der ideale Standort für die Tennishalle.» Hausmann ging voraus und lümmelte sich in einen Sessel. Cobb folgte. Das Leder roch frisch und nahm ihn auf wie ein freundlicher Händedruck.

«Wir werben in Singen und Konstanz dafür. Auch Clubs aus Stuttgart sind daran interessiert, hier Turniere durchzuführen.»

Cobb nickte und beobachtete, wie die Gurken im Mixer zerhackt und an die Aussenwand geschleudert wurden, bis schliesslich eine grüne Flüssigkeit im Glas schwappte.

«Schreiben Sie denn nichts auf, Herr Cobb?»

«Erzählen Sie mir was Neues, Herr Hausmann. Die Sache mit dem Standort steht bereits im Prospekt.» Kaffeepulver füllte den Kolben.

«Nun gut. Ich werde Ihnen verraten, wo wir hinwollen. Das steht nicht im Prospekt.»

«Nicht?» Die Kaffeemaschine presste Wasser durchs Pulver.

«Nein. Wir wollen ganz nach oben, Herr Cobb. Bald wird niemand mehr von den Swiss Indoors in Basel reden. Wir werden die Stars hierherholen.»

«Einfach so?»

Die Frau mit Pferdeschwanz kam um die Bar herum und stellte die Getränke auf den niedrigen Tisch.

«Nicht einfach so, Herr Cobb. Dazu braucht es Kontakte.»

«Welche Kontakte, Herr Hausmann?»

«Kontakte eben.» Hausmann hob den Smoothie hoch und zog am Trinkhalm. «Am Eröffnungsanlass werden wir das Datum für unser erstes namhaftes Turnier bekannt geben.»

«Ich nehme an, dass Sie nicht mit den Junioren beginnen.»

«Unterschätzen Sie die Junioren nicht, Herr Cobb. Meine Tochter ist jetzt zwölf Jahre alt. In vier Jahren werden Sie sie unter den Top Ten der Junioren-Rangliste der International Tennis Federation finden, das verspreche ich Ihnen.»

«Soll ich das so schreiben?» Cobb blies über den Kaffee.

«Natürlich.»

Wie inszeniert tauchte Hausmanns Tochter in Begleitung einer sportlichen Mittdreissigerin auf. Hausmann erhob sich und wischte sich die Hände an den Hosen ab.

«Darf ich Ihnen meine Frau vorstellen. Irina Hausmann.»

Die Frau lächelte, blies eine blonde Haarsträhne aus dem Gesicht und hielt Cobb die Hand hin. Dann wandte sich an Hausmann. Ihre Stimme war warm, als sie sagte: «Marius, fahr uns nach Hause. Herr Cobb, Sie entschuldigen uns.»

«Natürlich, Irina. Eleina, komm!» Damit breitete er seine Arme aus. Die Tochter nahm Anlauf und sprang ihn an. Er hielt sie hoch und drehte sich, bis er Cobb gegenüberstand. «Herr Cobb, vorläufig wird es reichen, wenn Sie schreiben, was im Prospekt steht.»

«Die Redaktion braucht ein Foto von Ihnen.» Cobb kramte in seiner Tasche und zog eine Kompaktkamera hervor. Hausmann behielt die Tochter im Arm, Irina hakte sich unter, und alle drei lächelten in die Kamera. Dann waren sie weg.

Cobb trank seinen Kaffee aus und wollte gehen, als sein Telefon vibrierte. Er sah auf die Nummer. Unbekannt. Cobb nahm ab. Bärtschi räusperte sich.

«Kannten Sie Oliver Roth?»

5

Jack versuchte den Pfützen auszuweichen. Trotzdem wurden seine Mokassins nass. Ein Bus fuhr in die Haltestelle. Der Kleine setzte zu einem Sprint an. Als er sah, dass Jack keine Anstalten machte, ihm zu folgen, blieb er stehen und fuchtelte mit den Armen. Jack schüttelte den Kopf und vergrub die Hände in den Taschen. Der Bus fuhr weg. Der Kleine blieb stehen und lehnte sich mit verschränkten Armen ans Bushaus. Jack setzte seinen Hindernisparcours um die Pfützen fort und liess sich auf die Wartebank fallen.

Er tastete die Taschen seiner Jacke ab und war beruhigt. Zwei Pens mit Insulin waren mitgekommen. Beide waren angebrochen, aber es würde reichen.

Er hörte, wie es überall tropfte, während die dichten Flocken einen grauen Schleier zwischen ihn und die Welt zogen. Der Kleine stiess sich von der Wand des Bushauses ab, schaute auf den Fahrplan, blickte auf die Uhr und seufzte. Der Plan versprach alle zehn Minuten einen Bus. Aber es war kein Wetter, um Versprechen einzuhalten.

Jack stand auf und stellte sich neben den Kleinen.

«He, Kleiner.»

«Ika.»

«Was?»

«Ich heisse Ika.»

«Na gut. Wie viel?»

«Fünfzigtausend», murrte Ika.

«Zehn Prozent für uns?»

«Die üblichen Bedingungen.»

«Und das andere Geld?»

«Eine Dreingabe.»

«Gut.»

Jack hörte, wie Ika die Knöchel seiner Finger knacken liess. «Wer ist der Typ?»

«Nichts Besonderes. Versucht sein Glück mit Schenkkreisen.»
«Übliche Vorgehensweise?»
«Ja.»
«Übliche Bedingungen, übliche Vorgehensweise. Und dann zurück in die warme Stube, nicht?»
Ika schwieg. Jack seufzte und setzte sich wieder. Er hatte wenig Lust auf die übliche Vorgehensweise. Sie würden an der Tür klingeln. Der Klient würde öffnen. Falls nicht, war es an Ika, die Tür einzutreten. Jack war zu alt für solche Sachen. Der Klient würde aufgebracht sein, von Polizei schwafeln und fragen, was das denn soll. Sie würden ihm die Forderung unterbreiten. Der Klient würde sich herauszureden versuchen. So war das immer. Ika würde mit einem Schlag in die Magengrube die Ernsthaftigkeit der Sache unterstreichen. Nun war Jack an der Reihe. Während der Klient am Boden liegend nach Luft schnappte, würde er beginnen, kleine, wertvolle Dinge auf den Boden fallen zu lassen. In leichten Fällen genügte das, um einen Gesinnungswandel herbeizuführen.
Jack und Reto hatten sich darauf geeinigt, sie «Klienten» zu nennen. Das betonte den rein geschäftlichen Aspekt. Meist hatten solche Leute ihr Geld im Haus versteckt. Kleine Fische, die sich damit begnügten, ihren Lebensstandard etwas aufzubessern. Die grossen Sachen werden von anderen Leuten erledigt. Von solchen, die vor Geiselnahme, Folter und Mord nicht zurückschreckten. Das war nicht Jacks Kragenweite.
Der Bus fuhr heran. Die beiden kauften sich Billette und setzten sich getrennt hinter die beschlagenen Scheiben. Die Wärme im Bus machte Jack schläfrig. Sie fuhren die Runde an grauen Bauten aus den siebziger Jahren vorbei. Jack wischte mit dem Ärmel über die Scheibe. Der Schnee fiel auf vergammelte Spielplätze und lehmige Rasenflächen. Er betrachtete die Satellitenempfänger auf den Balkonen und sah die Knirpse, die sich eben von ihren Kindergärtnerinnen verabschiedet hatten, auf dem Heimweg trödeln, bevor sie in dunklen Eingängen verschwanden.
Jack verfluchte den Buschauffeur, der keine Anstalten machte,

das Tempo zu verringern. Fahrplan und Pünktlichkeit waren wichtiger. Jack überlegte, ob es nicht befriedigender wäre, solchen Typen etwas Angst einzuflössen – «He, fahr langsam, da gehen Kinder» –, statt sich für schäbige Auftraggeber mit schäbigen Schuldnern herumzuschlagen.

Am Bahnhof wechselten sie den Bus und fuhren wieder aus der Stadt, hoch nach Buchthalen. Die Gegend wurde freundlicher. Sogar der Schneefall hatte etwas nachgelassen. Als sie ausstiegen, drückte die Sonne durch die Wolkendecke. Sie gingen den Weg hoch bis zur Hausnummer 14 und lasen den Namen auf dem Briefkasten. «Ulrich Gaugler, Dr. med. Facharzt FMH für Psychiatrie u. Psychotherapie».

Übliche Vorgehensweise. Ika klingelte. Sie warteten. Nichts passierte. Ika klingelte wieder. Nichts. Er wollte gerade einige Schritte zurücktreten, um Anlauf zu holen. Jack tippte ihm auf die Schulter und stiess die Tür mit dem Zeigefinger auf. Ein Windspiel säuselte.

«Offen», flüsterte Jack.

Ika trat ein. Jack folgte. Das Licht brannte. Jack schätzte den Wert der Lampen und kam zum Schluss, dass er sich damit drei neue Wohnungseinrichtungen würde kaufen können. Hier fand er sicher genügend teure Gegenstände, die er zerstören könnte. Vielleicht sollte er gleich mit den Lampen beginnen.

Ika stand im Wohnzimmer und fluchte. Jack folgte dem Wortschwall. Er gelangte in einen Raum, in dem rote Sideboards von USM Haller und lederne Sofas einträchtig auf einem fuchsbraunen Parkett standen. Die Bilder an den Wänden erinnerten Jack an solche, welche man in Banken betrachten konnte, während man in der Reihe wartete. Selbst eine rot lackierte chinesische Kommode fügte sich harmonisch ins Bild. Brennholz war neben dem Cheminée zwischen zwei Stahlblechen aufgeschichtet, daneben hing ein Schürhaken in einem Ständer. Der Klang aus der Musikanlage versuchte, die ganze Ausgewogenheit des Zimmers zu konservieren.

Ein Körper in einem offenen Morgenmantel störte das Gleichgewicht. Er lag auf seinen Armen und war seitlich weggekippt. Die Seide, die ihn umhüllte, hatte sich dunkel gefärbt. Sie konnte das ganze Blut aus seinem Bauch nicht davon abhalten, das Parkett zu ruinieren. Auch im Kopf hatte der Mann ein Loch.

Das alles war weit weg von der üblichen Vorgehensweise. Jack verfluchte Reto und dessen Talent, sich immer wieder in die Scheisse zu reiten. Und diese hier war ausserordentlich gross. Ika hatte zum Telefon gegriffen und flüsterte aufgeregt in der Sprache, in der er zuvor geflucht hatte.

Jack beugte sich zum Toten. Nicht dass er noch etwas hätte ausrichten können. Es war bloss so eine Handlung, um die Zeit bis zur nächsten Entscheidung zu überbrücken. Das Windspiel an der Tür schickte seinen feinen Klang ins Wohnzimmer. Jack richtete sich auf.

«Hallo! Wir sind zurück!», rief eine Frauenstimme.

«Hallo Papa!»

Jack vernahm ein helles Bellen, dann raste ein Haarbüschel durch die Tür und hängte sich knurrend an Ikas Bein. Ika schrie auf. Das Telefon schlitterte auf den Boden unters Sofa, während Ika in seine Jackentasche griff, eine Pistole herauszog und zwei Schüsse auf den Hund abfeuerte. Im Türrahmen erschienen eine blonde Frau in weichen Winterstiefeln und ein Junge mit einer tief liegenden Mütze. Ika trat den Hund in eine Ecke und richtete die Waffe auf die Frau und das Kind.

6

Bärtschi sass im Warteraum zwischen Gleis zwei und Gleis drei. Eine alte Frau mit kippeligem Gang hatte ihm Gesellschaft geleistet. Sie hatte einige Mühe bekundet, die Tür offen zu halten, während sie einen überladenen Einkaufswagen in die Wärme zog und gleichzeitig drei Einkaufstaschen nicht aus den Händen gab. Bärtschi hatte zugesehen und vergessen ihr zu helfen. Sie hatte eine Weile dagestanden, hin und wieder schwer geseufzt und irgendwelche Sachen in den Einkaufstaschen gesucht und nicht gefunden. Als der Zug Richtung Kreuzlingen eingefahren war, stiess sie ebenso umständlich, wie sie hereingekommen war, die Tür wieder auf, kippelte über das Perron und verschwand in einem der Wagen. Der Zug fuhr sachte davon, und Bärtschi war wieder allein.

Hinter dem Bahnhof wartete Cobb darauf, dass der Automat den Parkzettel hergab. Er legte ihn auf das Armaturenbrett und schloss die Tür. Dabei fiel sein Blick auf die Gebäude, die hinter dem Bahnhof hochgezogen worden waren. Die Architekten hatten sich Mühe gegeben, hier so etwas wie ein neues Quartier entstehen zu lassen. Es war ihnen nicht wirklich gelungen. Man konnte es drehen und wenden, wie man wollte. Auf dem ehemaligen Busbahnhof stand hässliches Bauwerk in Kackfarbe.

Man munkelte, dass bei der Vergabe der Aufträge Geld den Besitzer gewechselt hatte, welches mit der Bauerei selber nicht viel zu tun gehabt hatte. Doch es war müssig, der Sache nachzugehen.

Der Schneefall und das diesige Wetter legten über die ersten Stunden des Nachmittags den Fluch der Dämmerung. Cobb sah die Umrisse eines Mannes mit Bauch im Warteraum. Er trat ein, und der Polizist erhob sich. Sie schüttelten Hände.

«Freut mich, Sie zu sehen, Cobb.»

«Ebenfalls, Bärtschi. Ist schon eine Weile her.»

«Ja, eine ganze Weile.»

«Ich wünschte, wir wären unter anderen Umständen zusammengekommen.»

Cobb setzte sich und vergrub die Hände in den Taschen der Jacke. «Ist nicht wirklich warm hier drin.»

«Nein. Dafür sind wir unter uns.»

«Vorsichtig, Bärtschi? Warum?»

«Weiss nicht. Ein Gefühl.» Bärtschi setzte sich Cobb gegenüber.

«Macht das die Polizeiarbeit?»

«Was?»

«So ein leicht paranoides Gefühl.»

«Vielleicht, Cobb.» Bärtschi beugte sich vor. «Zur Sache. Oliver Roth ist ermordet worden.»

«Das sagten Sie am Telefon.»

«Ja. Ich sagte es bereits. Was Sie noch nicht wissen, ist, dass auch seine Frau umgebracht wurde.»

Cobb schwieg.

«Sie war schwanger. Auch das Ungeborene hat den Überfall nicht überlebt. Wir fanden die Frau im Keller nackt in einer Ecke liegend. Äusserlich war sie unversehrt. Die Gerichtsmedizin wird das klären.»

«Wie lange wird das dauern?»

«In ein, zwei Tagen wissen wir mehr. Ich gehe davon aus, dass sie erfroren ist.»

«Bei sich zu Hause im Keller?»

«Die Tiefkühltruhe lag umgekippt da. So, wie wir sie gefunden haben, könnte man sich vorstellen, dass sie aus der Truhe geschlittert ist.»

«Welche Art Phantasie braucht man, um auf so was zu kommen, Bärtschi?»

«In meinem Beruf sieht man Dinge, die einen zweifeln lassen, ob es so etwas wie Grenzen überhaupt gibt.»

«Und Roth?»

«Sein Tod ist klassischer. Jemand hat ihm aus der Nähe in die Stirn geschossen. Kleines Kaliber. Wir haben kein Austrittsloch gefunden.»

«Die Kugel steckt also noch immer in seinem Kopf.»

«Kommt darauf an, wie schnell die Gerichtsmedizin arbeitet.»

Cobb erhob sich und ging im Warteraum hin und her. «Warum erzählen Sie mir das, Bärtschi?»

«Wir haben eine Notiz auf einem Post-it gefunden. Darauf stand Ihr Name.»

«Also sind Sie davon ausgegangen, dass wir uns kennen.»

«Kann ich davon ausgehen, Cobb?»

«Volltreffer, Bärtschi. Wir arbeiteten vor etlichen Jahren zusammen.»

«Wo?»

«Auf der Redaktion einer Pendlerzeitung. Roth war damals Volontär, und ich bildete ihn aus. Ein talentierter Kerl. Danach machte er sich selbstständig. Wir hatten uns aus den Augen verloren.»

«Sie hatten keinen Kontakt mehr zu ihm?»

«Nein. Warum sollte ich? Ich hatte eigene Sorgen.»

«Können Sie sich erklären, warum er Ihren Namen auf einen Zettel geschrieben hat?»

«Nein. Vielleicht brauchte er eine Information.»

«Oder er wollte Sie über etwas informieren.»

«Ja.»

«Eine Idee?»

«Keine Idee.» Cobb setzte sich wieder.

Bärtschi lehnte sich zurück. «Was heisst Cadoc?»

«Ist ein Name. Warum?»

«Stand auf dem Post-it, vor Ihrem Namen, Cobb.»

«So heisse ich.»

«Wie?»

«Wie auf dem Zettel.»

«Cadoc Cobb?»

«Cadoc Cobb.»

«Ja, also, wie der Fisch?»

«Der Vorname ist walisisch.»

«Wie kommen Sie zu so was?»

«Fragen Sie meine Eltern.»

«Soweit ich weiss, sind sie über dem Atlantik abgestürzt.»

«Sie sind tot, ja.»

«Kann man nichts machen, Cobb. Ich muss Sie bitten, vorsichtig zu sein. Vielleicht hat der oder haben die Täter Ihren Namen mitbekommen.»

«Sie glauben, die haben noch eine Kugel für mich übrig?»

«Ich weiss es nicht, Cobb. Bisher haben wir nichts, was uns weiterhelfen könnte. Wir finden keinen Computer. Auch kein Auto in der Garage.»

Ihre Köpfe wandten sich der Tür zu. Eine Dampfnudel mit Kopfhörern keuchte durch den Raum. Cobb war sich nicht sicher, ob der Bursche überhaupt etwas sah. Der Schal drückte die tranigen Backen nach oben und versteckte die Augen zwischen zwei teigigen Wulsten. Der Junge tapste zur Sitzbank und liess sich darauf nieder. Jeder Atemzug richtete seinen Oberkörper etwas auf und liess ihn dann wieder in sich zusammensinken. Ein Beat schepperte aus den Kopfhörern.

Bärtschi erhob sich. «Es ist besser, wenn wir draussen weiterreden.»

«Ich glaube nicht, dass der junge Wal in der Ecke uns tatsächlich hören kann.»

«Ich möchte kein Risiko eingehen.»

Sie traten ins Freie. Cobb hätte sich jetzt gerne eine angezündet. Seine Taschen waren leer. Er liess Bärtschi vor dem Kiosk warten. Als er zurückkam, hing eine Zigarette von seinem Mundwinkel.

«Ich dachte, Sie hätten aufgehört, Cobb.»

«Wer sagt das?»

«Meine Tochter. Und sie hat es von Ihrer Tochter.»

«Marlen hat Leila davon erzählt?»

«Wenn die Lektionen in der Schule nicht genug hergeben, wissen sich die Mädchen selbst zu unterhalten. Und sie lernen ja auch gemeinsam für die Prüfung.»

«Ja, ja, das Gymnasium.»

Sie schlugen den Weg in die Altstadt ein. Bärtschi blieb stehen und betrachtete Cobb. «Und offenbar haben Sie ja auch eine Freundin.»

«Wie?» Cobb blies den Rauch aus.

«Eine Freundin, Geliebte. Wie sagt man? Lebensabschnittspartnerin.»

«Hat Marlen davon erzählt?»

«Ja.»

«Dann wird es wohl stimmen.»

«Kann es sein, dass ich sie kenne?»

«Nein, ich denke nicht, Bärtschi. Nicht persönlich.»

«Das kann sich ja noch ändern.»

Cobb zog an der Zigarette und sagte nichts.

7

«Ist Bobby tot, Mama?» Der Junge ignorierte die Waffe, mit der Ika abwechselnd auf ihn und auf seine Mutter zielte.

Sie hingegen hielt sie mit ihren Augen fest. «Nein, Finn, er ist nur müde und hat sich schnell hingelegt. Hunde tun das hin und wieder.»

«Und Papa? – Was ist mit ihm? – Ist er auch müde?»

Ihre Augen glitten kurz zur Seite und wieder zurück zur Pistole. «Ja, Papa hat sich auch kurz hingelegt.»

Sie stellte die Einkaufstaschen auf den Boden und schob den Jungen hinter sich. Jack sah, wie sich Ikas Finger um den Abzug spannten.

Ein Alptraum, dachte Jack. Das ist der Beginn eines Alptraums.

Jack wollte gar nicht wissen, wie er ausging. Er hängte sich an den Arm des Schützen und zog ihn zu Boden. Ika fiel auf Jack, rappelte sich wieder hoch und stiess ihm den Ellbogen in die Rippen. Jack kriegte ihn am Unterschenkel zu fassen. Ika konnte sich auf den Beinen halten und schlug zu.

Jacks Kopf knallte auf den Boden. Er wehrte sich gegen das Rauschen in den Ohren, tastete nach dem Brennholz und kriegte ein Scheit zu fassen. Er schleuderte es in Richtung Ika. Der wich aus und setzte dem Jungen die Pistole seitlich an den Kopf. Im selben Moment schlug Jack Ika den Schürhaken ins Gesicht. Er ging zu Boden. Ein weiterer Schlag ins Genick. Die Pistole glitt aus den Händen. Jack schlug wieder zu. Diesmal zielte er auf den Hinterkopf. Sein Körper machte weiter, obwohl das Hirn wusste, dass der Mann bereits tot sein musste.

Die Frau war in die Knie gegangen und hatte das Gesicht ihres Sohnes in ihrer Schulter vergraben. Während der letzten Schläge sah auch sie weg. Jack nahm die Pistole an sich. Er kämpfte gegen die Übelkeit und zwang sich, einen Gedanken zu fassen. Der erste war, dass er hier wegmusste. Der zweite, dass er Zeugen gegenüberstand, die gesehen hatten, wie er Ika erschlagen hatte. Der dritte, dass er etwas Zeit brauchte, um das alles zu sortieren. Jetzt war es an ihm, die Pistole auf die beiden zu richten.

«Ihr braucht euch vorerst keine Sorgen zu machen, solange ihr tut, was ich sage.»

Die Frau nickte.

«Zuerst einmal brauche ich Ihre Autoschlüssel.»

Die Frau deutete mit dem Kopf Richtung Tür, wo die Handtasche lag.

«Holen Sie den Schlüssel, bitte.»

Sie richtete sich auf, verdeckte das Gesicht des Jungen mit ihrem Oberschenkel und kramte in der Handtasche. Dann hielt sie Jack den Schlüssel hin.

«Nein, Sie fahren. Wo ist das Auto?»

Die Frau wollte antworten, brachte aber nur ein belegtes Krächzen über die Lippen.

Jack half. «Draussen?»

Sie schüttelte den Kopf.

«In der Garage?»

Sie nickte.

«Na, dann mal los.»

Die Gruppe setzte sich in Bewegung. Jack traf eine neue Entscheidung. «Stehen bleiben.»

Mutter und Sohn gehorchten. Jack ging ganz nah an ihr Ohr, damit der Junge nichts verstand.

«Die Sache war so nicht geplant. Und ich weiss nicht, was gespielt wird. Wir können jetzt alles sehr kompliziert machen und versuchen, uns gegenseitig reinzulegen. Das würde damit enden, dass ich Sie erschiessen müsste. Oder wir können versuchen, hier erst mal rauszukommen. Ich werde die Waffe nun in meine Jacke tun. Sie ist noch immer auf Sie gerichtet. Es wäre deshalb sehr nützlich, wenn Sie meine Anweisungen befolgen würden.»

Sie nickte.

Gemeinsam verliessen sie das Haus. Die Frau nahm die Fernbedienung aus ihrer Handtasche und drückte einen Knopf. Das

Garagentor ging auf. Drinnen stand das schwarz glänzende fehlende Glied zwischen Auto und Traktor. Der Wagen schien in jeder Hinsicht geländetauglich. Fehlten bloss die Raupen.

Jack wies die Frau an, sich hinters Steuerrad zu setzen. Der Junge nahm hinten Platz. Jack rutschte daneben.

«Wohin jetzt?» Die Frau liess den Motor starten.

«Zuerst einmal weg von hier.» Jack half dem Jungen, den Sicherheitsgurt festzumachen, und schnallte sich selber an. «Wie heisst du denn, mein Junge?»

«Finn.»

«Schöner Name, Finn.»

«Nein.»

«Nicht?»

«Nein. Ich würde lieber Robin heissen.»

Von vorne meldete sich die Frau: «Jetzt hör einmal auf damit, Finn!»

Jack lächelte. «Warum denn Robin?»

«Wegen Robin Hood.»

«Hast du denn auch einen Pfeil und einen Bogen?»

«Nein, ich bin noch zu klein, sagt Mama.»

«Wie alt bist du denn?»

«Ich gehe schon in den Kindergarten.»

Die Frau fuhr an den Strassenrand. «Können wir mit der Kinderstunde aufhören? Sie müssen sich entscheiden. Fahren wir *in* die Stadt oder raus aus der Stadt?»

«Zuerst einmal da vorne links weg.»

8

Anna Galati schob Zeitschriften, ein paar Haargummis, die Fernbedienung, Hustenbonbons, einige Münzen und Noten und einen kleinen Globus beiseite, um die Teetasse auf dem Couchtisch abzustellen.

Die Zeitschriften rutschten weg und fielen auf den Boden. Es folgten zwei Batterien und eine Wasserflasche. Galati hob sie auf und wollte alles wieder auf den Tisch zurücklegen. Aber die Teetasse hatte eine geheime Ordnung durcheinandergebracht. Sie brachte die Statik nicht mehr hin und überlegte, wo sie das alles hinlegen sollte.

Die Wohnungstür ging auf. Die Art, wie die Schuhe in die Ecke flogen, deutete auf Cobbs Tochter hin.

«Hallo?», rief Marlen aus dem Gang.

«Im Wohnzimmer.»

Marlen streckte den Kopf durch den Türrahmen. «Anna, du bist's!»

Galati hörte, wie Marlen den Mantel zu Boden fallen liess und in ihr Zimmer ging, um die übergrosse Handtasche zu verstauen, die sie als Schultasche benützte. Dann kam sie zurück und warf sich aufs Sofa.

Galati hielt Marlen die Zeitschriften und die Wasserflasche hin. «Weisst du, wohin das Zeugs gehört?»

«Das ist Papas Zeug. Ich brauch es nicht. Und es interessiert mich nicht. Schmeiss es einfach weg.»

«Und wenn er das Zeug noch braucht?»

«Der wird es gar nicht bemerken. Oder er wird denken, dass er es verlegt hat.»

«Bist du sicher?»

«So ist es immer.»

Galati ging in die Küche und warf PET-Flaschen zu den PET-Flaschen und stapelte Altpapier auf Altpapier. Als sie zurückkam, lag Marlen auf dem Sofa ausgestreckt.

«Mach Platz, du!» Sie hieb Cobbs Tochter an die Oberschenkel und eroberte sich so zwei Handbreit.

«Fängst du jetzt an, für Paps aufzuräumen?»

«Ich denke nicht daran. Ich wollte bloss eine Teetasse irgendwo hinstellen.»

«So Sachen sind bei uns gar nicht so einfach. Meist liegt irgendwo ein Buch im Weg.»

Galati trank einen Schluck und behielt die Tasse in der Hand.

Marlen zog die Luft durch die Nase ein. «Wow, du hast ja gekocht. Was ist hier eigentlich los? Ich komme heim und überrasche dich beim Aufräumen, und dann stellt sich heraus, dass du den ganzen Tag in der Küche gewerkelt hast. Du wirst allmählich häuslich.»

«Mir war langweilig.»

«Wo ist denn Paps?»

«Er musste noch weg.»

«Wohin?»

«Hab's vergessen.»

Cobbs Kommen kündigte sich mit einem Husten an. Dann ging die Wohnungstür.

«Scheisskälte da draussen.» Er ächzte, als er die Schuhe auszog, und er stöhnte, als er den Mantel aufhängte. Er versuchte zu lächeln, als er ins Wohnzimmer blickte. «Ich bin da.»

«Hallo Cobb.» Galati nahm einen Schluck.

«Hallo Paps.»

«Hallo ihr beiden. Was versucht ihr mir vorzumachen? Ein Stück Familienidyll?»

Galati stellte die Tasse auf den Tisch. «Wie war's?»

«Wie war was?»

«Was schon, Paps. Wie war dein Tag?»

«Zuerst habe ich diesen Tennisheini getroffen, der nichts zu sagen hatte. Ich hatte eher den Eindruck, dass es seine Frau ist, die das Sagen hat. Dann habe ich erfahren, dass ein ehemaliger Kollege von mir gestorben ist.»

«Woran?»

«Einer Kugel.»

«Woher?»
«Aus einer Pistole.»
«Nein.»
«Was?»
«Erfahren. Woher erfahren?»
«Bärtschi hat mich angerufen. Und dann habe ich ihn getroffen. Im Warteraum am Bahnhof.»
«Warum am Bahnhof?» Galati blies über den Tee, obwohl er schon lauwarm war.
«Verfolgungswahn, was weiss ich.»
«Das hat mir Leila auch erzählt.»
«Was denn?» Cobb rieb sich die Finger.
«Dass ihr Vater komisch wird. Er geht mit ihr spazieren, wenn er etwas Wichtiges zu besprechen hat, oder er lässt Musik laufen. Und er durchsucht immer seine Aktentasche, wenn er zu Hause ankommt.»
«Er wird eben langsam alt. So, mir ist arschkalt. Ich brauch einen Whiskey und ein Bad.»
«Schon wieder?»
«Nein. Das vorhin war eine kümmerliche Dusche ohne Drink.»
Er nahm, was er brauchte, und verschwand im Badezimmer.
Das Wasser war heiss, und Cobb brauchte einige Minuten, bis er ganz darin versunken war. Als er sich an die Temperatur gewöhnt hatte und die Langeweile im Badezimmer einzog, stellte er sich die Frage, auf die er bisher keine Antwort gefunden hatte. Warum waren Badewannen immer zu kurz geraten? Er war noch nie in einer drin, ohne dass die Knie auskühlten. Auch die Brust tauchte nie ganz ein. Cobb blies alle Luft aus den Lungen. Der Körper tauchte ab, Haut und die Brusthaare waren noch zu sehen. Wenn er wieder einatmete, hob sich der Oberkörper wie eine mit verdorrtem Gras bedeckte Insel.
Cobb vertrieb sich die Zeit damit, Luftblasen ins Wasser zu prusten. Oder er hielt die Luft an und tauchte ganz unter. Er hieb dazu mit dem Metall seines Fingerrings an die Wand der Badewanne. Der Ton breitete sich absonderlich im Wasser aus.

Cobb dachte, so müsste es sich im Bauch der Titanic angehört haben. Kurz vor dem Ertrinken horchte man, wie die Reisenden in der Nachbarskoje um Hilfe klopften. Bevor der Atemreflex einsetzte und Cobb einen Schluck Badewasser trinken musste, tauchte er auf.

Irgendwann wurde auch das gespielte Ertrinken langweilig, und Cobb lag einfach so da. Der Kopf lehnte am Rand der Wanne, und er lauschte seinem Atem und allem, was aus der Wohnung zu hören war.

Es klopfte kurz an der Tür. Ohne auf eine Antwort zu warten, steckte Marlen den Kopf herein.

«Dauert das noch lange, Cobb? Wir haben Hunger.»

«Bin gleich so weit.»

«Ist gut.» Marlens Gesicht verschwand.

«Mach die Tür zu!»

Die Tür blieb angelehnt. Cobb lauschte und hörte, wie Marlen etwas von einem Vortrag erzählte, den sie für die Schule vorbereiten musste. Die beiden Frauen unterhielten sich angeregt, und Cobb glaubte die Worte «Poetry» und «Slam» zu hören. Er holte Luft und rief, dass er jemanden kenne, mit dem Marlen reden könne. Aber sie schienen ihn nicht zu hören. Er rief noch einmal. Statt einer Antwort kriegte die Tür einen Schubs und war zu.

Inzwischen war auch das Wasser kühl geworden. Cobb stemmte sich hoch. Das ganze Gewicht seines Körpers wollte zurück ins Wasser. Aber Cobb wuchtete sich aus der Wanne. Zu spät merkte er, dass der Kreislauf rebellierte. Er musste sich an der Handtuchstange festhalten, um nicht zurück in die Wanne zu plumpsen. Er zählte bis zehn. Dann trocknete er sich ab, liess das Badetuch zu Boden fallen und tapste ins Wohnzimmer.

«Was ich sagen wollte: Ich kenne jemanden, der Poetry-Slam macht.»

Marlen sah hoch. «Paps, zieh dir doch etwas an.»

9

Jack konnte nicht nachdenken. Die Frau wollte unablässig wissen, welche Richtung sie einschlagen sollte. Der Junge wollte von Jack weitere Episoden von Robin Hood hören. Zwischendurch fragte er seine Mutter, wann denn Papa wieder aufwachen würde, was sie mit einer unwirschen Bemerkung wegfegte. Es wurde Zeit, sich einen Stich in den Oberschenkel zu verpassen, und ja, es wurde auch Zeit, endlich eine zu rauchen. Er gab der Frau die Anweisung, in Richtung Zürich zu fahren. Beim nächsten Rastplatz liess er sie anhalten. Er zog den Autoschlüssel ab, stieg aus und wies Mutter und Sohn an, im Auto sitzen zu bleiben. Während er sich durch den Stoff der Hose ins Bein stach, sah er zu, wie die Frau dem Jungen ein iPad in die Hand drückte. Jack zündete sich eine Zigarette an und ordnete die Gedanken.

Ulrich Gaugler, Facharzt für Psychiatrie und Psychotherapie, war bereits tot, als Ika und er aufgetaucht waren, um ihm Geld abzuknöpfen. Das bedeutete, dass der Auftraggeber noch immer auf sein Geld wartete. Wenn man eins und eins zusammenzählte, musste es so aussehen, dass Jack Ika erschlagen hatte, um mit dem Geld das Weite zu suchen.

Die Gattin und der Sohn waren zu einem denkbar ungünstigen Moment zu Hause aufgetaucht. Sie waren Zeugen eines Überfalls. Und wie sollte man dem Gericht erklären, dass der Herr Doktor bereits tot gewesen war?

Jack zog an der Zigarette, warf sie weg und zündete sich eine neue an. Natürlich würde er vor Gericht damit durchkommen. Vorausgesetzt, dass die Kugeln in Hund und Herrchen aus verschiedenen Waffen abgefeuert worden waren. Was, wenn alles mit der Absicht arrangiert worden wäre, um ihm, Jack, den Mord an Gaugler und seiner Familie anzuhängen?

Jack verfolgte diesen Gedanken weiter. Ika wäre morgens zu Gaugler gefahren, hätte ihn kaltgemacht, hätte Jack abgeholt, sie wären zusammen zu Gaugler zurückgefahren, um die Familie auszulöschen. Ika hätte Jack erschossen und die Waffe neben seine Leiche gelegt.

Es war nichts, was er persönlich nehmen musste. Denn eigentlich wäre Reto an seiner Stelle in diese unangenehme Situation geraten. Etwas war mit Gaugler faul gewesen. Und das hatte jemandem nicht gepasst. Und deshalb musste er weg.

Ganz sicher musste der jetzt ziemlich wütend sein, weil er, Jack, Ika erschlagen hatte. Und dieser Jemand musste ziemlich in der Klemme sitzen, weil jetzt die Zeugen eines Mordes mit dem geländetauglichen Fahrzeug einer Hausfrau unterwegs waren.

Was also lag näher als die Annahme, dass Jack und die beiden Menschen, die im Auto sassen, wenig auf ihr Überleben wetten konnten, wenn sie gefunden wurden. Sie mussten eine Zeit lang untertauchen.

Jack schnippte die Zigarette weg und holte eine weitere aus der Packung. Die Frau stieg aus dem Wagen. Jack hielt die Pistole in der Jacke hoch. Sie ging um die Motorhaube herum und stellte sich neben ihn.

«Kann ich eine haben?»

«Eine Zigarette?»

«Ja.»

«Natürlich.» Jack hielt ihr die Packung hin. Sie standen nebeneinander und rauchten.

«Wie weiter?», fragte die Frau.

«Wir müssen von der Bildfläche verschwinden.»

«Wir?»

«Ja. Sie, Ihr Sohn und ich. Ich weiss nicht, was da los ist. Aber ich denke, irgendjemand sieht es nicht gerne, wenn drei Zeugen eines Mordes frei herumlaufen.»

«Und wie steht es mit Ihnen?»

«Was soll sein?»

«Was tun Sie mit den Zeugen des Mordes, den Sie begangen haben?»

«Ich bitte Sie, das war Notwehr.»

«Er hat Sie doch gar nicht bedroht.»

Jack blies Rauch aus und sah ihm nach. «Ich kann mich

ins Auto setzen und Sie beide hier ausladen. Wir können es darauf ankommen lassen, ob Sie es bis zur nächsten Polizeistelle schaffen, um Ihre Aussage aufnehmen zu lassen.»

«Wie geht's weiter?»

«Wir verschwinden von der Bildfläche.»

Die beiden stiegen wieder ein. Die Frau rüttelte den Jungen. Abwesend sah er vom iPad hoch. Sie erklärte ihm, dass sie heute auswärts schlafen mussten, da Papa sehr müde sei und seine Ruhe brauche. Der Junge nickte, die Frau folgte Jacks Anweisung und fuhr zurück in Richtung Stadt. Als sie am Fussballstadion vorbeikamen, sah Finn kurz hoch.

«Haben wir Sam dabei?», fragte er.

Die Frau hieb aufs Steuerrad und fluchte leise. Jack sah sie an. «Wer ist Sam?»

«Sam ist Sam», antwortete Finn, ohne hochzuschauen.

«Sein Kuscheltier. Ohne schläft Finn niemals ein.» Die Frau klopfte aufs Steuerrad.

«Und wo ist Sam jetzt?» Jack seufzte.

«Zu Hause im Bett.»

«Wie soll ich das verstehen?»

«Sam, das Kuscheltier meines Sohnes, liegt bei ihm im Kinderzimmer im Bett. Eine Maus mit zu langem Hals. Ohne Sam schläft Finn nicht ein. Das wird ein Mordstheater geben.»

«Was schlagen Sie vor?»

Finn sah vom iPad hoch. «Gehen wir Sam holen?»

Die Frau sah in den Rückspiegel. «Wir können Sam nicht holen, Schatz. Wir würden Papa aufwecken.»

«Und wenn wir ganz leise sind?»

In diesem Moment wurde Jack wieder klar, warum er nie Kinder wollte.

Sie fuhren am Haus vorbei und hielten um die Ecke. Jack befahl der Frau, auszusteigen, um sich mit ihm zu besprechen. Draussen, bei einer weiteren Zigarette, machte er ihr klar, dass er ihren Sohn erschiessen müsse, falls sie die Gelegenheit ausnützen würde, um Alarm zu schlagen. Und dass es keine gute Idee sei, die Polizei anzurufen, weil er nicht zögern würde, beide zu töten, falls es zu einer Verfolgung durch die Hüter des Gesetzes kommen würde. Die Frau nickte, warf die Zigarette in den grauen Schnee und schritt zur Haustür. Jack sah ihr nach und hoffte, dass er besser lügen konnte, als er fähig wäre, die Waffe zu benutzen.

Er zündete sich noch eine an und sah durch die offene Tür zu, wie Finn das iPad streichelte. «Was tust du denn da?»

«Ich spiele.»

«Was denn?»

«Hoopa City.»

«Um was geht es da?»

«Ich baue eine Stadt.»

«Willst du einmal Architekt werden?»

«Nein. Baggerfahrer.»

«Ach so.»

Jack gestand sich eine weitere Zigarette zu. Ihm war klar, dass noch zu wenig Zeit verstrichen war, um die Frau bereits wieder draussen zu erwarten. Und doch hoffte er, dass sie jede Sekunde durch die Tür treten würde.

«Warum ist Papa so müde?»

«Vielleicht hat er viel gearbeitet.»

«Warum legt er sich denn nicht ins Bett?»

«Man sagt manchmal, dass man arbeitet bis zum Umfallen.»

«Hat Papa gearbeitet bis zum Umfallen?»

«Sieht ganz so aus.»

Jack sah, wie ein weisser Volvo mit deutschem Kennzeichen die Quartierstrasse hochkam. Er liess die Zigarette zu Boden fallen und versteckte sich hinter der getönten Scheibe der offenen Tür. Das Auto schlich an ihnen vorbei und hielt vor Gauglers Haus an. Einer der Männer stieg aus, um das Namensschild zu lesen. Er nickte und bedeutete dem Fahrer, in der Einfahrt zu parkieren. Drei Männer stiegen aus, sahen sich um und bewegten sich auf den Eingang zu.

«Hat er?»

«Was?» Jack liess die Männer nicht aus den Augen.

«Gearbeitet. Bis zum Umfallen?»

«Frag deine Mutter. Ich hoffe, sie bleibt wach.»
«Wie?»
«Nichts.»

Julia Gaugler hatte die Tür abgeschlossen, damit nicht plötzlich ein neugieriger Nachbar im Haus stand. Sie war am Wohnzimmer vorbeigeschlichen, als wollte sie die beiden Toten in ihrer Ruhe nicht stören. Sie wusste nicht, weshalb ihr Mann hatte sterben müssen. Sie war auch mehr verwundert darüber, dass er so lange keinen Ärger gekriegt hatte, als dass sie darüber staunte, dass es nun so weit gekommen war.

Sie hatte miterlebt, wie er sein Geld verdiente. Erst als seine Praxishilfe, dann als seine Ehefrau. In beiden Fällen war ihr Verhältnis eher geschäftlicher Natur gewesen. Das mündete darin, dass sie ihm das Kind schenkte, das ihm seine Ex-Frau nicht hatte geben können. Als Gegenleistung liess sie es sich gut gehen.

Sie war die Treppe in den ersten Stock hochgerannt. Sie hatte Finns Kuscheltier im Zimmer gesucht und nicht auf Anhieb gefunden. Im Bett lag es nicht. Sie hob sämtliche Kissen und die Decke hoch. Schliesslich lag Sam unter dem Bett. Julia legte sich auf den Boden und zog die Maus mit zu langem Hals hervor. Sie stützte sich am Bett ab und kam hoch, als ihr Blick zum Fenster ging. Sie sah drei Männer auf die Haustür zugehen. Zuerst hörte sie, wie jemand versuchte, den Türgriff zu benutzen. Sie schlich zur Treppe und war auf halbem Weg nach unten, als das Holz der Tür splitterte. Sie nahm zwei Sätze und rannte weiter ins Arbeitszimmer am Ende des Ganges. Sie hörte die Männer reden, schloss leise die Tür und öffnete das Fenster. Sie stieg hinaus in den matschigen Schnee, duckte sich an den Fenstern vorbei und rannte zum Auto.

Sam landete auf Finns Schoss. Jack hielt sich fest, als Julia losfuhr. Eine Frau winkte, als sie an ihr vorbeirasten, Julia winkte zurück und beeilte sich, das Quartier hinter sich zu lassen.

10

Nada Vukovic kannte die Gewohnheiten ihrer Kunden. Meist waren es Kundinnen wie Frau Gaugler, die jetzt an ihr vorbeigefahren war, ohne anzuhalten. Das passte nicht zu ihr. Nur zugewinkt hatte sie. Normalerweise würde sie anhalten, die elektrisch betriebene Scheibe würde hinuntergleiten, und Frau Gaugler würde ihr einige Anweisungen geben. Aber schon das wäre seltsam genug gewesen. Denn wenn Nada Vukovic bei Gauglers arbeitete, legte sich die Frau des Hauses in die Badewanne.

Das wusste sie mit Sicherheit. Genauso wie sie wusste, wo in welcher Liegenschaft der Staubsauger stand, den sie immer zuerst hervorholte. Sie kannte auch die Orte, wo die Putzeimer verstaut oder die Schrubber zu finden waren und wo man lieber «Meister Proper» roch und in welchen Liegenschaften man Wert auf Nachhaltigkeit legte. Einsatzgebiet für Schmierseife.

Einige Kundinnen wollten die Wäsche gebügelt, andere das Altpapier gebündelt oder wöchentlich die Fenster geputzt haben. Andere begnügten sich damit, wenn einfach alles einmal gereinigt wurde. Nada Vukovic erfüllte alle diese Wünsche für einen Lohn von knapp dreissig Franken in der Stunde.

Sie wusste auch, wer wann zu Hause war und wer nicht.

Frau Gaugler sollte jetzt nicht unterwegs sein. Solange Nada Vukovic sich um die restlichen zwei Nasszellen kümmerte, lag sie in der Wanne der dritten. Das machte ihr nichts aus. Anstrengend war, dass ihr Sohn Finn sie überallhin verfolgte. Er stellte ihr jede Woche dieselben Fragen. Eigentlich wollte er von jeder ihrer Bewegungen wissen, wozu sie gut sein sollte. Inzwischen hatte sie den Dreh raus. Sie fütterte ihn mit einem Topf saure Zungen und drückte ihm ihr Smartphone in die Hand. Zwar watschelte er ihr noch nach, hielt aber den Mund.

Heute konnte sie in aller Ruhe sauber machen. Mit etwas Glück wäre auch der Ehemann nicht zu Hause. Sie würde das

Radio anmachen und mit musikalischer Begleitung den Chromstahl zum Glänzen bringen.

Offensichtlich war Frau Gaugler mit ihrem Vater unterwegs. Oder mit sonst einem älteren Mann. Sie konnte sich jedoch nicht erinnern, dass Frau Gaugler je von einem Vater erzählt hätte.

Da es nun nicht so wichtig war, rechtzeitig auf der Arbeit zu erscheinen, nahm sie sich eine Zigarette und blies den Rauch in die kühle Gegend. Die Atemluft kondensierte. Zusammen mit dem Rauch der Zigarette gab das hübsche Wolken. Sie wurden von der Strassenlaterne zum Leuchten gebracht.

Eigentlich sollte sie aufhören, abends noch zu arbeiten.

Wenn sie in vier Stunden heimkäme, sollten die Kinder längst schlafen. Das taten sie eigentlich nie. Sie sah auf die Uhr. Um diese Zeit müssten sie sich das Abendessen wärmen. Sie hoffte, dass die Ältere den beiden Jüngeren bei den Hausaufgaben helfen würde. Und noch mehr wünschte sie sich, dass ihre Tochter noch genügend Energie aufbringen würde, sich selber hinter die Schularbeit zu setzen. Sie wirkte in letzter Zeit müde. Aber was sollte man machen. Wer vorwärtskommen will, muss strampeln.

Sie liess die Zigarette fallen. Es zischte, und sie war tot. Nada Vukovic wandte sich dem Haus zu und hielt den Schlüssel bereit. Sie bemerkte das Auto, das in der Garageneinfahrt stand. Als zwei Männer auftauchten, machte Nada Vukovic einen Schritt zurück in den Schatten einer Buchshecke. Zwei Männer zogen einen grossen Abfallsack hinter sich her. Ein dritter ging voraus und sah die Strasse hinauf und hinunter. Die beiden Männer öffneten den Kofferraum. Sie erkannte ein deutsches Autokennzeichen. Die Männer hoben den Plastiksack an. Er entglitt ihnen, fiel zu Boden und schlitterte, bis er an das Garagentor polterte. Der dritte Mann fuhr herum und zischte die beiden an. Die versuchten sich zu rechtfertigen. Nada Vukovic konnte die Sprache nicht einordnen, obwohl ihr der Singsang bekannt vorkam.

Sie packten den Plastiksack, zogen ihn über den Schneematsch. Dieses Mal hoben sie ihn hoch genug. Er plumpste in den Kofferraum. Der Grössere der beiden setzte sich ans Steuer, der andere auf den Rücksitz. Der Aufpasser öffnete die Tür zum Beifahrersitz. Das Auto fuhr rückwärts aus dem Garagenvorplatz, wendete und brauste an ihr vorbei. Sie sah ihm nach.

Sie dachte, dass es deutsche Handwerker sein mussten, die im Inneren des Hauses zu tun hatten. Herr Gaugler beschäftigte immer wieder Leute aus dem deutschen Grenzgebiet. Die Kosten waren niedriger, und die Arbeit wurde gründlicher erledigt, behauptete er.

Nada Vukovic war an der Haustür angelangt. Hinterliessen Handwerker zersplittertes Holz?

11

Bärtschi musste unten durch. Die dünne Schneeschicht war gefroren und rutschig. Er hatte zuerst versucht, das rechte Bein über das Absperrband zu heben, hatte es sich anders überlegt und das Bein gewechselt. Er war in Rücklage geraten und musste mit den Armen kräftig rudern, um nicht hinzufallen. Das Blaulicht der Polizeiwagen liess Bärtschis Schatten wie einen plumpen Vogel aussehen, der unfähig war, vom Garagenplatz hochzuflattern.

Bärtschi hob das Absperrband und bückte sich. Der Bauch war ihm im Weg. Die Luft blieb für einen kurzen Moment weg. Das war immer noch besser, als sich den einen oder anderen Knochen im Leib zu brechen. Sein Kollege Stefan Menk eilte herbei, um zu helfen. Bärtschi schüttelte ihn ab, richtete sich auf und ging auf den Eingang zu.

Vor der Tür blieb er stehen und besah sich das gesplitterte Holz der Tür. Die Anruferin hatte recht gehabt. So gelangten auch die rüpelhaftesten Handwerker nicht ins Haus. Die zuverlässigen Arbeiter der Gilde würden anrufen, um zu einem Schlüssel zu kommen, die faulen Eier auf dem Absatz kehrtmachen und die Reisespesen verrechnen.

Straumann war der erste Beamte am Tatort gewesen. Er hatte sich einen kurzen Überblick verschafft, einige Worte mit Nada Vukovic gewechselt und sie angewiesen, in der Küche zu warten. Vorsichtshalber hatte er ihr verboten, etwas zu berühren oder gar mit Putzen zu beginnen. Sie hatte ihn angeherrscht, für wie blöd er sie eigentlich halte.

Straumann war vor die Tür gegangen, um Bärtschi anzurufen. Es hatte eine Weile gedauert, bis der ans Telefon gegangen war. Bärtschi war kurz angebunden gewesen, weil er sich aufs Autofahren konzentrieren musste. Also hatte sich Straumann auf die Information beschränkt, dass zwei Leichen gefunden worden waren. Ein Mann und ein Hund.

Jetzt war er da. Stand im Wohnzimmer und betrachtete Gaugler, der am Boden lag und so oft fotografiert wurde, wie vermutlich die vergangenen zehn Jahre nicht mehr. Die Spurensicherung suchte an den Türfallen nach Fingerabdrücken. Bärtschi verlangte, dass alle für einen Moment den Raum verliessen. Einzig Straumann und Menk blieben.

Die Ruhe knisterte. Bärtschi ging in die Knie und beugte sich zum Toten.

«Er wurde zweimal getroffen», sagte Menk.

«Ich sehe, dass er zweimal getroffen wurde, Menk. Ich nehme an, dass der Schuss in den Bauch ihn bloss verletzt hat. Und die Kugel im Kopf hat es gerichtet. Es hat wohl gedauert, bis in den Kopf geschossen wurde. Das Herz hatte ganz schön Zeit, das Blut aus der Wunde im Bauch zu pumpen. Der Parkett ist ruiniert.»

Bärtschi stöhnte kurz und stand wieder auf den Beinen. Er sah auf den Hund hinab und fragte sich, was das wohl für eine Rasse gewesen sein mochte. «Menk, klär doch ab, was das mal für ein Hund gewesen ist.»

«Wie meinst du, Bärtschi?»

«Die Rasse. Versuch herauszufinden, welche Rasse das ist. Dazu musst du wohl das Fell genauer untersuchen, den Schwanz, die Grösse und so weiter. Vom Kopf ist nicht mehr viel übrig.»

Straumann räusperte sich. «Psycho-Arzt erschiesst Hund und richtet sich selbst. – Wenn das keine Schlagzeile ist.»

Bärtschi lächelte und drehte sich einmal um die eigene Achse. Er liess die Informationen in sich hineinsinken. Teure Gemälde, ein Cheminée mit sorgfältig aufgeschichtetem Holz, ein Schürhaken am Boden. Teure Polstergruppe. Darunter lag ein iPhone. «Menk, bück dich doch bitte einmal und heb das Telefon auf.»

Menk streifte sich Handschuhe über und holte sich das Telefon.

Bärtschi trat zu ihm hin. «Oh, ein iPhone. Lass es untersuchen. Vielleicht finden wir was. Und sag den Leuten, dass sie wieder weitermachen können.»

Menk verschwand durch die Tür. Der Raum füllte sich erneut. Bärtschi stand eine Weile da und beobachtete das emsige Treiben. Sein Blick ging weiter im Raum spazieren, bis er an einem Flecken am Boden hängen blieb. «Was ist das?»

Eine Frau von der Spurensicherung trat zu ihm hin. «Was?»

«Das da, am Boden.»

Die Frau bückte sich und hob ein Haarbüschel vom Boden auf. Bärtschi zog die Lesebrille an. Er erkannte dunkles Haar und etwas Haut. Das konnte nicht vom Hund stammen. Und die Leiche am Boden war angegraut.

«Straumann, schau dir das da an.»

Straumann kam näher und bückte sich zur Hand der Frau hinab.

«Fragst du dich auch, wem diese Haare gehören, Straumann?»

«Nein, ich frage mich eher, wo der Rest geblieben ist, zu dem dieses Stück Haut und die Haare passen.»

«Wartet diese Frau …»

«Vukovic.»

«Ja. Wartet sie noch in der Küche?»

«Sie wird allmählich ungeduldig.»

In der Küche dröhnte die Lüftung. Nada Vukovic ging auf und ab und zog an einer Zigarette. Der Rauch beeilte sich, durch den Abzug nach draussen zu gleiten. Bärtschi hievte sich auf einen Barhocker und bat die Frau, sich auch hinzusetzen. Nada Vukovic liess Wasser über die Glut rinnen, warf den Stummel in den Abfall und setzte sich. Menk legte die Stirn in Sorgenfalten. Straumann vergrub die Hände in den Taschen seines Regenmantels. Bärtschi staunte immer wieder, wie er es fertiggebracht hatte, einen Mantel vom selben Grau zu finden, das auch die Haut seines Gesichts hatte.

«Bärtschi mein Name. – Frau Vukovic, Sie haben einige Männer beobachtet, die das Haus verliessen.»

«Drei. Das habe ich bereits einem Ihrer Leute erzählt.»

«Ja, ich weiss. Ich möchte mir selbst ein Bild von der ganzen Angelegenheit machen.»

«Sind Sie hier der Chef?»

«Ich leite die Ermittlungen, richtig.»

«Gut. Die Männer kamen aus dem Haus. Sie sprachen miteinander. Ich habe nichts verstanden.»

«Redeten sie zu leise?»

«Ja, auch. Aber ich hätte wohl auch die Sprache nicht verstanden.»

«Verstehe. Was noch?»

«Da war dieser Plastiksack. Sie zogen einen Plastiksack über den Schnee.»

«Sie zogen ihn. Sind Sie sicher, dass sie ihn nicht trugen?»

«Ich hab doch gesehen, was ich gesehen habe.»

«Sicher. Sonst noch was?»

«Ja, bevor ich die Männer gesehen habe, beobachtete ich, wie Frau Gaugler mit dem Jungen vom Haus wegfuhr.»

«Ist das ungewöhnlich?»

«Ja, denn meist setzt sie sich in die Badewanne, wenn ich putze. Nun aber fuhr sie mit ihrem Sohn und ihrem Vater davon.»

«Mit dem Grossvater des Kindes?»

«Ich nehme es an. Das Alter dazu hatte er. Was soll so ein Mann sonst mit dieser Frau und dem Kind?»

«Herr Gaugler ist auch etwas älter als seine Gattin, habe ich mir sagen lassen.»

«Ja, das stimmt. Aber Gaugler hat Geld. Dieser Mann da im Auto sah eher aus wie … wie Männer in seinem Alter eben aussehen, wenn sie von der Rente leben müssen.»

Bärtschi wandte sich Straumann zu. «Gib eine Fahndung raus, Straumann. Wir suchen Frau Gaugler, ihren Sohn und einen Mann, der ihr Vater sein könnte.»

Straumann zog sein Telefon hervor. «Frau Vukovic, was für einen Wagen fährt Frau Gaugler?»

«Woher soll ich das wissen? So was Grosses, Breites mit dicken Reifen.»

«Menk!»

«Ja.»

«Find heraus, was Frau Gaugler für einen Wagen fährt.»

12

Die Reifen des Porsche Cayenne Diesel zerbröselten die Eisschicht. Julia Gaugler hatte das Fernlicht eingeschaltet. Jack sass hinten und lehnte seine Unterarme auf die Polster der Vordersitze. Ein Reh blieb vom Licht geblendet am Wegrand stehen. Julia Gaugler verlangsamte und rollte an dem Tier vorbei. Sie wollte Finn auf das Tier aufmerksam machen. Der Junge reagierte nicht. Er hielt die Maus mit zu langem Hals im Arm, und es sah so aus, als könnte ihn nichts auf der Welt von seinem Spaziergang durch das Land der Träume abhalten.

Jack erkannte weit vorne die Hütten. Sie fuhren zügig am Drahtzaun vorbei und bogen auf den Parkplatz ein. Er bedeutete der Frau, das Tempo zu drosseln. Hinter einigen Büschen am Waldrand hielt sie den Wagen an und schaltete das Licht aus. Sie stieg aus und nahm den Jungen in den Arm. Jack legte eine Decke um die beiden. Er liess sie vorausgehen, öffnete das metallene Tor zu den Schrebergärten und suchte das richtige Gartenhaus. Dort tastete er nach dem Schlüssel, öffnete die Tür, und sie traten ein.

Julia Gaugler legte Finn auf eine breite Sitzbank und rieb sich die Hände. «Wir werden erfrieren.»

«Nicht, wenn wir etwas dagegen unternehmen. Kommen Sie mit.»

«Habe ich eine Wahl?»

«Nein.»

Gemeinsam gingen sie nach draussen. Jack klopfte Schnee aus einem Korb. Sie luden Brennholz und brachten es hinein. Er fand die Anzündwürfel, tränkte Zeitungspapier mit Brennsprit und heizte ein. Eine grosse weisse Flamme erhellte das Innere des Gartenhauses. Schatten tanzten. Er öffnete einen Schrank und entnahm ihm drei Wolldecken. Sie fühlten sich klamm an. Er hängte sie an die Wärme. Dann stellte er eine Büchse Bohnen auf den Ofen.

Julia Gaugler sass neben ihrem schlafenden Sohn und beobachtete Jack. Er blieb stehen und starrte in die Flamme. «Tut mir leid, das Ganze.»

Julia Gaugler seufzte und blickte zu Boden. «Was tut Ihnen leid? Dass Sie meinen Mann erschossen haben? Dass der Hund tot ist, dass Sie uns erschiessen werden?»

«Ich habe niemanden erschossen.»

«Dann eben Ihr Komplize.»

«Er ist nicht mein Komplize.»

«So?»

«Auf sein Konto geht der Hund. Ihr Mann war bereits tot.»

«Finden Sie jemanden, der Ihnen das glaubt.»

«Deshalb sind wir hier. Ich brauche Zeit.»

«Um uns aus dem Weg zu räumen.»

«Um zu sortieren. Möchten Sie zuhören?»

«Vielleicht höre ich dann zu frieren auf.»

«Sie tragen doch diesen Pelz.» Jack warf ein weiteres Scheit ins Feuer.

«Ich beginne zu vermuten, dass das Tier an Unterkühlung gestorben ist. – Sortieren Sie.»

Jack zog eine Zigarette aus der Packung. Als er das Feuerzeug suchte, fiel sein Blick auf Finn. Er nahm die Zigarette von den Lippen und drehte sie in seinen Fingern. «Hätte sich Reto gestern Nacht nicht das Gehirn verflüssigt, sässe ich jetzt zu Hause und würde ‹Dr. House› schauen.»

«Wer ist Reto?»

«Mein Sorgenkind.»

«Und säuft?»

«Er ist sechsunddreissig. Und dass er so alt geworden ist, hat er zu einem guten Stück mir zu verdanken. Reto verabredete sich mit dem Typen, der nun tot ist, bei mir zu Hause.»

«Den Sie erschlagen haben.»

«Ich kann mich erinnern. Sie brauchen das nicht immer zu betonen.»

«Weiter.»

«Er hat sich also bei mir verabredet. Daran ist nichts Ungewöhnliches. Er hat keinen festen Wohnsitz. Er ruft mich also an, lallt ein paar Dinge und ist wieder weg. Ich habe verstanden, dass ich bei einem Job einspringen soll. Und so war es auch. Es klingelte, und dieser Ika steht vor der Tür.»

«Der Kleine, der uns erschiessen wollte.»

«Der Kleine, den ich umgebracht habe. Er holt mich also ab, wir fahren mit dem Bus zu euch. Die üblichen Bedingungen, die übliche Vorgehensweise.»

«Die üblichen?»

«Bedingungen, die übliche Vorgehensweise. Ja. Jobs für Gläubiger. Zehn Prozent von der Summe. Im Gegenzug dafür: ein bisschen drohen, Dinge zerdeppern und etwas wehtun. Wir treffen also beim Haus ein. Gehen rein, die Tür hat offen gestanden. Und drinnen liegt er. Ihr Mann. Bevor wir die Situation neu durchgehen konnten, sind Sie aufgetaucht. Und dann ging's los mit dem Hund.»

«Der Rest ist mir bekannt.»

Julia Gaugler stand auf und nahm sich eine der Decken. Sie starrte ins Feuer. «Gute Geschichte. Und wie war's wirklich?»

Jack warf ein Scheit nach. «Die Antwort darauf könnte uns helfen, am Leben zu bleiben.»

«Mama?» Finn hatte die Augen geschlossen und tastete mit den Händen ins Leere. Julia Gaugler bückte sich zu ihm hinunter. Finn brabbelte unverständliches Zeug. Sie nahm ihn bei der Hand. Jack folgte ihnen nach draussen. Das Kind pieselte eine Schneise in den Schnee. Die Mutter half ihrem Sohn, den Weg zurück ins Gartenhaus zu finden, legte ihn auf die Sitzbank und deckte ihn zu.

Jack nahm die Büchse Bohnen vom Ofen. Mittels eines Schraubenziehers liess er den Überdruck aus der Dose entweichen. Er öffnete einige Schubladen und fand ein Taschenmesser. Er stellte die Büchse auf den Tisch und reichte Julia Gaugler eine Gabel.

«Essen Sie.»

«Vielleicht haben Sie recht. Es war ein langer Tag.»

Jack betrachtete die Bohnen auf seiner Gabel. «Oh ja.» Er schluckte.

Beide stocherten sich schweigend bis zur Hälfte der Büchse durch. Dann legten sie die Gabel beiseite. Die andere Hälfte war für den bestimmt, der da schlief und noch wachsen musste.

Jack suchte mit der Zunge die Zahnreihen nach Essensresten ab, stand auf, schenkte sich und der Frau Wasser in ein Glas. Er staunte, dass die Kohlensäure noch immer aktiv war. «Das mit Ihrem Mann tut mir leid.»

«Der ist das kleinere Problem. Ich gedenke nicht, ihm eine Träne nachzuweinen. Dass Sie ihn erschossen haben, ist eigentlich eine Erleichterung.»

«Ich habe ihn nicht erschossen.»

«Ihr Kumpel.»

«Fangen Sie nicht wieder damit an. Er ist nicht mein Kumpel. Weder Kumpel noch Komplize.»

«War.»

«Er war es nie und ist es nie gewesen. Nichts von beidem.»

«Egal.» Julia Gaugler hörte auf, ihren Sohn zu streicheln. Sie verschränkte die Arme und sah Jack an. «Ob dieses Arschloch lebt oder tot ist, ist mir ziemlich egal.»

«Ach.»

«Ja. So wie sich die Dinge entwickelt haben, hätten wir uns über kurz oder lang scheiden lassen.»

«Bitte legen Sie die Hände auf den Tisch.»

«Wozu?»

«Ich muss sie zusammenbinden. Wir gehen jetzt schlafen.»

Julia Gaugler legte sich in eines der Feldbetten, und Jack deckte sie zu. Er vergewisserte sich, dass Finn ruhig schlief. Draussen kramte er den Pen aus der Jackentasche und stach sich durch den Stoff der Hose ins Bein. Dann rief er Reto an.

13

Hermann Bolli zog an der Leine. Der Hund hörte auf zu schnüffeln und trottete weiter. Bolli fragte sich hin und wieder, wessen Glieder steifer waren, die seinen oder diejenigen des Hundes. Er wusste, der Hund würde vor ihm die Welt verlassen, und behandelte ihn mit Nachsicht. Der Tierarzt hatte Bolli nahegelegt, den Hund in einem oder zwei Monaten von seinem Leiden zu erlösen. Wenn die Schmerzen in den Knochen für das Tier unerträglich würden. Bolli kannte das Problem am eigenen Körper. Das Rheuma.

Heute hatte er andere Probleme. Sein böser Zahn hatte ihn nicht schlafen lassen. Er hatte zwei Ponstan geschluckt, aber es hatte nichts genutzt. Also war er aufgestanden, hatte einen Kaffee getrunken und sich angezogen.

Um die vier Stunden totzuschlagen, bis er seinen Zahnarzt anrufen konnte, hatte er den Hund an die Leine genommen und war zu seinem Spaziergang aufgebrochen.

Die feine Schneeschicht erhellte die Gegend. Zu seiner Rechten breiteten sich die brachliegenden Felder aus. Links gab der Rhein keinen Ton von sich. Der Fluss kam hier zur Ruhe. Ein Damm bot Vögeln einen Rückzugsort und sichere Nistplätze. Während Bolli vorsichtig einen Schritt vor den anderen tat, wanderte seine Zunge unaufhörlich zum bösen Zahn. Der Hund blieb hin und wieder stehen und war der Meinung, dass sie nun weit genug spaziert waren.

Sie hatten das kleine Naturschutzgebiet am Rhein eben hinter sich gelassen, als Bolli stehen blieb. Er war sich nicht sicher. Hörte er einen Automotor näher kommen, oder hatte er sich das eingebildet?

Er drehte sich um und sah die Scheinwerfer. Während Kollegen in seiner Altersklasse zu einer Grantigkeit neigten und den Halter des Fahrzeugs ohne Umschweife darauf hingewiesen hätten, dass man hier nicht fahren dürfe, blieb Bolli bloss stehen und schaute zu. Er trat sogar hinter einen Baum, um vom Scheinwerfer nicht geblendet zu werden. Er zog es vor, zu beobachten und sich nicht ins Leben anderer einzumischen.

Das Auto holperte über den unebenen Weg und blieb beim Naturschutzgebiet stehen. Die Scheinwerfer erloschen. Die Türen wurden geöffnet. Drei Männer stiegen aus und blieben eine Weile stehen. Sie schienen zu diskutieren. Schliesslich gingen sie vom Wagen weg und verschwanden zwischen den Bäumen.

Sie tauchten wieder auf, und der Hund begann zu knurren. Bolli befahl ihm, ruhig zu bleiben. Der Hund war froh darüber, seiner Pflicht als Beschützer nicht nachkommen zu müssen, und liess sich auf den Hintern plumpsen.

Die Männer öffneten den Kofferraum.

Bolli zupfte an der Leine. Der Hund erhob sich widerwillig. Bolli zog ihn vorsichtig zwei Baumstämme näher, um besser sehen zu können.

Zwei Männer langten ins Innere des Wagens und versuchten, etwas zu fassen zu kriegen. Endlich fanden ihre Hände Halt. Etwas Dunkles kam zum Vorschein. Es sah aus wie ein grosser Abfallsack. Er war mit Schnüren und Klebeband umwickelt. Die Männer zerrten das Paket aus dem Wagen. Es fiel dumpf zu Boden. Eine Weile blieben die Männer stehen. Als sich eine Tür öffnete und eine Frau ausstieg, kam Bewegung in die Truppe. Einer bückte sich zu dem Paket und zog daran. Ein anderer begann zu schieben. Und der Dritte zeigte zum Fluss. Die Frau hörte zu, nickte und stieg wieder ein. Schliesslich verschwanden die drei Männer zwischen den Bäumen.

Bolli verliess mit seinem Hund den Weg und tastete sich durch die Vegetation. Bollis Mantel verfing sich an einem Dorn. Er riss sich los, und es gelang ihm, einigermassen lautlos näher an die Männer zu gelangen.

Sie schoben das Paket ins Wasser und versuchten gleichzeitig, nicht nass zu werden. Das Paket lag jetzt teilweise im Wasser. Ein Ast stoppte die Bemühungen. Der Grösste der drei versuchte, ihn wegzuziehen. Er realisierte, dass der Ast ein junger Baum war, der aus der Erde wuchs. Er drehte und wendete den Stamm, brachte ihn aber nicht los. Die zwei anderen zerrten das eingewickelte Etwas zurück, zogen es am Ufer einige Meter weiter und schoben es erneut ins Wasser. Jetzt war nichts im Weg. Allerdings schwamm der Plastiksack samt Inhalt.

Bolli hätte jetzt gerne seinen Spaziergang beendet. Angesichts dessen, was er da beobachtete, schien es ihm aber die bessere Idee zu sein, sich nicht von der Stelle zu rühren. Der Hund seufzte.

Die Männer fischten mit einem Ast nach dem Paket und holten es an Land zurück. Sie öffneten es. Das Klebeband wurde vom Plastik gelöst. Einige Meter Seil lagen am Boden. Die Männer füllten Steine in den offenen Müllsack und verschlossen ihn wieder. Der Grosse rannte zum Wagen hoch und kramte im Kofferraum. Die Frau stieg aus und liess einen übellaunigen Wortschwall über ihn ergehen. Er sagte etwas, was für Bolli nach einer Entschuldigung klang. Mit einer Rolle Klebeband kam er zum Fluss zurück. Das Paket wurde frisch gewickelt und geschnürt, ehe es ins Wasser geschoben wurde. Es versank allmählich.

Bolli war froh, dass das Werk nun endlich vollbracht war. Neben ihm schlotterte sein Hund, und er fror an den Füssen. Langsam drang die Kälte durch den Mantel und den Wollpullover ein, sickerte in sein sprödes Fleisch und machte sich in den Knochen fest.

Die Frau stieg aus dem Wagen und ging zu den drei Männern hin. Sie sprachen kurz, und dann stiess sie einen der Männer heftig gegen die Brust. Er taumelte und hatte Mühe, das Gleichgewicht zu halten. Wieder vernahm Bolli einen Wortschwall, der alles andere als Schmeicheleien beinhalten konnte. Sie deutete in die Mitte des Naturschutzgebietes.

Der Grosse stieg bis zu den Unterschenkeln ins Wasser und zerrte das Paket wieder an Land. Die anderen beiden machten ein Seil daran fest. Mit dem einen Ende in der Hand kam der untersetzte Mann auf Bolli zu. Der duckte sich hinter den Baum. Der Rücken weigerte sich, die Bewegung mitzumachen. Bolli zwang ihn tiefer. Der Hund stiess seine Schnauze in die Öffnung von Bollis Mantel. Die Wurst, die sein Körper war, folgte. Bolli liess seinen Hund gewähren und beobachtete den Mann, der auf den Damm zustolperte. Er war dort angelangt, und die anderen beiden Männer schoben das Paket wieder ins Wasser. Es sank. Der Untersetzte zog am Seil. Hin und wieder verfing sich das Bündel und musste mit einem heftigen Ruck befreit werden. Als es sich etwa in der Mitte des Naturschutzgebietes befand, rief die Frau dem Untersetzten zu, dass es nun gut sei. So jedenfalls interpretierte Bolli die Anweisung. Der Mann warf das Seil ins Wasser und stolperte zurück zu den anderen.

Bolli war froh, als er hörte, wie die Autotüren zugeschlagen wurden. Er streckte den Rücken mit viel Mühe durch und kam in eine aufrechte Haltung zurück. Der Hund sah zu ihm hoch und wedelte milde. Die roten Rücklichter leuchteten zwischen den Bäumen auf und waren dann gar nicht mehr zu sehen.

14

Die Pistole klebte warm in den Händen. Jack war am Tisch eingeschlafen. Finn drehte sich unruhig auf seiner Liege. Jack legte die Pistole auf den Tisch und ging zur Frau hin.

Als er sich bückte, um die Fesseln zu lösen, schlug sie die Augen auf.

«Mir ist kalt», sagte sie.

«Kommen Sie mit.»

«Wohin?»

«Holz holen.»

Nachdem Jack sicher war, dass die Scheite im Ofen brennen würden, langte er nach der Büchse mit Bohnen. Finn streckte sich, sass kurz auf, drückte die Maus mit zu langem Hals und liess sich wieder auf die Liege fallen. Jack steckte die Pistole in seine Jackentasche und öffnete die Büchse.

«Frühstück, mein Junge.»

Finn kam auf die Beine, setzte sich an den Tisch und verzog das Gesicht. «Frühstück?»

«Ich hatte noch keine Zeit, einzukaufen, mein Junge. Lucky Luke isst das jeden Morgen.»

«Wer?»

«Ein Cowboy, der schnellste Schütze im Wilden Westen.»

«So schnell wie Robin Hood?»

«Schneller.»

«Das glaub ich nicht.»

«Doch, schneller als sein Schatten.»

«Echt?»

«Ich werde es dir beweisen. Aber erst iss deine Bohnen.»

«Wann?»

«Sobald wir hier fortkönnen. Dann kaufe ich auch Milch und Ovomaltine.»

«Ich mag lieber Nesquik.»

«Dann eben Nesquik.»

Finn stocherte in den Bohnen und begann zu essen. Julia Gaugler sass daneben und zündete sich eine Zigarette an.

«Mama. Das stinkt.»

Sie stand auf und öffnete die Tür einen Spaltbreit.

«Es stinkt noch immer.»

Jack kramte in den Regalen und legte eine Tafel Schokolade auf den Tisch. Der Junge sah seine Mutter an, und sie nickte. Auch Jack brach sich ein Stück ab. Er zog die Jacke an.

Er lehnte sich an die Holzwand und versuchte auszumachen, wo das vor ihnen liegende Feld aufhörte und der Nebel begann. Nichts regte sich. Die Welt lag schockgefroren vor ihnen. Einzig der Rauch aus ihren Zigaretten kräuselte sich, verband sich mit der Luft und löste sich auf.

«Wie ist es heute?», fragte Jack.

«Was?»

«Ist es Ihnen noch immer egal?»

«Sie meinen, dass ich seit gestern Witwe bin?»

«Ja.»

«Ja.»

«Was?»

«Egal.» Sie schnippte die Kippe weg und zündete sich eine neue an. «Er hätte mich bestimmt über den Tisch gezogen. Er zieht alle über den Tisch.»

«Auch die eigene Familie?»

«Ich überlegte mir, mich scheiden zu lassen. Aber er kennt sich damit besser aus.»

«Er war schon verheiratet?»

«Ja.»

«Er hat sich also wegen Ihnen scheiden lassen?»

«Wegen Finn.»

«Sie wurden schwanger?»

«Blöde Frage.»

«Ja.» Jack trat die Tabakreste in den Schnee, bückte sich und hob sie auf.

«Ich arbeitete für ihn.»

«Als was?»

«Praxisassistentin.»
«Ihr Mann war Arzt?»
«Psychiater. In der medizinischen Abklärungsstelle Medas.»
«Medas?»
«Sie erhält ihre Aufträge von der Invalidenversicherung. Ulrich beurteilte Menschen, die ein Gesuch für eine Invalidenrente gestellt hatten.»
«Im Auftrag der Invalidenversicherung?»
«Ja. Meist zum Nachteil der Gesuchsteller und zur Freude der Invalidenversicherung. Er half der Versicherung, Geld einzusparen.»
«Und dort arbeiteten Sie?»
«Ja. Die Bezahlung war gut, und ich war einigermassen jung.»
«Lassen Sie mich raten. Der charmante Psychiater Ulrich Gaugler tritt eines Tages an den Tresen der jungen, hübschen Praxisassistentin und lädt sie zu einem Nachtessen ein.»
«In die ‹Fischerstube›.»
Jack pfiff durch die Zähne. Wer in Schaffhausen unsinnig Geld ausgeben wollte, liess sich in der «Fischerstube» bewirten. Auf Spaziergängen am Rheinufer, dem «Lindli», hatte er schon öfters die Gäste des Restaurants beobachtet, wie sie sich Mühe gaben, die teuren Portionen der verschiedenen Gänge zu geniessen. Irgendwie hatte er das Gefühl, sie suchten in ihren Gaumen nach Gründen, welche die hohen Ausgaben rechtfertigten. Anscheinend waren sie schwer zu finden. Fröhlichkeit oder Ausgelassenheit hatte er durch die Fenster noch nie beobachtet.
«Es war ein langweiliger Abend», fuhr Julia Gaugler fort. «Der einzige Grund, weshalb ich mich mit ihm einliess, war, weil sich mein damaliger Freund mit einer anderen davongemacht hatte.»
«Sie wollten dem eins auswischen.»
«Ja. Und irgendwie sah ich die Chancen auf einen sicheren Hafen. Auf einen finanziell gesicherten Hafen. Meine Eltern waren aus Serbien in die Schweiz eingewandert und arbeiteten, um mir ein gutes Leben zu ermöglichen.»
«Und mit Gaugler haben Sie es geschafft.»
«Er erzählte mir von seinen Immobilien und von seiner Segel-

yacht auf dem Bodensee. Draussen vor dem Restaurant wartete der Porsche Cayenne auf ihn. Er kostete Weine, wie nur Neureiche das tun. Er schnüffelte, roch, kaute und fand Korken, wo keiner war. Das Trinkgeld fiel mickrig aus. Draussen spazierten wir den Rhein entlang. Ich wagte einen Versuch und hängte mich bei ihm ein. Er liess mich gewähren. Ich lachte über seine Witze, die so lau waren wie die Frühlingsluft. Wir tranken einen Schluck im ‹Güterhof›.»

«Und dann fragte er Sie, ob er Sie heimfahren sollte.»

«Ja. Ich lud ihn zu einem Kaffee zu mir nach Hause ein. Und als er mich flachgelegt hatte, duschte er und fuhr heim.»

«Heim zu Frau und Kind.»

«Nein. Das habe ich dann für ihn erledigt.»

«Wie?»

«Sie konnte keine Kinder kriegen.»

«Soll ich nun davon ausgehen, dass es ein Wunschkind war?»

«Nein, Finn war das Mittel-zum-Zweck-Kind. Nach einigen Wochen legte Ulrich mir nahe, einen HIV-Test machen zu lassen. Er führte ihn bei sich routinemässig durch. Seither schliefen wir ohne Präservativ zusammen. Ich überlegte nicht lange und setzte die Pille ab.»

«Man muss sich zu helfen wissen.»

«Und jetzt Sie!»

«Ich?»

«Wie haben Sie Ihr Leben an die Wand gefahren?»

«Gehen Sie rein. Sie erkälten sich.»

Julia Gaugler öffnete die Tür. Jack schloss sie von aussen und stach sich ins Bein. Er sollte regelmässiger essen.

15

Cobb schlug die Augen auf und horchte. Das Bett neben ihm war leer. Er schaute auf den Wecker. Neun Uhr. Gut. Er warf die Bettdecke zur Seite und schwang die Beine auf den Boden. Ein vorsichtiger Blick in den Gang bestätigte ihm, dass seine Tochter in der Schule war. Also verzichtete er darauf, sich anzuziehen.

In der Küche füllte er die Espressomaschine und stellte sie auf den Herd. Gleichzeitig versuchte er den Zettel zu lesen, der auf der Anrichte lag. Er blinzelte und gab sich Mühe, die Augen zu fokussieren. Vielleicht war es wirklich an der Zeit, sich um eine Brille zu kümmern. Auf dem Zettel stand «Bin schwimmen».

Anna Galati war also früh aufgebrochen, um im Schwimmbad über die Kacheln zu schweben. Sie trainierte für ihren Traum. Irgendwann in ihrem Leben wollte sie den Ärmelkanal durchschwimmen. Die Luftlinie zwischen Dover und Calais beträgt vierunddreissig Kilometer. Wegen der Strömung ist die Schwimmstrecke länger. Gute Schwimmer schaffen die Strecke in zwölf bis vierzehn Stunden. Wenn sie Glück haben. Sie schwimmen nicht nur gegen die Wellen an. Auch die Wassertemperatur von rund sechzehn Grad ist nicht ohne. Hinzu kommen Frachtschiffe, Wetterumschwünge und Muskelkrämpfe. Von fünf Schwimmern kommt einer ans Ziel.

Der Kaffee sprudelte in den oberen Teil der Maschine. Cobb nahm sie vom Herd. Er fröstelte. Draussen deckte der Hochnebel den Himmel. Cobb zog sich an und setzte sich mit der Tasse an den Tisch. Er musste sich entscheiden. Bärtschi wollte ihn als Partner haben. Das war seltsam. Warum wollte ein Polizist einen Journalisten engagieren, um einen Mord aufzuklären?

Cobb kritzelte den Namen des Ermordeten auf einen Zettel. Davon ging ein Pfeil weg zu einem weiteren Wort. «Kopfschuss». Darunter schrieb er «Vera Keller», strich den Nachnamen durch und ersetzte ihn durch «Roth». Sie hatten also geheiratet. Der zweite Pfeil zielte auf das Wort «erfroren». Cobb fragte sich, ob es nicht gereicht hätte, Oliver Roth mit dem Tod seiner Frau zu erpressen, und verwarf den Gedanken wieder. Roth war ehrgeizig genug gewesen, sein Privatleben zu riskieren, wenn er an einer Sache dran war. Alles oder nichts.

Cobb stand auf und schenkte sich einen neuen Kaffee ein. Sein Blick fiel auf Annas Zettel. Sie wäre nahe dran gewesen an ihrem Traum. Er wurde von der Notwendigkeit durchkreuzt, Männer kopfüber ins Wasser zu hängen. Er war mit einer Mörderin zusammen. Einer Mörderin, die durch ihre Taten schliesslich dazu beigetragen hatte, Dutzende Menschen aus einer brennenden Kirche zu retten. Erst durch die Recherche zu den Morden war Cobb auf den grausamen Plan aufmerksam geworden und hatte ihn vereitelt. Und er war Anna Galati nahegekommen. Nahe genug jedenfalls, dass sie seiner Tochter die Handynummer auf den Arm gekritzelt hatte, als er bewusstlos im Krankenwagen gelegen hatte.

Eines Tages hatte die Mörderin an seinem Spitalbett gestanden. Mit einem Strauss Blumen in der Hand. Sie hatte sich nach seinem Befinden erkundigt. Immerhin sei sie ja schuld an seinem Zustand. Cobb hatte zu lächeln versucht. Sein Gesicht schmerzte noch. Ein herabfallender Balken aus dem Kirchendach hatte ihn getroffen. Er hatte also sein Gesicht mehr zu einem Lächeln verzogen und gesagt, dass er dank ihr nun immerhin ein Held sei, weil er mitgeholfen hatte, den Massenmord zu verhindern. Sie war still stehen geblieben und hatte ihn betrachtet. Sie hatten gleichzeitig zu reden begonnen, hatten mitten im Wort abgebrochen und schliesslich doch noch verabredet, etwas trinken zu gehen, sobald Cobb aus dem Spital raus sein würde. Dank der schlechten Zugverbindungen war es nicht bei dem Drink geblieben.

Was sie getan hatten, hatte ihnen gefallen, und das Verlangen nach mehr liess die Bekanntschaft zu einer Beziehung werden, noch bevor Cobb und Galati dies begriffen hatten. Keiner der beiden wollte den anderen auffliegen lassen. Galati nicht, dass Cobb wusste, wer sie war, Cobb nicht, dass Galati erwischt wurde. Deshalb war Cobb nicht danach, Bärtschi wieder in sein Leben zu lassen. Und deshalb war die Beziehung ein Provisorium.

Es klingelte. Cobb stellte die Tasse auf die Anrichte und ging, um ihr zu öffnen.

«Morgen, Cadoc.» Bärtschi lächelte Cobb an und streckte ihm die Hand entgegen.

«Morgen, Bärtschi.» In Cobbs Kopf rauschte es.

«Peter. Allerdings gefällt mir Bärtschi besser. Und an deinen Cadoc gewöhne ich mich auch nur schwer. Bleiben wir doch bei Cobb und Bärtschi.»

«Klar. Ja.» Cobb versuchte abzuschätzen, wie lange Galati noch wegbleiben würde, während er sich gleichzeitig so an den Türrahmen lehnte, dass Bärtschi nicht einfach eintreten konnte.

Bärtschi schnupperte zur Wohnung hin. «Es riecht nach Kaffee.»

«Ja, ich bin eben aufgestanden.»

«Trifft sich gut.» Bärtschi hielt Cobb eine fettige Papiertüte unter die Nase. «Ich habe Croissants mitgebracht.»

«Peter, ich sollte …»

«Sollen müssen wir gar nichts, Cobb. Kann ich jetzt reinkommen? Du gibst mir etwas von deinem Kaffee, und du kriegst dafür von den fettigen Dingern da.»

Cobb trat zur Seite, und Bärtschi trat ein. Er sah sich in der Wohnung um und legte die Croissants auf den Tisch. «Ist aufgeräumter als beim letzten Mal. Man könnte meinen, eine Frau sei eingezogen.»

«Meine Tochter.»

«Erzähl mir nichts, Cobb. Töchter. Wenn deine so ist wie meine, würden hier Socken neben aufgerissenen Kekspackungen darauf warten, zu Humus zu werden.»

«Was willst du, Bärtschi?»

«Einen Kaffee. Und eine Antwort.»

«Ich hol dir einen Kaffee.»

Cobb schenkte eine zweite Tasse ein, ging zurück ins Wohnzimmer, öffnete ein Fenster und rauchte. Bärtschi hatte sich gesetzt und biss ins Croissant. Er gab sich nicht einmal die Mühe, zu verhindern, dass Krümel auf den Tisch bröselten.

«Gut, der Kaffee.»

«Nein.»

«Wie?»

«Die Antwort lautet ‹nein›.»

«Nein zu was?»

«Ich kann nicht mit dir an dem Fall arbeiten.»

«Das kann ich verstehen.» Bärtschi biss ein weiteres Stück ab. Cobb wartete, bis er mit Kauen fertig war. Bärtschi schluckte.

«Cobb, man muss die Bilder, die man im Kopf hat, hin und wieder revidieren.»

Cobb verstand nicht. Bärtschi trank einen Schluck. «Gestorben sind die Arschlöcher. Die Guten haben überlebt. Das ist die ganze Geschichte.»

Die Türglocke ging. Cobb schnippte die Zigarette nach draussen. Er sah ihr zu, wie sie in die Gasse fiel.

«Willst du nicht hingehen und die Tür öffnen?»

Cobb schloss das Fenster und ging zur Tür.

Anna Galati zog die Kappe aus. Ihr Haar war noch immer nass. Bevor sie aus dem Mantel schlüpfte, hielt Cobb sie am Arm fest.

«Bärtschi ist hier.»

«Wer?»

«Bärtschi. Der Polizist, der damals mit dem Fall betraut gewesen war.»

Anna Galati stellte den Rucksack auf den Boden. «Das ist doch der Mann, der mir den kleinen Killer vom Hals schaffte.»

«Ja.»

«Er hat mir das Leben gerettet, Cobb.»

«Das war sein Job.»

«Trotzdem.»

Anna Galati zwängte sich an Cobb vorbei und ging ins Wohnzimmer. Bärtschi erhob sich.

«Bärtschi. Freut mich.»

«Galati.»

«Ich weiss. Ich habe schon viel von Ihnen gehört.»

Galati schaute Cobb an, der eben ins Wohnzimmer trat. Er zuckte die Schultern.

«Nicht von ihm. Von meiner Tochter. – Unsere Töchter gehen gemeinsam zur Schule.»

«Von Marlen?» Galati zog den Mantel aus.

«Ja.»

Cobb sah zur Küche. «Es ist noch Kaffee da. Magst du welchen?»

Galati bejahte und hängte den Mantel an die Stuhllehne. «Sind das Croissants?»

Bärtschi lächelte. «Natürlich. Nehmen Sie sich eines.»

Die Papiertüte raschelte, als Galati hineingriff. Während sie in den Teig biss, stellte Cobb die Tasse auf den Tisch. Die beiden Männer sahen zu, wie Galati das Croissant Bissen für Bissen verschlang.

«Schwimmen macht hungrig.» Sie lächelte, griff in die Tüte und zog ein weiteres Croissant hervor. Sie legte es neben die Tasse, trank einen Schluck und stellte die Tasse wieder ab.

«Meine Henkersmahlzeit?»

Bärtschi lehnte sich zurück. Er verschränkte die Arme vor dem Bauch und lächelte. «Warum?»

«Ich frage nur.»

Bärtschi machte den Zeigefinger feucht und drückte ihn in die Krümel, die vor ihm lagen. «Nein. Ich denke nicht. Der Fall, den Sie womöglich ansprechen, ist erledigt. Ich weiss nicht, ob ich das Cobb gegenüber bereits erwähnt habe. Nach Auffassung der Staatsanwaltschaft waren die Morde an den Sektenmitgliedern internen Streitigkeiten zuzuschreiben. Dass auch noch ein Killer im Spiel war, stützt die These.»

In der Stille, die folgte, hob Galati ihr Croissant an und biss hinein. «Sie wissen, dass es nicht so war.»

«Was ich weiss, interessiert niemanden.»

«Warum sind Sie hier?»

«Hat Cobb nichts erzählt?»

Cobb stand wieder am Fenster. «Der ermordete Journalist.

Oliver Roth. Bärtschi will, dass ich ihm bei den Ermittlungen helfe.»

«Warum?» Galati sprach, während sie kaute.

Bärtschi rückte den Stuhl näher und lehnte sich über den Tisch. «Es passieren Sachen.»

«Was für Sachen?»

«So Sachen eben, die mich stutzen lassen. So ist zum Beispiel ein Handy, welches wir sichergestellt haben, noch nie benützt worden.»

Galati schluckte mit Hilfe des Kaffees einen Brocken hinunter. «Das gibt es nicht.»

«Das habe ich mir auch gedacht. So etwas gibt es nicht. Aber warum passiert es doch?»

«Du traust deinen Leuten nicht?», liess Cobb vom Fenster her verlauten.

«Keinem Einzigen. Es muss jemanden geben, der gegen uns arbeitet. Und solange ich nicht weiss, wer das ist, so lange erledige ich die Ermittlungen allein.»

«Sie brauchen Hilfe.» Galati trank einen Schluck.

Cobb verdrehte die Augen.

Bärtschi seufzte. «Ich brauche Verbündete. Es geht nicht mehr nur um Roth. Wenn in unserer Gegend drei Menschen innerhalb von zwei Tagen ermordet werden, kann man einen Zusammenhang vermuten, nicht? Dazu ist eine Frau mit ihrem Kind entführt worden.»

«Spuren?» Cobb setzte sich an den Tisch.

«Heute war ein älterer Herr bei mir. Er war frühmorgens mit dem Hund spazieren gewesen. Er hat Dinge beobachtet, die es wert sind, untersucht zu werden.»

«Dinge?» Galati setzte die Tasse ab.

«Frau Galati. Tauchen Sie eigentlich so gut, wie Sie schwimmen?»

«Anna.»

«Peter.»

«Nicht so gut. Aber gut genug.»

16

Marlen bog bei der «Kammgarn» um die Ecke und blieb stehen. Im Durchgang standen Gestalten, die von einem Fuss auf den anderen traten. Stimmengewirr. Alle schienen sich irgendwie zu kennen. Der Wind saugte Zigarettenrauch aus den Glimmstängeln und trug ihn fort. Sie ging so weit in den Durchgang hinein, um vor dem schräg ins Gesicht fallenden Schnee sicher zu sein. Sie langte in die Sporttasche, um sich zu vergewissern, dass sie den Notizblock eingepackt hatte.

Ein Typ mit hängenden Schultern und tief liegender Kappe löste sich aus der Gruppe und lehnte sich neben sie an die Wand.

«Ich denke, der Huber macht's.»

«Wie?» Marlen rutschte etwas weg.

«Huber. Ich denke, dass er heute den Whiskey nach Hause nimmt.»

Marlen reimte sich zusammen, dass mit Huber Valentin gemeint war.

Nach langem Hin und Her hatte sie sich dazu durchgerungen, Valentin anzurufen. Sie hatte ihm erklärt, dass sie in der Schule einen Vortrag über Poetry-Slam halten musste. Ob es denn möglich sei, mit ihm darüber zu sprechen. Er hatte ihr vorgeschlagen, den Slam von heute, Freitag, zu besuchen. Anschliessend könnten sie zusammensitzen, um über alles zu reden. Sie hatte sich gefreut.

«Was denkst du?», fragte Hängeschulter.

«Ich weiss nicht.»

«Dein erster Slam?»

«Nein», log sie und liess den Typen stehen.

An der Kasse musste sie ihren Ausweis zeigen. Erst wollte man sie nicht hineinlassen, weil sie zu jung war. Sie bestand darauf und wies darauf hin, dass sie mit Valentin verabredet sei. Die beiden Frauen linsten im Halbdunkel auf ein Blatt Papier.

«Da», sagte die eine und hielt den Finger auf Marlens Namen.

«Ist in Ordnung», sagte die andere. «Du bist auf der Gästeliste.»

Marlen blieb kurz nach der Kasse stehen. Es roch nach Bier, das schon längst getrunken oder verschüttet worden war. Im schummrigen Licht brauchte sie eine Weile, bis sie sich orientieren konnte. Das hier war ein anderer Ort, als sie sich gewohnt war. Bisher kannte sie nur das Lokal, welches neben dem «Dojo» stand. Hin und wieder ging sie mit den Kollegen nach dem Karatetraining eine Cola trinken. Auch die Pizzeria war ihr vertraut. Cobb und sie sassen einmal im Monat dort und plauderten.

Sie sah sich um. Das hier war anders. Es schien, als bestünde der Zweck des Daseins darin, eine Bierflasche in der Hand zu halten, während man mit jemandem sprach und gleichzeitig die Augen wandern liess, um abzuschätzen, wen man sonst noch kennen könnte.

Marlen ging an die Bar und bestellte sich eine Cola. Mit der Flasche in der Hand begab sie sich über die Treppe in den Zuschauerraum. Sie setzte sich und stellte die Flasche neben sich auf den Boden. Sie holte ihr iPhone aus der Tasche und öffnete eine Aufnahme-App. Den Notizblock legte sie auf die Knie und klemmte einen Kugelschreiber daran fest. Hin und wieder nippte sie an der Cola.

Die Zuschauer trudelten ein. Die meisten kamen zu zweit oder in kleinen Gruppen. Sie blieben unten am Treppenabsatz stehen und berieten, welche Stühle sie belegen wollten. Für die Frauen schien sie nicht zu existieren. Die Blicke der Männer blieben an ihr hängen, bevor sie weiter die Sitzreihen absuchten. Allmählich füllten sich die Ränge. Auch Hängeschulter blieb stehen und kniff die Augen zusammen. Wie zufällig setzte er sich auf den freien Platz neben Marlen. Er roch säuerlich nach einer eben gerauchten Zigarette, stank nach Bier und nassem Hund. Er zog die Kappe etwas tiefer, stellte die Schuhe auf die Fussleiste der vorderen Reihe und umarmte seine Flasche.

Das Licht im Zuschauerraum wurde gedimmt, und auf der Bühne wurde es hell. Ein Typ, der doppelt so alt war wie Marlen, betrat die Bühne, kam nach vorn und blieb auf Armeslänge neben dem Mikrofon stehen. Er sah lange ins Publikum. Dann griff er in einer schnellen Bewegung zum Ständer, zog ihn zu sich hin und schrie ins Mikrofon, ob denn alle da seien. Das Publikum spielte mit und johlte ein lautes «Jaaaa».

«Seid ihr bereit?»

«Jaaaa!»

«Seid ihr stark genug?»

«Jaaaa!»

«Könnt ihr nehmen, was euch erwartet?»

«Jaaaa!»

Nach diesem Frage-und-Antwort-Spiel betraten die Slampoeten des Abends die Bühne. Der Moderator erklärte die Spielregeln und liess Punktetafeln an ausgewählte Leute im Publikum verteilen. Es hagelte Kommentare zur Wahl der Schiedsrichter, bis der Moderator zur Ruhe aufrief. Anschliessend wurde die Reihenfolge der Auftritte ausgelost. Bevor es wirklich losging, pries der Moderator den Gewinn des Abends an. Eine Flasche Whiskey.

Marlen machte sich laufend Notizen.

«Was schreibst du denn da?», fragte Hängeschulter.

Marlen versuchte, ihn zu ignorieren. Aber er blieb hartnäckig. «Ist doch dein erster Slam, was?»

«Halt die Klappe.»

Etwas beleidigt drückte Hängeschulter die Flasche fester an sich und lugte unter der Kappe in Richtung Bühne.

Die erste Slampoetin ging ans Mikrofon. Sie gab ihr Bestes, um das Publikum zu überzeugen, dass ihr Text über die Abwesenheit von Schönheitsflecken sie in den Final katapultieren sollte. Die Zuschauer applaudierten verhalten, und die Punktzahl der Schiedsrichterinnen und Schiedsrichter fiel mässig aus.

Hängeschulters Füsse rutschten von der Leiste. Er kippte fast vom Stuhl und stiess die Colaflasche um. Sie schepperte über den Boden. Als er sich wieder gefangen hatte, entschuldigte er sich ausgiebig bei Marlen und schlug vor, ihr ein Bier zu holen. Marlen wollte nicht. Er leerte den Rest seiner Flasche in den Rachen und stand auf. Als der dritte Poet unter lautem Beifall die Bühne verliess, kam er mit einer neuen Flasche zurück.

«Der war super, was meinst du?»

Marlen verstand nicht, warum ihr ein Text gefallen sollte, von dem sie nichts verstanden hatte, ausser dass Kaffee zuweilen bitter war.

«Jetzt kommt er.» Hängeschulter konzentrierte sich auf das Geschehen auf der Bühne.

Valentin ging ans Mikrofon. Er fing langsam an, beinahe unsicher, ging dazu über, Buchstaben und Worte zu vertauschen, bis sich der Sinn seines Gedichtes ins Gegenteil verkehrte. Der Auftritt nahm Fahrt auf, das Stakkato der Worte war unglaublich. Marlen verstand trotzdem jedes Wort. Dann nahm Valentin das Tempo weg, bis am Schluss einzelne Worte in den Zuschauerraum purzelten. Als das Gedicht zu Ende war, blieb es still.

«Danke.»

Der Applaus entlud sich in einer Explosion. Die Punktezahl war nicht zu überbieten. Valentin erreichte den Final. Hängeschulter sprang auf und konnte sich nicht mehr halten. Als er sich wieder setzte, umarmte er Marlen in gespielter Begeisterung und hauchte ihr ins Gesicht. Es roch nach Bier. Wie Kotze. Marlen wand sich los und schubste ihn auf seinen Stuhl.

Einige Gedichte später hielt Valentin die Whiskeyflasche zum Triumph über den Kopf. Der Moderator sagte die nächste Veranstaltung an, und unter Applaus wurde der Slam für beendet erklärt.

Marlen bahnte sich einen Weg durch die Menschenmenge. Sie tippte Valentin auf die Schulter und hielt ihm die Hand hin.

«Ich bin Marlen, wir haben telefoniert.»

«Super. Ich bin Valentin. Willst du einen Schluck?» Er reichte Marlen die Whiskyflasche. Sie setzte an und versuchte sich nicht anmerken zu lassen, dass ihr Hals brannte. Sie reichte Valentin die Flasche zurück. Sie spürte eine Hand an ihrem Hintern. Marlen wirbelte herum und schlug zu. Hängeschulters Augen kippten nach innen weg, und er ging zu Boden.

17

Anna Galati fand es furchtbar eng. Sie hatte sich bis auf den Badeanzug ausgezogen. Über einen Fuss hatte sie einen Plastiksack gestülpt, damit er besser in den Neoprenanzug rutschte. Sie presste den Rücken gegen die Lehne des Autositzes und zog gleichzeitig am Bein des Neoprens. Endlich kam der Fuss auf der anderen Seite zum Vorschein. Sie bückte sich zu ihm hinunter. Das Armaturenbrett war im Weg. Sie versuchte, den Fuss übers Knie zu legen und den Plastiksack wegzuziehen. Das funktionierte einigermassen. Sie zerrte das störrische Material Stück für Stück über ihren Unterschenkel. Dann wiederholte sie das Prozedere auf der anderen Seite, mit dem Unterschied, dass sich der Anzug dagegen sperrte, dass der Fuss übers andere Knie gelegt würde. Galati versuchte beide Knie anzuziehen, um an das Plastik zu kommen. Die Füsse rutschten vom Sitz.

«Verdammte Scheisse!»

Sie öffnete die Autotür und hielt die Füsse ins Freie. «Cobb! Zieh mir mal das Scheissplastik weg!»

Cobb war nicht zu sehen. Galati rief lauter. Cobb kam ums Auto herum und fragte, was los sei.

«Das Plastik. Nimm das Plastik weg.»

Cobb zog den Sack aus dem Hosenbein. Galati zupfte und rupfte, bis der Anzug das Knie erreichte. Sie fluchte und setzte die Füsse auf die dünne Eisschicht. Der Wind blies den Schnee in feinen Nadelspitzen gegen ihre Haut.

«Soll ich dir wenigstens die Fussmatte unterlegen?», fragte Cobb.

«Ich habe nicht vor, ewig so zu stehen.»

Sie riss weiter. Im Schritt sass der Anzug wie ein paar nach unten gerutschte Strumpfhosen.

«Stell dich hinter mich, Cobb.»

«Und dann?»

«Dann hältst du dich an dem verfluchten Teil fest und hebst es hoch.»

«Mit dir drin?»

«Wie denn sonst?»

Cobb hatte den Anzug gepackt und zog ihn samt Galati in die Höhe.

«Du musst schütteln, Cobb.»

Cobb schüttelte, die Mütze rutschte über die Augen, aber der Anzug wollte nicht nachgeben.

«Bärtschi soll helfen.»

Cobb rief Bärtschi. Er kam durchs Gebüsch vom Fluss hoch und fragte, was denn los sei.

«Wir müssen Anna in den Anzug schütteln.»

Cobb zeigte Bärtschi, wo er anzufassen hatte, und gemeinsam schüttelten sie.

«Fester. Woher ist das Teil?»

«Ich hab's mir von der Wasserpolizei besorgt», antwortete Bärtschi.

«Hatten die nichts Grösseres?»

«Ich habe nicht gefragt.»

«Weshalb nicht?»

«Niemand weiss, dass wir hier sind. Ich habe mir den erstbesten Anzug geschnappt.»

«Hoffentlich ist genügend Sauerstoff in der Flasche. – Geschafft.»

Galati war in den Anzug gerutscht. Sie zwängte die Arme und den Oberkörper hinein und war froh um die Wärme, die sie umfing. Die Haare verschwanden in der Kapuze. Nachdem sie die Neoprenschuhe angezogen hatte, liess sie sich die Sauerstoffflasche zeigen. Sie war gefüllt. Cobb hob die Flasche hoch, Bärtschi trug den Bleigürtel, und Galati schnallte sich die Apparaturen um. Gemeinsam bewegten sie sich auf den Fluss zu. Sie zog die Flossen an und die Tauchbrille über den Kopf. Während Galati den Bleigürtel um die Hüfte legte, gab Bärtschi letzte Anweisungen.

«Laut Bolli sollte das Paket etwa in der Mitte des Naturschutzgebietes liegen. Also etwa dort.» Er deutete mit dem Finger vage auf die schwarze Fläche, die vor ihnen lag.

«Wenigstens gibt's hier wenig Strömung. Die Flasche, Cobb.»

Cobb hob die Sauerstofflasche hoch und machte sie an ihrem Rücken fest. Bärtschi bückte sich und hob ein Seil und eine Taschenlampe hoch. Das Seil band er um Galatis Hüfte.

«Damit können wir dich notfalls an Land ziehen.»

«Oder ich binde das Paket daran fest.»

«In Ordnung.»

«Schwarz?», fragte Galati.

«Ja. Mit Seilen und Klebeband drum rum.»

«Na dann.»

Galati atmete die Luft aus der Flasche und ging rückwärts ins Wasser.

«Anna», rief Cobb.

«Ja?»

«Sei vorsichtig.»

«Ich dachte, ihr passt auf mich auf.»

Nach ein paar Schritten war sie verschwunden. Cobb und Bärtschi gaben Seil und folgten dem Licht. Es bewegte sich langsam weg vom Ufer und leuchtete in alle Richtungen. Auf halbem Weg zum Damm hielt es an. Nach einer Weile tauchte Galati auf. Sie nahm das Mundstück weg.

«Ich hab's festgemacht. Zieht.»

Die beiden Männer zogen am Seil. Hin und wieder schien sich das Paket am Grund zu verfangen, und sie mussten sich mächtig ins Zeug legen. Bärtschi platschte einmal rückwärts in den Schnee. Das Licht der Taschenlampe glitt auf sie zu. Noch bevor das Paket in Ufernähe war, erschien Galatis Kopf an der Oberfläche. Sie blieb im Wasser und half ziehen.

Bärtschi hielt Cobb ein Paar Plastikhandschuhe hin. «Stülp sie dir über.»

«Ich vermute, ich tu das nicht, um zu verhindern, dass Hinweise zerstört werden.»

«Nein, um keine Spuren zu hinterlassen. Wir waren nie hier.»

Mit Hilfe einer Schere und eines Taschenmessers trennten Cobb und Bärtschi Klebeband und Seil durch. Sie waren nicht überrascht, eine Leiche vorzufinden.

«Gross ist er nicht, der Mann», stellte Cobb fest.

«Nein», erwiderte Bärtschi.

«Was jetzt?» Galati sass zur Hälfte im Wasser. Der Neopren wärmte.

«Bin noch nicht fertig.» Bärtschi leuchtete ins Gesicht des Toten.

Cobb beugte sich näher. «Kennst du ihn?»

«Nein.» Vorsichtig öffnete er den Reissverschluss der Jacke und langte in die Innentasche. Er suchte in den Satteltaschen der Hose und fand nichts. Als er die Leiche auf den Bauch drehte, rutschten Mantel und Pullover hoch und das T-Shirt aus der Hose. Der Ausschnitt einer Tätowierung kam zum Vorschein. Bärtschi zog die Kleidungsstücke etwas höher.

«Aha.»

«Was?»

Bärtschi antwortete nicht. Er wälzte die Leiche wieder zurück, zerschnitt mit der Schere den Pullover und das T-Shirt. Auf der Haut des Oberkörpers fand sich kaum eine Stelle, die nicht tätowiert war. Das Licht der Taschenlampe beleuchtete Madonnenfiguren mit Heiligenscheinen, ein Kreuz, drei Kuppeln in Zwiebelform und eine tätowierte Halskette.

«Wenigstens etwas», murmelte Bärtschi.

«Diebe im Gesetz.» Cobb kratzte sich unter der Mütze.

«Wie?»

«Diebe im Gesetz.»

«Gut informiert, mein neuer Partner.» Bärtschi lächelte.

«Allgemeinbildung.»

«So?»

«Themenabend auf Arte. Über die georgische Mafia.»

Galati kämpfte sich, von der Sauerstoffflasche und dem Bleigürtel behindert, aus dem Wasser. «Was ist los?»

«Georgische Mafia», antwortete Bärtschi. «Seit dem Zusammenbruch der Sowjetunion hat sie sich weltweit ausgebreitet. Wie die Tentakel eines Kraken. Nun ja, der hier hat nichts mehr davon.»

«Weiter?», fragte Cobb.

«Zurück in den Fluss mit ihm. Solange niemand weiss, was wir jetzt wissen, haben wir einen Vorsprung.»

Cobb und Bärtschi legten die Steine zurück in die Plastikplane und schnürten sie wieder zu. Bärtschi wand das Seil erneut um Galatis Hüfte. Sie seufzte und zog das Paket zurück ins Wasser.

Das Licht bewegte sich zur Mitte. Cobb gab Seil nach, während Bärtschi in sein Notizbuch kritzelte. In der Mitte blieb das Licht eine Weile am Ort, dann bewegte es sich weg von Cobb.

«Bärtschi?»

«Ja.» Bärtschi sah vom Notizbuch hoch.

«Kann es sein, dass es hier doch Strömung gibt?»

«Warum?»

«Sie treibt ab.»

«Halt das Seil fest.»

Cobb stoppte den Lauf des Seils. Er spürte einen Ruck, dann wieder einen. Beim dritten setzte er einen Fuss ins Wasser. Bärtschi kam hinzu und zog ebenfalls am Seil. Zuerst leistete es Widerstand.

Als es nachgab, fielen beide Männer in den Schnee. Sie sprangen auf und sahen zu, wie sich das Licht weiter entfernte. Sie begannen, sich flussabwärts durch die leblose Vegetation zu kämpfen. Das Licht war schneller. Bärtschi stolperte über eine Wurzel. Das Licht stand still. Nach einer Weile kam es auf sie zu. Die Männer blieben stehen. Galati hielt den Kopf aus dem Wasser. Sie schwenkte etwas in ihrer Hand. Als sie näher gekommen war, erkannten die Männer den Gegenstand.

«Ich dachte, die Pistole könnte uns weiterhelfen.»

«Fein.» Bärtschi lächelte.

«Komm raus, ich friere.» Cobb hüpfte von einem Fuss auf den anderen.

Galati kämpfte sich bei geöffneter Autotür aus dem Neoprenanzug. Cobb zündete sich eine an und setzte sich auf die Kühlerhaube. Er schaute zurück, um zu sehen, ob Galati klarkam. Unter dem Scheibenwischer klemmte ein Zettel. Cobb nahm ihn und faltete ihn auseinander.

Du weisst, ich weiss.

18

«Herein.»

Reto trat ein.

«Ausgeschlafen?» Markus legte Ölzeug zusammen und verstaute es in einen Rollkoffer.

«Geht's auf Reisen?», fragte Reto.

«Hab ich dir erzählt.»

«Wann?»

«Vorgestern.»

«Vorgestern?»

«Als wir uns das Hirn weggesoffen hatten.»

«Ja, ich erinnere mich.»

«An die Reise?»

«Nein, das andere.»

«Ich fliege morgen früh nach Kapstadt. So ein reicher Sack hat mich angeheuert.»

«Als was?»

«Na was schon. Als Matrose.» Markus rollte sich eine Zigarette.

Reto ging in die Küche und nahm sich eine Büchse Bier aus dem Kühlschrank. Er setzte sich an den Tisch, auf dem die Einkaufstüte stand, die er vor zwei Tagen hier vergessen hatte.

Reto hatte kurz ein Bier trinken wollen, als er Markus angetroffen hatte. Aus einem Bier waren drei geworden. Als die Kneipe schloss, hatten sie bei Markus weitergetrunken. Sie hatten über Geschichten vom Wasser geplaudert. Markus hatte von seiner Arbeit auf hoher See erzählt, Reto Episoden aus seinem Job auf den Rheinschiffen aufgeblasen.

Im Sommer arbeitete er jeweils für die «Schweizerische Schifffahrtsgesellschaft Untersee und Rhein». Er half Touristen vom Steg aufs Schiff, warf die Taue über die Pollern am Kai und tat eigentlich alles, was die Arbeit an Bord verlangte. Er nahm sich jedes Jahr vor, den Winter in wärmeren Gegenden zu verbringen. Doch bis er sich entschieden hatte, wohin die Reise möglicherweise gehen konnte, war das Geld weg. So brachte er die kurzen Tage und langen Nächte des Winters damit zu, über die Runden zu kommen. Er fuhr mit einem Lieferwagen Klaviere und Möbel durch die Gegend, transportierte Pakete, über deren Inhalt er lieber nicht Bescheid wissen wollte, und liess sich von zwielichtigen Figuren für nicht immer ganz geheuere Aktionen anheuern. In den vergangenen Wochen immer öfter. Leider hatte er den Lieferwagen aufgeben müssen. Er war betrunken in eine Polizeikontrolle geraten.

«Ich trinke aus, dann lass ich dich in Ruhe.»

«Keine Ursache.»

«Ich dachte bloss, ich hol meine Einkäufe ab.» Unglaublich, wie schnell so ein Bier weggetrunken war. «Südafrika also.»

«Ja, für zwei Monate. Dann sehen wir weiter. – Wann hast du gesagt, ist die Prüfung?»

«Prüfung?» Reto lauschte dem Zischen aus der Büchse.

«Na, die zum Kapitän. Damit du den Rhein rauf- und runtertuckern kannst.»

«Das ist noch eine Weile hin.» Reto fing sich zu wundern an, was er an dem Abend alles von sich gegeben hatte. Warme Luft. Er hatte nie im Leben daran gedacht, Kapitän auf einem Rheinschiff zu werden. Hin und wieder hatte er ein Schiff auf Kurs gehalten, wenn der Kapitän mal aufs Klo musste. Reto kannte alle Handgriffe auf der Brücke. Ohne Weiteres würde er ein Schiff bis nach Konstanz hochfahren. Aber es war die Mühen einer Ausbildung nicht wert.

Er zerdrückte die leere Büchse und warf sie in den Abfall.

«Kannst du den gleich runterbringen?», fragte Markus.

«Natürlich.»

Reto stand auf, die Einkaufstüte in der Rechten und den Abfallsack in der Linken. Markus öffnete. Reto brachte die Treppe zum Knarren.

Ein eisiger Wind fegte durch die Gasse. Reto kämpfte sich bis an die Ecke und stellte den Abfallsack hin. Auf halbem Weg zu seinem Velo blieb er stehen und drehte um. Mit dem Abfallsack ging er die Stufen hoch zur Wohnung. Wieder klingelte er.

«Ja?» Markus hatte einen fetten Joint zwischen den Lippen.
«Die Abfallmarke fehlt.»

Markus hielt Reto den Joint hin und ging in die Küche. Während Reto daran zog, hörte er, wie Markus in den Schubladen wühlte. Er kam mit einer Gebührenmarke zurück und klebte sie auf den Abfallsack. Reto gab den Joint zurück und verabschiedete sich.

«Übrigens», Markus hustete, «kann sein, dass dein Handy bei den Einkäufen liegt. Es hat einige Male geklingelt.»

Reto lehnte am Velo und drückte Knöpfe. Jack hatte einige Male angerufen. Und auch eine SMS war eingegangen. Reto starrte aufs Display und las sich vor.

Brauche Pen. Bin im Schrebergarten. Eilt.

Er zündete sich eine Zigarette an und hielt Zwiegespräch mit dem Handy.

«Was tust du im Schrebergarten?»

Und was war schiefgegangen?

Reto wählte Jacks Nummer. Er lauschte der Frauenstimme, die besagte, dass der Mobilteilnehmer momentan nicht erreichbar sei.

Tritt für Tritt arbeitete Reto sich zur Siedlung hoch, in der Jack wohnte. Es war nicht wirklich steil. Es lag an seiner Kondition, dass er keuchte wie eine Dampflok auf dem Weg zum Schrottplatz. Er hoffte, dass keine Streife vorbeifuhr und ihn ohne Licht erwischte. Einige Autos hupten, als sie ihn überholten. Reto hätte gerne zurückgeflucht. Die Luft reichte nicht. Die Hände waren schockgefrorene Fleischstücke, während ihm der Schweiss den Rücken hinunterlief. Endlich war er auf der Anhöhe angekommen und liess dem Velo freien Lauf. Er bog auf den Parkplatz vor dem Wohnblock ein und fuhr einfach weiter, bis der Block ausser Sichtweite war. Die Bremsen quietschten. Reto stieg vom Rad und legte es auf einen Schneehaufen.

Im Schatten ging er zurück und sah sich das Auto genauer an. Er war sich sicher. Es war der Wagen, aus dem der Typ gestiegen war, der ihn angeheuert hatte. Ein Volvo. Weiss. Ika oder so hiess er. Was tat das Auto hier? Ganz offensichtlich überwachten die

Insassen den Eingang. Wenn etwas schiefgegangen war, steckten sie womöglich arg in der Scheisse.

Reto liess das Velo liegen. In der Jackentasche fand er den Schlüssel für den Keller. Als er den Führerausweis losgeworden war, hatte Jack ihm den Schlüssel für den Veloraum ausgehändigt.

Ohne das Licht anzumachen, schlich Reto die Treppen hoch. Er öffnete die Tür zu Jacks Wohnung und schloss sie wieder ab. Im Dunkeln tappte er zum Badezimmer und tastete nach den Pens. Er steckte einen in die Innentasche der Jacke. Er wollte eben im Kühlschrank nachsehen, ob noch ein Bier da sei, als er den Lift hörte. Er schrieb seine übermässige Vorsicht dem THC zu, welches er mit dem Joint aufgenommen hatte. Vorübergehende Psychose.

Die Türklingel ging. Reto wagte nicht zu atmen. Er lauschte und hörte nichts. Und doch war er sich sicher, dass da draussen jemand stand. Reto schlich weg von der Tür ins Wohnzimmer. Er schaute hinunter. Der Wagen stand noch immer dort. Er hoffte, dass etwas passierte. Dass jemand aus der Eingangstür trat und in den Wagen stieg, dass der Wagen fortfuhr oder dass eine Stimme ihn beruhigen würde. «Das alles ist Einbildung. Du bist nur bekifft.»

Aber da war keine Stimme. Nur das Bedürfnis zu pinkeln, die Lust zu rauchen und die Müdigkeit. Er wagte nicht zu rauchen, weil man es riechen konnte, und er wagte nicht zu schlafen, weil er schnarchte. So sass er untätig am Tisch und versuchte wach zu bleiben.

19

Anna Galati beugte sich vor und liess mehr heisses Wasser in die Wanne laufen. Der Schaum, durch den sie in die Wärme gestiegen war, hatte sich beinahe aufgelöst. Sie lehnte sich zurück und wackelte mit den Zehen. Sie waren rot. Vor zwanzig Minuten hätte sie sie sich am liebsten abgeschnitten. Als das Blut sich den Weg durch die gefrorenen Bahnen suchte, hatte sie sich in den Zeigefinger gebissen, um nicht zu schreien. Cobb hatte kurz hereingeschaut. Sie hatte ihn angeherrscht, sich zu verdünnen. Er hatte verdutzt dreingesehen und die Tür geschlossen. Jetzt tat es ihr leid.

Cobb wartete in der Küche, bis es im Wasserkocher zu sprudeln begann. Er blickte auf die Uhr. Es war weit nach Mitternacht. Er hatte versucht, Marlen zu erreichen, aber sie ging nicht ans Telefon. War es ein Fehler gewesen, sie allein zu dem Poetry-Slam gehen zu lassen? Er hoffte, dass sie Valentin getroffen hatte. Er würde dafür sorgen, dass sie sicher heimkäme. Aber auch sein Handy war tot.

Er schüttete Wasser auf den Teebeutel und wartete. Vor ihm lag der Zettel, den er unter der Windschutzscheibe gefunden hatte.

Du weisst, ich weiss.

Die Tatsache, dass es da draussen jemanden gab, der wusste, womit Bärtschi, Galati und er heute Nacht beschäftigt gewesen waren, war kein gutes Zeichen. Er rührte Rum und Zucker in den Tee und entschloss sich, den beiden nichts davon zu erzählen. Er drückte den Teebeutel aus und trug die Tasse ins Badezimmer.

«Hier.» Cobb setzte sich auf den Rand der Badewanne. Seine Hose wurde nass.

«Was ist das?» Galati hingen die Haare ins Gesicht. Sie wischte sie weg und schaute Cobb an. «Tut mir leid.»

«Was?»

«Das vorhin.»

«Macht nichts. Trink den Tee.»

«Du hast mir einen Tee gemacht?» Sie lächelte.

«Mit Rum.»

«Du willst, dass ich hier absaufe.»

«Ich kann ihn auch selber trinken.»

Galati streckte die Hand aus und nahm die Tasse entgegen. Sie rutschte etwas hoch. Ein feiner Rand aus Schaum schwappte leise an ihren Brüsten auf und ab.

«Willst du dich nicht zu mir legen?»

«Ist etwas eng, nicht?»

«Genau deswegen.» Galati setzte sich auf und hielt Cobb die leere Tasse hin. Er griff danach und langte ins Leere. Sie hielt sie weiter weg. Cobb streckte sich, um an die Tasse zu gelangen. Ein kleiner Schubser genügte, und er fiel ins Wasser. Galati lachte und hielt ihn fest. Hilflos wie ein Käfer, der auf dem Rücken lag, strampelte er mit allen vieren, bis er ihren Atem an seinem Ohr spürte. Er liess sich ins Wasser gleiten und suchte ihren Mund. Die Lippen schmeckten nach Eukalyptus. Die Zunge war Rum.

Als Cobb seinen Kopf etwas hob, um ihre Augen zu suchen, traf ein Wasserstrahl die seinen. Halb blind beugte er sich zu ihr hinunter.

«Zieh dich aus», flüsterte sie.

Er versuchte erst, das T-Shirt im Wasser über den Kopf zu streifen. Es gelang nicht. Er stieg aus. Als die Kleider in einer grossen Pfütze auf dem Boden lagen und Cobb zurück in die Wanne glitt, rumpelte es an der Wohnungstür.

Cobb wand ein Badetuch um die Hüfte und ging nachschauen. Marlen lehnte an der Garderobe, und Valentin versuchte, ihr aus dem Wintermantel zu helfen. Sie stellte sich einigermassen blöd an. Die Füsse rutschten mitsamt dem Teppich von der Wand weg. Dazu kicherte sie. Valentin sah Cobb an und zuckte mit den Schultern.

Cobb machte zwei Schritte auf die beiden zu. Marlen stiess sich von der Wand weg und hielt eine Faust in die Höhe. «Wir haben gewonnen!»

Sie stolperte auf Cobb zu und fiel ihm um den Hals. «Und ich, ich habe auch gewonnen. Sieg durch K. o.!» Sie kicherte blöde und stolperte zurück. Sie drohte zu stürzen. Valentin schob von hinten die Arme unter die ihren und wusste nicht so recht, wohin mit den Händen.

«Ich glaube, sie hat etwas zu viel getrunken.» Schiefes Lächeln.

«Er glaubt, ich habe zu viel getrunken. Ist er nicht süss, Paps?» Sie küsste Valentin auf die Wange. Wehrlos liess er es geschehen. Sie hielt sich an seinem Hals fest und rappelte sich hoch.

«Und jetzt ist mir übel.» Marlen nahm die Wände zu Hilfe, als sie ins Badezimmer torkelte. Galati erschien, ebenfalls in ein Badetuch eingewickelt, und sah ihr nach. Marlen schloss die Tür hinter sich.

Valentin zog die Whiskeyflasche aus seiner Jacke. «Sollen wir uns einen genehmigen?»

Cobb fand zur Sprache zurück. «Du hast sie abgefüllt!»

«Nichts da. Sie hätte mir schon gerne den Whiskey weggesoffen. Aber ich habe ihr nichts gegeben. Na gut, einen ersten Schluck. Aber den Rest hat sie sich selbst besorgt.»

«Du meinst, sie hat sich Alkohol gekauft?»

«Ja, auch.»

«Was sonst?»

«Einige haben ihr was spendiert.»

«Was spendiert?»

«Verschiedenes. Weil sie den Arsch des Hauses niedergeschlagen hatte.»

«Sie hat was?»

«Ein Typ hatte sie von hinten begrapscht. Sie hat einen ziemlichen Hammer drauf, deine Tochter.»

«Sie trainiert.»

«Was?»

«Karate.»

«Aha.»

Aus dem Badezimmer waren würgende Geräusche zu hören. Galati öffnete die Tür einen Spaltbreit und verzog das Gesicht. «Es gibt Arbeit, Cobb.»

Cobb ging in die Küche und begab sich mit einem feuchten Lappen bewaffnet ins Badezimmer.

Galati lächelte Valentin an. «Ich denke, ich werde mal schlafen gehen.»

«Was dagegen, wenn ich mich setze?»

«Nein.» Sie bog ins Schlafzimmer ab. Valentin setzte sich aufs Sofa und öffnete den Verschluss der Flasche.

Im Badezimmer wusch Cobb seiner Tochter den Mund. Er verstand nicht vollständig, wovon sie sprach, vermutete aber, dass es darum ging, dass sie auf der Stelle sterben wollte. Er wrang den Lappen aus und legte ihn ihr in den Nacken. Sie keuchte und hatte die Arme auf dem Rand der Kloschüssel abgestützt. Als das Gröbste draussen war, sank sie in Cobbs Armen zusammen. Er hob sie auf und trug sie ins Zimmer. Dort legte er sie auf den Fussboden. Zuerst zog er an den Schuhen und an den Socken.

«Ich habe gewonnen!»

«Ja, Marlen.»

«Gewonnen, verstehst du?»

«Ja, ich verstehe.»

«Und er, er hat auch gewonnen.»

«Schön, Marlen. – Ich muss dir jetzt die Hosen ausziehen.»

«Scheissegal.»

Er legte sie nackt ins Bett und deckte sie zu. Sie krallte sich in der Bettdecke fest und richtete sich auf.

«Es dreht sich alles.»

«Das wird schon.»

«Wieder schlecht.»

Cobb rannte in die Küche und holte einen Plastikkübel. Er stellte ihn neben das Bett. Gerade rechtzeitig. Marlens Bauch zog sich zusammen, und sie erbrach gelbe Sauce. Sie fiel auf den Rücken und schloss die Augen. Cobb blieb noch eine Weile neben dem Bett sitzen. Als er sicher war, dass sie regelmässig atmete, schlich er aus dem Zimmer. Die Tür liess er ein wenig offen, um zu hören, falls es wieder losging.

Im Wohnzimmer sass Valentin auf dem Sofa und betrachtete

die Whiskeyflasche. Cobb öffnete einen Schrank und nahm zwei Gläser heraus. Valentin schenkte beiden ein, und sie stiessen an. Cobb trank in einem Schluck leer. Valentin füllte nach.

Cobb nippte und stellte das Glas hin. «Und nun erzähl, was los war.»

20

Anna Galati wäre beinahe über sie hinübergefallen. Sie hatte die Tür geöffnet und die Frau übersehen, die auf allen vieren vor ihr stand. Sie konnte sich mit einem grossen Schritt ins Treppenhaus retten. Die Frau hatte sich zusammengekauert und schaute verdutzt zu ihr hoch. Galati stellte den Rucksack mit den Schwimmsachen auf den Boden und half ihr auf.

«Habe ich Sie verletzt?»

«Nein. Geht schon.»

«Ist Ihnen was runtergefallen?»

«Wie?»

«Suchen Sie was vor der Wohnungstür?»

«Nein.»

Die Frau steckte einen wattierten Briefumschlag in die Manteltasche. Sie schien es sich anders zu überlegen und zog den Umschlag wieder hervor. «Ist Herr Cobb zu Hause?»

«Nein, er musste früh aus dem Haus. Kann ich etwas für Sie tun?»

«Sie sind seine Frau?»

«Nein, ich wohne zeitweise hier. Worum geht es denn?»

«Nichts Bedeutendes.»

«So unbedeutend, dass Sie sich vor seiner Wohnungstür hinlegen?»

«Nein, ich wollte ihm das da zukommen lassen.» Sie hielt Anna Galati das Couvert hin.

«Wollen Sie, dass ich ihm den Brief aushändige?»

Die Frau liess den Umschlag wieder in der Tasche verschwinden. Sie nahm die Mütze vom Kopf und zog einen rosa Haargummi zurecht. «Sie sind seine Freundin, nicht?»

«Was ist mit dem Brief?»

«Ja, der Brief.»

«Wollen Sie ihn wieder mitnehmen, oder soll ich dafür sorgen, dass ...»

«Nein, nein. Ich werde ihn schon irgendwann antreffen.»

«Er arbeitet heute in der Redaktion. Vielleicht gehen Sie beim ‹Tagblatt› vorbei.»

«Ja, vielleicht.»

Die Frau schielte auf die Türklingel, sah zu Galati und lächelte schmal. Ohne ein weiteres Wort drückte sie sich an ihr vorbei und hastete die Treppen hinunter. Galati sah ihr hinterher und seufzte. Sie hob den Rucksack hoch.

Marlen kam aus dem Zimmer und lehnte sich an den Türrahmen. «Morgen.»

«Morgen», antwortete Galati.

«Mir tut alles weh.»

«Na ja.»

«War ich gestern sehr peinlich?»

«Normal peinlich.»

«Mann, war das peinlich. Hat er es mitgekriegt?»

«Cobb?»

«Nein, Valentin.»

«Ja.»

«Ja?»

«Ich denke schon.»

«Scheisse, ist das peinlich.»

«Weisst du, in seinem Alter hat man das schon einige Male erlebt. Manchmal ist man froh, dass es einen nicht selbst getroffen hat.»

Marlen starrte durch Galati hindurch.

«Marlen?» Galati stellte den Rucksack auf den Boden.

«Ja?»

«Nicht wieder einschlafen.»

«Mein Kopf tut weh.»

«Das nennt sich Kater.»

«Ich weiss, wie man das nennt.»

«Dann ist ja gut. Wenn etwas einen Namen hat, kann man es einordnen.»

«Und wie geht der wieder weg?»

«Abwarten. Und was essen.»

«Ich kann jetzt nichts essen, mir ist schlecht.»

«Mach dir eine Bouillon.»

«Ich muss gleich kotzen.»

Marlen ging zurück ins Zimmer. Galati seufzte, hob den Rucksack hoch und schob die Wohnungstür hinter sich zu. In der Küche toastete sie zwei Brote und öffnete eine Büchse Thunfisch. Sie vermischte den Büchsenfisch mit viel Mayonnaise und streute eine Extraportion Salz darauf. Die Masse verteilte sie auf die Toasts. Mit dem Teller in der Hand klopfte sie an Marlens Zimmertür.

Sie lag auf dem Bett und hatte die Stöpsel im Ohr. Ihre Wange lag auf einem zusammengefalteten Stück Papier. Ihr Blick ging ins Leere. Erst als Galati vor ihr stand, hob sie den Kopf.

«Da, iss das.»

«Was ist das?»

«Thunfisch mit Mayo und Toast.»

«Ich habe keinen Hunger.»

«Iss und du fühlst dich bald wieder besser.»

«Woher willst du das wissen?»

«Aus Erfahrung.»

Marlen richtete sich auf und nahm den Teller an sich. Sie schnupperte am Toast und verzog den Mund. Mit Todesverachtung biss sie hinein und kaute. Galati verliess das Zimmer und kam mit einem Glas Wasser zurück. Marlen trank das Glas leer. Galati ging, um Wasser nachzufüllen. Marlen folgte ihr in die Küche. Sie nahm den Salzstreuer und schüttelte ihn über den Toast. Stehend ass sie fertig und trank drei Gläser dazu.

«Besser?», fragte Galati.

«Weiss nicht.»

«Wenn du die nächsten fünf Minuten nicht ins Badezimmer rennst, bist du über den Berg.»

«Ich zieh mir was an.»

Marlen verschwand im Zimmer und kam in Trainerhosen und T-Shirt zurück. Sie setzte sich aufs Sofa und faltete den Zettel auseinander.

«Wenn du lesen kannst, hast du es geschafft.»

«Wie?» Marlen sah hoch.
«Was ist das?»
«Das ist der Text.»
«Welcher Text?»
«Der von gestern Abend.»
«Vom Poetry-Slam?»
«Von Valentin. Ich durfte ihn behalten.»
«Den kannst du für deinen Vortrag verwenden.»
«Ja klar.» Marlen stützte den Kopf auf die Hände. Die Haare fielen vors Gesicht. Sie war allein mit dem Text. Galati kam sich einigermassen nutzlos vor. Sie nahm den Rucksack hoch und verabschiedete sich.
«Wo gehst du hin?» Marlens Gesicht kam zum Vorschein.
«Schwimmen. Tschüss, Marlen.»
«Tschüss, Anna.»
Galati öffnete die Tür.
«Anna?»
«Ja?»
«Was war eigentlich los?»
Darauf war Galati nicht vorbereitet. Sie suchte nach einer Geschichte, die sie Marlen auftischen konnte. Sie sollte nicht wissen, dass sie gestern Nacht eine Leiche aus dem Wasser gezogen hatten. Besonders jetzt nicht, da klar war, dass sie mit einem Ableger organisierter Kriminalität in Berührung gekommen waren. Um Zeit zu gewinnen, stellte sie eine Gegenfrage.
«Wann?»
«Heute Morgen. An der Tür.»
«Nichts. Bloss eine Frau, die ein Couvert für deinen Vater dabeihatte.»
«So eine Bleiche mit rosa Haargummi?»
«Ja.»
«Die war gestern schon hier.»

21

Bärtschi sank ins Sofa. Bevor er die Kaffeetasse auf den Couchtisch abstellte, wischte er die Unterseite mit der Handfläche ab. Trotzdem prüfte er, ob ein Ring auf der Tischplatte zu sehen war. Aber da war nichts. Keine Spuren. Das ganze Wohnzimmer schien frei davon. Wenn Beatrice Vonwinkel ihm nicht einen Kaffee aus der Kapselmaschine gebrüht hätte, wäre er sich nicht sicher, ob die Räume überhaupt bewohnt waren. Einzig das Fehlen von Staub deutete auf menschliche Eingriffe.

Frau Vonwinkel erschien in einem Trainingsoutfit. Es betonte, was Bärtschi bereits vermutet hatte. Muskeln, Sehnen und kein Fett.

«Möchten Sie noch einen Kaffee, Herr Bärtschi?»

«Ja, wenn es Ihnen nichts ausmacht.»

Noch bevor er den Satz zu Ende gesprochen hatte, hatte sie seine Tasse geschnappt. In der Küche fiel die Kapsel ins Innere der Maschine. Heisses Wasser suchte sich den Weg durch eine neue. Bevor Frau Vonwinkel in der Tür erschien, leerte sie den Kapselbehälter. Bärtschi war sich sicher, dass sie auch die Kaffeemaschine trocken gerieben hatte.

Sie stellte die Tasse auf den Tisch.

«Wollen Sie nicht doch eine Untertasse?»

«Nur keine Umstände.» Bärtschi nahm einen Schluck und säuberte erneut die Unterseite.

«Sie wollen über Ulrich reden.» Frau Vonwinkel setzte sich auf den Rollwagen der Rudermaschine und zurrte die Turnschuhe an der Fussablage fest.

«Ja. Es tut mir leid, Ihnen mitteilen zu müssen, dass er tot ist.»

«Das habe ich heute in der Zeitung gelesen. Es braucht Ihnen nicht leidzutun. Wir sind geschieden. Und das ist gut so.» Sie spannte das Zugband und streckte die Beine. Bärtschi hörte das Wasser im Tank des Rudergeräts rauschen.

«Das freut mich.» Bärtschi korrigierte sich. «Nicht, dass Sie geschieden sind. Dass es Sie nicht mitnimmt, das freut mich.»

«Inzwischen freue ich mich sehr darüber, dass wir geschieden sind.»

Bärtschi rutschte an die Kante des Sofas. «Darf ich fragen, ob Sie finanziell von der Scheidung profitiert haben?»

«Ich arbeite als Kindergärtnerin. Ich habe immer als Kindergärtnerin gearbeitet, auch, als wir noch verheiratet waren. Ich brauche sein Geld nicht.»

«Aber es wäre Ihnen doch aufgrund der Scheidung welches zugestanden.»

«Ich wollte sein Geld nicht, denn es ist schmutziges Geld.» Sie erhöhte die Zugfrequenz. «Sicher, ich habe geholfen, die Praxis aufzubauen. Da war er ein ganz normaler Psychiater. Er betreute Menschen, die Probleme hatten. Und er war gut darin.» Das Wasser rauschte, und Bärtschi nahm einen Schluck Kaffee. «Aber es war ihm nicht genug. Er hatte begonnen, in Liegenschaften zu investieren. Er fand Gefallen daran. Aber das Geld reichte nicht.»

Sie zog heftiger am Griff, das Wasser rauschte lauter. Bärtschi wunderte sich, dass noch keine Schweisstropfen zu sehen waren.

«Da kam die Anfrage der Stiftung Medas gerade recht.»

«Medas?»

«Stiftung Medas. Eine medizinische Abklärungsstelle, die für die Invalidenversicherung arbeitet.»

Bärtschi hob die Tasse an die Lippen und bemerkte, dass sie leer war. «Ulrich Gaugler beurteilte also, ob jemand Invalidenrente erhält oder nicht.»

«Ja, er stellte das psychologische Gutachten her. Und ersparte der Invalidenversicherung damit jede Menge Kosten.»

«Wie soll ich das verstehen?» Er stellte die Tasse wieder ab.

«Ulrich nannte seine Patienten jetzt Kunden. Sie wurden von der Invalidenversicherung zur Abklärung zu ihm geschickt. Er musste beurteilen, ob Patienten mit Schmerzsymptomen, Depressionen und dergleichen noch arbeitsfähig waren oder nicht. Bezahlt wurde er von der Invalidenversicherung.»

«Ach. Ich beginne zu begreifen.»

«Wess Brot ich ess, des Lied ich sing. Ein korrupter Sauhaufen.»

Bärtschi erhob sich mit der Tasse in der Hand. «Darf ich?»

«Ja, natürlich. Ich hoffe, Sie wissen, wie die Maschine funktioniert.»

«Wird schon gehen.»

Bärtschi sorgte in der Küche für Nachschub an Koffein. Im Wohnzimmer rauschte das Wasser im Tank des Rudergeräts. Er ging zurück und sah aus dem Fenster. Der Nebel machte vergessen, dass es jenseits der gegenüberliegenden Häuserreihe noch Leben geben könnte. Das sonst so beschauliche Quartier auf dem Emmersberg schien wie ausradiert. «Aber deshalb haben Sie sich nicht scheiden lassen.»

«Nein. Mit dem Geld kamen noch mehr Immobilien. Er kaufte sich ein Segelboot. Und er fing mit den Frauengeschichten an. Zuerst wollte ich es nicht wahrhaben. Als er dann seine Praxisassistentin geschwängert hatte, war das Fass voll. Ich schickte ihn zum Teufel.»

«Gibt es Kinder aus Ihrer Ehe?»

«Nein. Die gibt es nicht.» Frau Vonwinkel zog kräftiger. «Nicht, dass wir es nicht versucht hätten.»

Bärtschi zog es vor, nicht weiter zu fragen. Unter diesen Umständen hielt er es für ein Glück. Es wären Kinder gewesen, die nach der Scheidung auch den Mord an ihrem Vater zu verarbeiten gehabt hätten.

«Aber diese Frau, mit der er dieses Kind gezeugt hatte, die macht ihn nicht glücklich. Ich habe gehört, dass sie ihn gezwungen hatte, sie zu heiraten.»

«Wegen des Kindes?»

«Nein, sie hatte bessere Argumente. Sie kam wohl dahinter, an wen Ulrich einen Teil seiner Wohnungen vermietete und zu welchem Preis. Sie drohte ihm, damit an die Öffentlichkeit zu gehen, sollte er sich weigern, sie zu heiraten.»

«An wen vermietet er?»

«Ans Sozialamt. Die Miete kostet ein Vermögen. Der Zustand der Wohnungen ist miserabel.»

Bärtschi drehte sich vom Fenster weg. Beatrice Vonwinkel zog noch immer am Seil, welches die Rotoren im Wasserbehälter zum Drehen brachte. Er dachte nach. «Wenn ich richtig verstanden habe, ist es doch so, dass Ulrich Gaugler dafür sorgte, dass die Leute, die ihm zugewiesen worden waren, keinen Anspruch auf Invalidenrente haben.»

«Exakt, Herr Bärtschi.»

«Wenn ich weiter davon ausgehen kann, dass diese Leute aus dem Arbeitsmarkt fallen, läuft alles darauf hinaus, dass sie vom Sozialamt gestützt werden müssen.»

«Auch das ist richtig.»

«So kann es kommen, dass einer, der eigentlich Anspruch auf eine Invalidenrente hat, diese aber nicht erhält, in einer der Wohnungen endet, die Ulrich Gaugler dem Sozialamt vermietet.»

«Ja, genau so kann es kommen.»

«Könnte man dafür morden?»

«Das herauszufinden, ist Ihre Aufgabe, Herr Bärtschi.»

«Danke für den Kaffee, Frau Vonwinkel. Ich finde den Weg.»

An der Tür hielt sie Bärtschi auf. «Reden Sie mit Imhof.»

«Dem Stadtbaumeister?»

«Ja. Ulrich und er trafen sich regelmässig zum Tennisspiel.»

Als Bärtschi auf der Strasse stand, eingehüllt in den Nebel, fand er es eigentümlich ruhig. Das Rauschen war weg. Für kurze Zeit nur. Durch die Windungen seines arbeitenden Gehirns kam es langsam wieder zurück.

22

Mit der Morgendämmerung kam Leben ins Treppenhaus. Reto horchte. Türen gingen, der Aufzug bewegte sich im Schacht, und Stimmen drangen durch die dünnen Wände. Reto horchte an der Wohnungstür und linste durch den Spion. Als er sicher war, dass der Bewacher an der Tür weg war, ging er ins Badezimmer und leerte seine Blase. Er wusch sich das Gesicht und putzte sich mit Jacks Zahnbürste die Zähne. Ein Blick aus dem Fenster. Das Auto stand noch immer vor dem Wohnblock.

Reto nahm den Lift in den Keller. Er überquerte den schneebedeckten Rasen und hob sein Velo auf. Er war froh um den Nebel. Er ermöglichte ihm, unentdeckt bis zur Böschung zu gelangen, wo der Wald anfing. Er zerrte das Velo durchs Gebüsch. Auf dem Waldweg setzte er sich auf den Sattel und trat in die Pedale. Die Wassertröpfchen kondensierten auf seinem Gesicht.

Er strampelte sich hoch auf die Breite, fuhr am Hallenbad vorbei und weiter in Richtung Hemmental. Er sah die Konturen der Hütten der Schrebergärten sich grau in grau im Nebel abzeichnen. Das Velo liess er am Gitterzaun angelehnt stehen. Da er sich nicht sicher war, welche der Hütten Frau Beslic gehörte, klopfte er sich durch den Schrebergarten. Als ihn die Fingergelenke schmerzten, hob er einen Stock auf und fuhr fort, die Türen zu bearbeiten. Schliesslich gab er auf und zückte sein Handy. Der Batteriestand war niedrig, aber für einen Anruf würde es reichen.

Ein Klingelton. Reto versuchte die Richtung auszumachen. Der Ton erstarb. Stattdessen meldete sein Telefon, dass der Mobilteilnehmer nicht erreichbar sei. Reto wählte erneut Jacks Nummer. Nach drei Wiederholungen stand er vor dem richtigen Gartenhaus. Reto klopfte. Er erhielt keine Antwort. Konnte es sein, dass Jack bereits mit einer Überzuckerung hinübergetreten war?

Reto rammte die Tür. Sie sprang auf. Innen knisterte der Ofen. Zwei Decken lagen auf der Sitzbank. Auf dem Tisch fand er einige geöffnete Konservenbüchsen. Daneben standen drei Tassen. Reto roch daran und rümpfte die Nase. Kalter Kaffee. Zucker klebte auf dem Boden. Neben den Tassen lag einen Tube Kondensmilch. Reto rief erneut Jacks Handy an. Unter der Sitzbank vibrierte der Holzboden. Reto nahm es an sich und trat ins Freie. Der Schnee vor dem Gartenhaus war niedergetrampelt. Er ging ein paar Schritte. Hier lösten sich einzelne Fussspuren vom Rest. Reto folgte ihnen und gelangte an einen Parkplatz weit weg hinter einigen Büschen. Reifenspuren führten davon weg.

Er setzte sich aufs Velo und folgte den Spuren. Als er auf die Strasse gelangte, merkte er, dass dies zu nichts führte. Er hielt an und überlegte, was als Nächstes zu tun wäre. Er hatte keine Vorstellung davon, wo Jack sich aufhalten konnte. Die einzige Spur, die vielleicht zu ihm führen konnte, war das Auto, welches vor dem Wohnblock stand.

Reto fuhr zurück, liess das Velo am Waldrand stehen, holte sich in der Wohnung den Schlüssel zu Jacks Auto. Es hatte einmal seiner Mutter gehört. Sie hatte es Jack vermacht. Ihm wollte sie es nicht geben, weil er zu oft zu betrunken war. Jetzt konnte er es sich ja ausleihen.

Seine Oberschenkel waren leicht übersäuert, als er wieder die Böschung hochkletterte. Mit dem Velo gelangte er an den Parkplatz, auf dem Jack das Auto stehen hatte. Er schwitzte trotz der Kälte, die der Nebel mit sich führte. Die Sitze des alten Talbots knisterten, als Reto sich hineinsetzte. Die Scheiben beschlugen sich sofort. Er drehte den Zündschlüssel. Der Motor eierte und gab auf. Auch weitere Versuche schlugen fehl.

Reto stieg aus und schob den Wagen mit offener Tür aus dem Parkfeld. Auf der abschüssigen Strasse musste er einfach anspringen. Er liess sich in den Sitz fallen, ruckelte den zweiten Gang rein und drehte den Zündschlüssel. Als er die Kupplung losliess, stotterte der Motor, krächzte und gab seinem Unmut mit einem lauten Knall durch den Auspuff Ausdruck. Schliesslich entzündete ein Funken die Benzindämpfe, und der Kolben bewegte sich. Reto trat auf die Kupplung und liess den Motor aufheulen.

Bevor er den weissen Volvo beobachten konnte, musste er eine Weile herumfahren, um die Batterie aufzuladen. Er steuerte aus der Stadt und fuhr die Landstrasse in Richtung Ramsen. Bei Dörflingen wurde ihm bewusst, dass er keinen Führerausweis besass, und hielt es nicht für ratsam, die Grenze zu Deutschland zu überqueren. Also drehte er um und fuhr durch die Stadt zurück, liess an einer Tankstelle den Motor laufen und besorgte sich einige Kaffeeshakes und Chips, besuchte die Toilette und fuhr dann vor dem Wohnblock vor.

Der weisse Volvo stand noch immer da. Reto parkierte hinter einer Buchenhecke und linste durch das Geäst. Er öffnete einen ersten Shake und trank davon, zündete sich eine Zigarette an und kurbelte die Fensterscheibe etwas hinunter. Die drei Männer schienen zu schlafen. Hin und wieder trat einer ins Freie und ging um den Wagen herum. Der Grösste der drei blieb am Heck stehen und trat gegen den Reifen. Dann verschwand er wieder im Innern und überliess Reto den Chips, den Shakes und der Langeweile.

Nach dem vierten Becher kalten Kaffees mit Milch und Zucker rutschte Reto tiefer in den Sitz. Ein Streifenwagen tauchte im Rückspiegel auf, fuhr langsam vorbei und hielt vor der Haustür. Ein Beamter in Zivil stieg aus und betätigte eine Türklingel. Er wartete und sah hin und wieder zum Volvo hin. Reto wäre gerne näher herangefahren. Er war sich nicht sicher, glaubte aber zu erkennen, dass der Beamte Zeichen machte und sich verlegen die Stoppeln auf dem Kopf rieb.

Der Abwart stand in der Eingangstür. Er ging voraus, und der Polizist folgte ihm ins Treppenhaus. Reto zählte bis neunzehn. Das Licht in Jacks Wohnung ging an. Reto machte sich Sorgen um seinen Freund. Was war schiefgelaufen, dass nun sogar die Polizei in seiner Wohnung aufkreuzte?

Nach einer Weile trat der Beamte vor den Eingang. Er sah sich um, wartete, bis eine Frau ihren Rollator zwei Türen weiter in den Eingang ruckelte, und bewegte sich wie zufällig auf den Volvo zu. Die Scheiben gingen runter. Der Beamte lehnte sich ans offene Fenster und sprach mit den Insassen. Einer der Männer stieg aus und drückte ihm einen Plastiksack in die Hand. Der Beamte stand erst unschlüssig da und entsorgte ihn dann in einem Abfalleimer.

Als er wieder im Hauseingang verschwunden war, stieg schwarzer Rauch aus dem Auspuff. Der Volvo setzte sich langsam in Bewegung. Als er hinter dem nächsten Wohnblock verschwunden war, stieg Reto aus und spurtete zum Abfalleimer. Er zog den Plastiksack heraus.

Er gab Gas, um den Volvo einzuholen. Beinahe hätte der den Polizisten auf die Kühlerhaube geladen. Er war zum Streifenwagen gerannt. Reto riss das Steuer herum, rammte einen Abfallcontainer und blickte in den Rückspiegel. Der Streifenwagen wendete und raste in die andere Richtung davon.

Während er fuhr, durchsuchte er den Inhalt des Plastiksacks. Er fand Seilstücke und Klebeband. Er warf alles auf den Rücksitz und drückte das Gaspedal tiefer. Er überholte einen Lastwagen und erkannte knapp, dass der Volvo nach rechts blinkte. Er folgte ihm auf die Schnellstrasse in Richtung Singen.

23

Cobb genoss es, samstags früh die Redaktion zu betreten. Er brauchte den Damen am Empfang nicht zuzulächeln. Niemand quatschte ihn an, wenn er einen Kaffee holte. Das Grossraumbüro stank nicht nach menschlicher Ausdünstung.

Mit der Tasse in der Hand setzte er sich vor den Computer, liess ihn hochfahren, lehnte sich im Bürostuhl weit nach hinten und legte die Beine auf den Tisch. Der Nebel saugte die Farbe aus den Gebäuden vor dem Fenster. Die Wände und Mauern sahen aus wie Schwarz-Weiss-Bilder in grober Körnung.

Nachdem er den Kaffee ausgetrunken hatte, legte er das Programm zur Eröffnungsfeier der Tennishalle auf den Tisch und strich die wichtigsten Punkte an. Der Kandidat fürs Stadtpräsidium, Johann Imhof, würde eine Ansprache halten ebenso wie deren Erbauer, Marius Hausmann. Zusätzlich würde dem Publikum eine Tennisshow mit Clowns geboten sowie Wettkämpfe zwischen Prominenz aus Politik und Sport. Cobb fand, dass das einerlei war.

Die Vorschau zur Eröffnung war bereits heute in der Zeitung erschienen. Auch hier hatte er den grössten Teil aus einem anderen Prospekt übernommen. Er hatte die Schnauze voll von dem ganzen Trara um die Tennishalle und freute sich, wenn er damit endlich abschliessen konnte.

Er hatte vor, den grössten Teil des Artikels vorzubereiten, um am nächsten Abend, unmittelbar nach dem Anlass, die fehlenden Punkte einzufügen. Deshalb öffnete er das Schreibprogramm und schrieb einen Titel.

Jemand räusperte sich in seinem Rücken. Papier raschelte. Cobb drehte sich um. Chefredaktor Deupelbeiss stand ein paar Schritte entfernt. Als er Cobbs Aufmerksamkeit hatte, trat er zu ihm an den Schreibtisch und präsentierte ihm die Frontseite. Er hieb mit der flachen Hand auf Cobbs Vorschau über die Eröffnung der Tennishalle.

«Ist das alles?» Deupelbeiss richtete sich auf und sah auf Cobb hinunter.

«Sie meinen, Herr Deupelbeiss?»

«Ich habe noch selten einen derart faden Artikel gelesen.»

«Bieten Sie mir ein spannendes Thema, und ich werde interessant schreiben.»

«Ich appelliere an Ihre Professionalität, Cobb. Wie Sie wissen, hat die Zeitung als Hauptsponsorin ein vitales Interesse daran, die Tennishalle zu portieren.»

«Trotzdem, mehr gab das Gespräch mit Hausmann nicht her.» Cobb gähnte.

«Legen Sie sich nicht wieder mit mir an, Cobb.»

«Ich lege mich nicht mit Ihnen an, Herr Deupelbeiss.»

«Wenn ich Sie an die Vorfälle rund um diese Abstimmung erinnern darf ...»

«Sie sprechen von den Vorfällen, die beinahe dazu geführt hätten, dass Dutzende Sektenheinis in einer Kirche verbrannt wären? Nein, Deupelbeiss, auch da legte ich mich nicht mit Ihnen an. Sie waren es gewesen, der aufs falsche Pferd gesetzt hatte.»

«Nun gut, vergessen wir das. Ich verlange allerdings eine inspirierte Berichterstattung, was die Eröffnung der Tennishalle angeht.»

Cobb schob die Tastatur über den Prospekt, der vor ihm lag.

Deupelbeiss geriet in Fahrt. «Dieses Bauwerk wird die Welt nach Schaffhausen holen. Vergessen Sie das Suisse Open in Gstaad, die Indoors in Basel. In nicht allzu ferner Zukunft wird hier in Schaffhausen Tennisgeschichte geschrieben werden. Dazu braucht es Männer mit Visionen, Männer wie Marius Hausmann.»

Deupelbeiss beugte sich zu Cobb hinunter und schlug auf die Zeitung. «Ich prophezeie Ihnen hier unter vier Augen, dass der Name Hausmann dereinst in einem Atemzug mit Heinrich Moser genannt werden wird. Moser baute damals den grössten Staudamm der Schweiz. Er war der Schlüssel zu Schaffhausens Industrialisierung. Der Mann hatte Visionen. Genau wie Hausmann. Er sticht unter allen Kleingeistern heraus, glaubt an seine Möglichkeiten, an die Möglichkeiten unserer Stadt.»

Deupelbeiss richtete sich wieder auf. «Sie müssen das Ganze in einem grösseren Zusammenhang sehen, Cobb, dann gelingt es Ihnen auch, die Leser dafür zu begeistern.»

«Danke für den Tipp, Herr Deupelbeiss.»

«Und noch was, Cobb, ich …»

«Deupi, ich wäre so weit.» Elvira stand im Eingang und lächelte den Chefredaktor an. Als Cobb sich zu ihr umdrehte, kräuselten sich die Lippen, und die Mundwinkel zeigten nach unten. Bilanz eines One-Night-Stands ohne Fortsetzung. Cobb hatte sie abserviert, worauf sie sich den Chefredaktor geangelt hatte. Seither arbeitete sie nicht mehr als Empfangsdame, sondern war zur Personalchefin aufgestiegen. Fortan siezte sie wieder jeden, ausser den Chefredaktor.

«Deupelbeiss liess von Cobb ab und lächelte Elvira an. «Ja, Elvira, ich musste hier noch etwas klären.»

«Liegt Eulacher noch immer im Spital?» Elvira lehnte sich an den Türrahmen.

«Ja.»

«Ein Jammer. – Wenn wir nicht hetzen wollen, ist es an der Zeit, zum Bahnhof zu gehen. Der Zug wartet nicht. Wir müssen mir unbedingt genügend Zeit einräumen. Hier finde ich nichts.»

«In Zürich werden wir bestimmt etwas finden, das passt.» Deupelbeiss lächelte.

«Aber auch in Zürich muss man sich Zeit nehmen. Wir besuchen morgen schliesslich nicht eine Grillparty.»

«Das ist mir bewusst, Elvira. Und genau das musste ich Herrn Cobb darlegen.»

Elvira schnaubte und verliess das Grossraumbüro. Deupelbeiss klopfte ein letztes Mal auf die Zeitung, wollte etwas sagen, liess es aber doch bleiben und folgte der Personalchefin.

Cobb öffnete ein Fenster, steckte sich eine an und blies den Rauch ins feuchte Grau. Als er sich umdrehte, stand schon wieder jemand da. An der Frau wirkte, mit Ausnahme eines rosa Haargummis, alles grau. Sie hielt einen Umschlag in der

Hand. Ihre Lippen zuckten. Cobb wusste nicht, ob sie zu lächeln versuchte.

«Ja?» Cobb brach das Schweigen.

«Herr Cobb?»

«Ja.»

«Freut mich. Ich bin Annette Imhof.»

«Die Freude ist ganz meinerseits. Was kann ich für Sie tun?»

Annette Imhof sah auf den Umschlag hinab, dann zu Cobb, wieder zurück auf den Umschlag und biss sich auf die Lippen. Schliesslich gab sie sich einen Ruck und hielt Cobb den Umschlag hin.

«Für mich?»

Sie nickte, blieb aber stehen.

Cobb ging auf sie zu und nahm den Umschlag an sich. «Danke.»

«Wollen Sie nicht lesen?»

«Später vielleicht.»

«Ist aber wichtig.»

Cobb seufzte und riss den Umschlag auf. Als er den Zettel durchgelesen hatte, sah er hoch. «Was ist das?»

«Steht doch alles drin.»

«Wer ist dieses überparteiliche Komitee, welches sich gegen die Wahl von Johann Imhof ins Stadtpräsidium stellt?»

«Ich.»

«Und?»

«Wie?»

«Wer noch?»

«Ich. Und sonst niemand.»

«Und warum? Sie sind seine Schwester.»

«Er ist ein Schwein.» Sie drehte sich abrupt weg und ging auf den Ausgang zu.

«He Sie, warten Sie.»

Annette Imhof blieb nicht stehen.

Cobb warf den Zettel in den Abfall und setzte sich wieder an den Computer, als sein Handy klingelte. Er nahm ab. Bärtschi informierte ihn über das Gespräch mit Gauglers Ex-Frau. Er bat Cobb, Martin Biederkopf aufzusuchen, den Praxiskollegen von Gaugler. Und später sollte er sich eines von Gauglers Mietshäusern ansehen. Er selbst würde Johann Imhof einen Besuch abstatten. Cobb wollte von der Begegnung mit Annette Imhof erzählen, aber da hatte Bärtschi bereits aufgehängt.

24

Jack schlug sich die Nase an der Kopfstütze des Vordersitzes an. Julia Gaugler wünschte dem Fahrer des vorderen Wagens ewige Verdammnis.

«Passen Sie doch auf! Verdammte Scheisse.» Jack rieb sich die Nasenwurzel.

«Reden Sie nicht so vor einem Kind.» Julia Gaugler trommelte mit den Fingern aufs Lenkrad.

«Sie hätten sich hören sollen.»

«Mama, was ist ein Wichser?», fragte Finn.

«Das geht dich nichts an.»

«Und warum soll der zur Hölle fahren?» Finn blieb hartnäckig.

«Mama sagt manchmal Sachen, die ein Kind nicht hören sollte», antwortete Julia Gaugler. «Ist dir was passiert, Finn?»

«Nein, ich bin angegurtet. Nicht so wie der Opa.»

«Ich bin kein Opa. Und deine Mama könnte besser aufpassen.»

«Wie bitte soll ich ahnen, dass der Depp vor mir plötzlich auf die Bremse tritt.»

«Mama!»

«Das ist eine Sache der Konzentration.»

«Nach zwei schlaflosen Nächten in einer zugigen Holzhütte und einer Bohnen-und-Schokoladen-Diät ist es mit der Konzentration nicht weit her.»

«Ja, ja.»

«Jetzt weiss ich wenigstens, wie es sich in einem Wellblech-Slum wohnt. Beschissen.»

«Ja, ist ja gut. Wir kaufen jetzt ein paar feine Sachen ein und suchen einen neuen Unterschlupf.»

«Schon eine Idee?»

«Brot und Käse.»

«Ich rede vom Unterschlupf.»

«Nein. Nach der Ampel rechts.»

«Und Gummibärchen und Chips.»

«Du kriegst deine Gummibärchen und Chips, Finn.» Julia Gaugler setzte den Blinker und bog ab. Sie kreiste einmal um die parkierten Autos, bis eine Lücke frei wurde. Jack befahl ihr, mit ihm auszusteigen. Finn sollte noch im Auto warten.

«Hier.» Jack hielt ihr einige Noten hin.

«Grosszügig. Und wenn's nicht reicht, bezahle ich mit der Mastercard.»

«Ich wäre froh, wenn Sie mir Ihre Karten aushändigten.»

«Was?»

«Nur um sicherzugehen. Wenn Sie mit der Karte bezahlen, können sie unseren Weg zurückverfolgen.»

«Ich habe nichts zu verbergen.»

«Das glauben Sie. Für die Polizei sind Sie womöglich eine Verdächtige. Statt einer Kampfscheidung haben Sie sich für den direkteren Weg entschieden.»

«Das ist doch lächerlich.»

«Aber denkbar.»

Julia Gaugler übergab gleich ihr ganzes Portemonnaie an Jack. Sie ging auf den Eingang des Coop Rhymarkt zu. Jack rief sie zurück.

«Und sollten Sie versuchen, mich reinzulegen …»

«… werden Sie meinen Sohn erschiessen.» Julia Gaugler beendete Jacks Satz. «Machen Sie sich nicht lächerlich. Das werden Sie nie tun.»

Jack wusste nicht, was er sagen sollte.

Julia Gaugler lächelte ihn an. «Aber Sie haben es geschafft, mich zu überzeugen. Irgendwas ist faul. Und bis klar ist, was wir von der Sache halten können, verschwinden wir lieber von der Bildfläche.»

Sie machte kehrt und ging durch die gläserne Schiebetür.

Jack öffnete den Wagen, und Finn hüpfte auf den Parkplatz. Hand in Hand spazierten sie zur Tankstelle. Frostschutzmittel standen auf der Auslage vor dem Eingang und wurden zum Aktionspreis angeboten. Jack kaufte sich Zigaretten und ein neues Feuerzeug. Finn wollte Chips und bekam Chips. Und ein Überraschungsei. Jack bezahlte und steckte das Wechselgeld ein. Gemeinsam spazierten sie von den Zapfsäulen weg. Jack zündete sich eine an. Finn versuchte, die Chipsverpackung zu öffnen. Alles Kämpfen führte zu nichts. Jack riss die Tüte auf und gab sie Finn zurück.

«Willst du auch?»

«Nein danke.»

Schweigend standen sie nebeneinander. Jack rauchte in die Luft, und Finn bröselte auf den Boden. Jack langte in die Taschen seiner Jacke. Nachdem er alle durchsucht und nichts als alte Papiertaschentücher und lose Streichhölzer zutage gefördert hatte, klopfte er die Taschen noch einmal ab. Mit der Zigarette im Mundwinkel knurrte er unverständliche Worte.

«Was ist?», nuschelte Finn mit vollem Mund.

«Nichts Besonderes», nuschelte Jack mit hängender Zigarette.

«Aha.»

«Ich finde mein Handy nicht.»

«Warum hat dein Handy keinen Touchscreen?»

«Woher hast du das Wort?»

«Kennt doch jeder.» Finn langte wieder in die Tüte.

«Meins hat Tasten.»

«Ich weiss. Wie du draussen am Rauchen warst, habe ich es ausprobiert. Aber es hat nichts funktioniert.»

«Wo hast du es hingetan?»

«Ist mir runtergefallen. Weiss nicht mehr.»

Jack gratulierte sich zu diesem erfolgreichen Tag. Erst machte der kleine Mann zu seiner Seite einen Aufstand, weil schon wieder Bohnen auf den Tisch kamen und die Schokolade aufgegessen war. Dann jammerte Julia Gaugler über eine beginnende Blasenentzündung. Seine Nase war ramponiert. Und jetzt war er auch das Handy los.

«Ich habe noch immer Hunger.»

Jack warf den Stummel durch einen Schachtdeckel in die Kanalisation. «Magst du eine Bratwurst?»

«Ja, aber ohne Senf.»

Er kaufte dem Jungen die Wurst. Als er durch die Schiebetür ins Innere der Coop-Filiale linste, erkannte er drinnen ein grünes Kreuz, in dem eine weisse Äskulapnatter an einer Waage hochkletterte. Es war einen Versuch wert.

Gemeinsam mit Finn betrat er die Apotheke. Er war erstaunt, dass die Kundin, die eben bedient wurde, noch am Leben war. Die Krankheitsgeschichte, die sie der Verkäuferin auftischte, hätte Dr. House an den Rand der Verzweiflung gebracht. Er überlegte gerade, wie krank ein Tier sein musste, damit man es notschlachtete, als der Apotheker aus einem der hinteren Räume hervortrat und Jack fragte, wie er ihm helfen könne.

Jack gab sich Mühe, entspannt zu lächeln, und brachte sein Anliegen vor. Der Apotheker lächelte zurück und meinte, dass es nicht möglich sei, Insulinpens ohne ärztliches Rezept herauszugeben. Jack lächelte zurück und fragte, ob denn ein Vorbezug zu erwägen sei. Der Apotheker verneinte, und Jack langte in die Jackentasche, liess aber Hand und Pistole drin und verabschiedete sich freundlich. Auf dem Weg nach draussen versuchte er, sich die Positionen der Überwachungskameras zu merken.

Auf dem Parkplatz herrschte Aufregung. Einige Leute zeigten auf den Porsche Cayenne von Julia Gaugler. Ein übergewichtiger Mann kramte eine Zeitung aus dem Einkaufstrolley und blätterte. Sein Blick ging zwischen Autokennzeichen und Zeitung hin und her. Er hielt den Zeigefinger auf eine Stelle, weitere Nasen tauchten ins Papier. Einer hielt ein Mobiltelefon vor sich und wählte eine Nummer. Er tippte nur drei Stellen.

Jack packte Finn bei der Hand und rannte an den Kassen im Coop vorbei und bog links ins Einkaufszentrum ein. Finn wollte fragen, was denn nun los sei, Jack herrschte ihn an, genau jetzt die Klappe zu halten. Der Kleine fing zu heulen an. Sie rannten zwischen Regalen hindurch, rammten Einkaufswagen und störten Kunden beim Studieren der Nahrungsinformationen. Endlich fanden sie Julia Gaugler. Sie hob sechs eingeschweisste PET-Flaschen in den Einkaufswagen. Jack zischte ihr zu, sofort alles stehen und liegen zu lassen und ihm zu folgen. Julia Gaugler nahm Finn hoch, der mit nassem Gesicht und einer angebissenen Bratwurst in der Hand aussah wie ein misshandelter Nachwuchsveganer.

Die drei rannten aus dem Einkaufstempel. Als sie an die Hauptstrasse gelangten, drosselten sie das Tempo. Jack keuchte, und Finn wurde abgesetzt. Julia Gaugler hätte gerne gewusst, was denn nun los sei. Jack fehlte die Luft für Erklärungen. Sie schlugen den Weg zum Bahnhof ein. Von weit weg hörten sie Polizeisirenen. Im Bahnhof von Feuerthalen stellten sie sich in den Kiosk und kauften wahllos Schokolade, Gummibärchen, Chips und Eistee. Julia Gaugler bezahlte eben den überteuerten Junk, als eine Polizeistreife an ihnen vorüberbrauste. Finn blieb der Mund offen stehen.

Der Zug nach Konstanz fuhr ein. Weitere Streifenwagen lärmten auf der Hauptstrasse. Jack zerrte Mutter und Sohn zum letzten Wagon. Statt einzusteigen, gingen sie über die Geleise. Sie überquerten ein kurzes Rasenstück, kletterten über einen Zaun, passierten eine Strasse und gingen weiter in Richtung Rhein. Sie bewegten sich entlang des Ufers aufwärts weg von den Lichtern der Stadt. Einige Möwen flogen auf. Die Betonkonsole, welche das Wasser vom Ufer trennte, war schmal und rutschig. Der Rhein ein schwarzes Wesen.

Julia Gaugler verfluchte ihre Winterboots, die zwar hübsch anzusehen waren, aber zu nichts taugten. Bisher hatte sie in ihnen gefroren. Nun schlitterte sie auch noch unsicher am Wasser entlang. Finn stolperte, und die Bratwurst fiel in den Rhein. Die Möwen machten sich darüber her. Die grasbewachsene Böschung wurde von Bäumen abgelöst, die das Ufer säumten. Jack lehnte sich an einen Strunk und klaubte eine Zigarette aus der Packung.

«Wie weiter?» Julia Gaugler liess sich eine Zigarette geben.

«Zuerst mal da lang.»

«Da?»

«Ja, da.»

25

Im Sommer musste die Aussicht auf den Rhein grandios sein. Jetzt nicht. Ein Gefühl der Traurigkeit überkam Cobb, des Jammers und des Elends. Spätherbstliche Ödnis. Oben stand der Betonbau grau in grau im Nebel. Irgendwo krächzte ein Rabe. Ein zweiter antwortete. Der Lärm ging los. Aus dem Nichts tauchte ein Schwarm auf und verlor sich wieder im Nirgendwo.

Cobb hörte sich keuchen. Die Beine waren müde. Ein Blick zurück verriet, dass er erst die Hälfte der Stufen hinter sich gebracht hatte. Er machte Rast und drehte sich um. Die Stümpfe der Reben verloren sich den Hang hinunter zum Rhein. Er bemerkte, dass die Ruhe sich verändert hatte. Er schaute zum Hang hoch.

Drei schwarze Viecher rannten auf ihn zu. Er bückte sich nach einem Stein. Dunkles Bellen grollte ihm entgegen. Cobb fand einen zweiten Brocken und holte aus. Er traf einen der Hunde in vollem Lauf. Das Tier überschlug sich und kam wieder auf die Beine. Unbeeindruckt hechelte er seinen Kumpels hinterher. Der zweite Stein flog durch die Luft. Ein Pfeifen war zu hören. Die Hunde stemmten die Vorderpfoten in den Boden und drehten ab. Schmutziger Schnee traf Cobbs Gesicht.

«Kommen Sie ruhig näher. Die tun Ihnen nichts.»

Cobb fluchte und nahm den Aufstieg in Angriff. Der Mann, der auf ihn wartete, fütterte die Hunde aus der Manteltasche und tätschelte ihre Köpfe. Auf einen leisen Befehl legten sie sich hin. Ihre Ohren verrieten, dass sie wachsam blieben. Cobb kam näher und nahm die entgegengestreckte Hand in seine. Er drückte sie. Die Grundgelenke der Finger knorpelten gegeneinander. Cobb liess sie los.

«Herr Cobb vom ‹Tagblatt›, nehme ich an?»

«Richtig. Sie sind Herr Biederkopf.»

«Richtig. Es ist kalt hier draussen.» Damit machte Biederkopf kehrt. Die Hunde trotteten mit ihm hoch zum Eingang. Cobb folgte mit etwas Abstand.

Biederkopf hängte die Wachsjacke von Barbour in die Garderobe und legte die Tweedkappe auf die Ablage. Er drehte sich zu Cobb und streckte ihm einen Arm entgegen. Cobb fragte sich, was Biederkopf von ihm wollte. Als er zu einem Kleiderbügel langte, begriff Cobb. Er mochte die Jacke aber lieber anbehalten und teilte das Biederkopf mit. Dieser schlüpfte in karierte Hausschuhe aus Filz.

Sie traten ins Wohnzimmer. Cobb hatte strenge Formen erwartet. Stattdessen knisterte das Feuer in einem Kamin aus Backstein. Auf dem Sims standen Kerzen, eine Uhr und eine Whiskeyflasche. Zinnteller lehnten gegen den Abzug. Ein niedriger Holztisch mit eingelegtem Schachbrettmuster wurde von einem schweren Ledersofa und zwei Sesseln eingezwängt. Bücher zeigten dem Betrachter ihre ledernen Rücken. Biederkopf hob das Schachbrett an und entnahm dem Inneren des Tisches zwei Gläser.

«Auch einen?»

Ohne eine Antwort abzuwarten, füllte er die Gläser und hielt Cobb eines hin. Cobb trank einen Schluck und hätte beinahe begonnen, ein schottisches Traditional zu singen. Stattdessen fragte er: «Ist das alles echt?»

«Was?»

«Das da hier. Die Möbel, die Bücher, der Tisch, das alles einfach.»

«Inwiefern?»

«Sind das echte englische Stücke?»

«Schottisch.»

«Ach.»

«Ich habe sie in Schottland gekauft, ja. Ich bin ein Bewunderer ihrer Lebensart.»

«Antik?»

«Nein, neu. – Sie entschuldigen, die Hunde.»

Als die Hunde gefüttert waren und der Tee auf dem Schachbrett stand, zog Cobb sein Notizbuch hervor.

Biederkopf legte ein Holzscheit nach und fuhr sich durchs dünne Haar. «Schiessen Sie los.»

«Sie führten die Praxis mit Herrn Gaugler gemeinsam.»

«Wir arbeiteten in derselben Praxis der medizinischen Abklärungsstelle. Wir werden von der Invalidenversicherung bezahlt.»

«Sie sind von der Invalidenversicherung angestellt?»

«So würde ich das nicht nennen. Sie schickt uns die Leute, wir klären ab, ob sie Anspruch auf eine Invalidenrente haben. Faktisch leben wir durch die Invalidenversicherung. Alle Medas, entschuldigen Sie, medizinischen Abklärungsstellen, funktionieren auf diese Weise. Es ist ein Millionengeschäft.»

«Ich verstehe Sie richtig? Sie stellen Gutachten her, welche darüber entscheiden, ob die betreffenden Leute eine Invalidenrente erhalten.»

«Richtig.»

«Ist es da nicht naheliegend, dass …»

«Dass wir zuungunsten des Patienten entscheiden», beendete Biederkopf den Satz. «Ja, das ist der Fall. Wir sind privat geführt und vom Staat bezahlt. Und wir bewahren den Staat vor zu hohen Ausgaben. Das lohnt sich.»

«Menschen mit Gebrechen kommen zu Ihnen, und Sie attestieren ihnen Gesundheit.»

«Nicht ganz korrekt, Herr Cobb. Wir haben einen Spielraum bis zu zwanzig Prozent.»

«Wie soll ich das verstehen?»

«Bei einer Arbeitsunfähigkeit von zwanzig Prozent ist man auf der sicheren Seite. Eine Rente wird nicht nötig sein.»

«Die Versicherung schützt sich zulasten der Wehrlosen vor der Zahlung einer Rente.»

«Ja.»

Cobb stand auf. Einer der Hunde hob den Kopf. Cobb starrte durch ihn hindurch. «Hat Herr Gaugler Drohungen erhalten?»

«Wir erhalten ständig irgendwelche Drohungen. Das hat nichts zu bedeuten.»

«Wie war Ihr Verhältnis?»

«Gauglers und meines? Ich liess ihn gewähren, er mich. Ich

habe sein Streben nach immer mehr nie verstanden und er das hier nicht.» Er zeigte in den Raum. «Er wollte immer mehr. Mehr Immobilien, das neueste Segelboot, hatte eine Frau und war mit ihr nicht zufrieden. Hat sich scheiden lassen und die Praxishilfe geheiratet. Und nun raten Sie mal, wer unsere aktuelle Praxishilfe ausführt! Das ist nicht mein Leben. Ich bin gerne allein. Falls Sie sich nun überlegen, wie der Mann, der vor Ihnen sitzt, seinen sexuellen Neigungen nachgeht, denken Sie einfach an seinen Job und den Lebensstandard, den er ihm garantiert.»

Biederkopf schenkte zwei Whiskeys ein und setzte sich wieder. «Arbeit ist die beste Medizin, Herr Cobb. Seit die fünfte Revision der Invalidenversicherung in Kraft getreten ist, werden vermehrt Menschen eingegliedert.»

«Inwiefern?»

«Sie arbeiten wieder.»

«In staatlich subventionierten, geschützten Institutionen?» Cobb roch am Whiskey.

«Man geht davon aus, dass diese Leute auf dem Arbeitsmarkt etwas gefunden haben.»

«Sie gehen davon aus.»

«Ja. Genaue Angaben besitzen wir nicht.»

«Aber es beruhigt das Gewissen.»

«Was?»

«Wenn Sie davon ausgehen.»

«Ach, das Gewissen, Herr Cobb. Das Leben ist zu kurz, um ein Gewissen zu pflegen. Wer in diesem Leben sein Ding nicht durchzieht, hat es verpasst. Da ist kein Platz für ein Gewissen.»

Cobb trank den Whiskey in einem Schluck und knallte das Glas aufs Schachbrett.

«Sie sind ein versnobtes Arschloch, Biederkopf.»

«Ich weiss. Und ein glückliches dazu.»

26

Im Haus war es schon lange finster geworden. Die Täfelung verschluckte das Licht, und die Schirme der Leuchter an der Wand schimmerten vergilbt. Annette Imhof sah aus dem zweiten Stock auf den Kronleuchter im Entrée hinab. Die Stromsparlampen waren von Staub bedeckt. Sie lauschte ein letztes Mal, dann verschwand sie im Estrich.

Der Boden knarrte. Sie gab sich keine Mühe, leise zu sein. Sie kannte jedes Astloch im unbehandelten Holz, auf das sie die Füsse setzte. Breite Planken von Bäumen, die vor mehr als dreihundert Jahren als dünne Keime die Erde durchbrochen hatten. Annette stiess die Glühbirne an. Sie schwankte. Die Schatten tanzten. Annette drehte sich um die eigene Achse und löste den Haargummi. Dunkles Haar fiel aus dem rosa Korsett auf die Schultern.

Sie drehte sich schneller. Die Fliehkraft löste die Hände vom Körper. Die Haare zerrten fein an den Wurzeln. Annette machte weiter, bis ihr schwindlig wurde, bis der Atem ihre Brust hob und senkte. Schliesslich liess sie sich aufs Sofa fallen, das ihrer Mutter lange Jahre als Thron und lange Monate als Sterbebett gedient hatte. Annette lag da und wartete, bis die Welt wieder stillstand. Ihre Hände glitten über den Samt, der die Polsterung umspannte, weiter zur Holzumrandung unter ihren Beinen und tasteten unters Sofa.

Sie zog eine Kartonschachtel hervor und hob sie auf die Knie. Die Hände schoben sich unter den Deckel. Annette schloss die Augen. Die Hände flanierten von den Rüschen eines Büstenhalters zu Slips mit feinen Maschen. Satin und Spitzen. Mit Daumen und Zeigefinger folgte sie dem String eines Tangas. Der kleine Finger berührte die seidenen Strümpfe und die Knöpfe und Bänder der Strumpfhalter.

Es war ihr Schatz. Sie hatte keinen roten Rappen dafür ausgegeben. Es wäre ihr nie möglich gewesen. Ihr Bruder gab ihr

Taschengeld, und er rechnete für sie ab. Sie musste jede Ausgabe belegen, indem sie eine Quittung vorwies. Von dieser Kiste und ihrem Inhalt wusste Johann nichts. Annette hatte alles von den Kleiderhaken der Warenhäuser in ihre Tasche gleiten lassen.

Sie stand auf und liess den grau gemusterten Rock zu Boden fallen. Sie befreite sich von den hautfarbenen Strümpfen, dem hautfarbenen Slip. Zusammen mit dem Unterleibchen entledigte sie sich ihres Pullovers und warf den formlosen Büstenhalter von sich. Sie öffnete die Kartonschachtel und hielt sich sattes Rot und schreiendes Pink in Spitzen vor die Augen.

Vorsichtig, um die Strümpfe nicht am rauen Holz zu ruinieren, tappte sie zum Spiegelschrank, in dem die Kleider ihrer Mutter eingemottet waren. Sie drehte sich wieder um sich selbst. Langsam dieses Mal. Beobachtete sich. Das war sie. Eine hübsche, selbstbewusste Frau um die vierzig. Nicht so wie die andere, die grau in grau neben ihrem Bruder spazierte, Enten fütterte, diesem Haus ausgeliefert bis zur Totenstarre.

Annette setzte sich aufs Sofa. In einer zweiten Schachtel lagen die Schuhe. Glänzendes Rot. Tödliche Absätze. Sie zog sie an und lehnte sich zurück. Die Arme lagen auf der Rückenlehne. Sie sah an sich hinunter und lächelte. Man konnte es schon sehen.

Es war im Spätsommer passiert. Unter den Ziegeln war es heiss gewesen. Der Schweiss hatte ihre Haut mit einem dünnen Film belegt. Sie hatte eben einen neuen Tangaslip mitgehen lassen. Der Satin des Sofas an den Pobacken war eine Sensation gewesen.

Sie hatte die Haustür nicht gehört. Erst das Knarren des Holzes hatte sie auffahren lassen. Da war der Mann schon auf dem Estrich gestanden. Sie war aufgeflogen. Halb nackt. In Reizwäsche gekleidet. Schwer atmend.

Er hatte etwas von einem Treffen mit ihrem Bruder gestammelt und davon, dass er später wiederkommen würde. Sie hatte ihn eingeladen, sich neben sie auf das Sofa zu setzen. Und er solle doch die Tür schliessen.

Der Mann hatte auf der Kante Platz genommen. Er hatte einen gehetzten Eindruck auf sie gemacht. Annette hatte ihn angewiesen, sich zu entspannen, und sich seinen Nacken von hinten gekrallt. Er hatte die Schultern erst hochgezogen und dann sinken lassen. Sein Hals war feucht gewesen. Sie war näher gerückt.

«Wann kommt Ihr Bruder wieder zurück?», hatte er gefragt.

«Das weiss man nie genau.»

«Dann ist es wohl besser, wenn ich doch später wiederkomme.»

«Draussen ist es heiss.»

«Hier auch.»

«Ziehen Sie sich aus.»

«Dafür habe ich keine Zeit.»

«Sie haben Angst. Angst vor mir.»

«Ich habe keine Angst.»

«Was dann?»

«Ich tu so was nicht. Aus Prinzip.»

«Was tun Sie nicht? Woran denken Sie?»

Der Mann hatte sich ihren Händen entzogen und war aufgestanden. Annette hatte sich im Sofa zurückgelehnt. «Wenn Sie sich mit meinem Bruder treffen, sind Sie schlecht beraten, auf Prinzipien rumzureiten. Er nimmt sich, was er kriegen kann. Mit Prinzipien haben Sie verloren. Man muss bei ihm situativ reagieren.»

«Situativ?»

«Der Situation angepasst. Setzen Sie sich wieder.»

Der Mann hatte sich umgedreht und sie betrachtet.

«Gefällt Ihnen, was Sie sehen?»

Er hatte langsam genickt. Die Hände bewegten sich in den Taschen. Da hatte sie gewusst, dass sie ihr Geheimnis vor ihrem Bruder gerettet hatte.

Vorerst.

Jetzt wuchs etwas in ihr heran. Sie kannte Johann. So etwas konnte er sich nicht leisten. Schon gar nicht, wenn sie preisgeben würde, von wem das Kind war. Sie wollte es behalten. Auf eigenen Beinen stehen, für das Kind da sein und den Bruder loswerden. Ihn, der für sie sorgte, der sie zur Gefangenen machte. Sein Sorgerecht abschütteln.

Sie war zu Gaugler gefahren. Wollte mit ihm reden. Ihn überzeugen, dass sie nicht krank sei. Dass sie keine Invalidenrente brauchte. Dass sie arbeiten konnte. Er hatte gelacht und ihr gesagt, dass es nicht an ihr war, das zu entscheiden. Es war Sache ihres Bruders. Ohne seine Einwilligung würde er nichts unternehmen.

Da war sie wiedergekommen. Dieses Mal mit der Waffe ihres Bruders in der Hand statt mit Argumenten im Mund. Wieder hatte er gelacht. Dass sie den Mut nie hätte, auf ihn zu schiessen. Er hatte sich geirrt. Der erste Schuss hatte ihn in den Bauch getroffen. Blut hatte die Hand gefärbt, die er auf die Wunde presste. Er hätte es bis zum Telefon geschafft. Sie war nah an ihn herangetreten und hatte ein zweites Mal abgedrückt. Mit einem Loch im Kopf war er zusammengebrochen.

Nachdem sie eine Patrone aus dem Magazin an sich genommen hatte, hatte sie die Pistole ihres Bruders zurück in den Nachttisch gelegt. Sie trug die Patrone in einem Couvert mit sich herum, als Beweisstück. Damit sollte der Verdacht auf ihren Bruder gelenkt werden. Sie würde aussagen, dass er sich ihr anvertraut hatte.

Sie schrak aus ihren Gedanken hoch. Irgendwo im Haus rauschte die Wasserleitung. Das musste er sein. Johann hatte die Gewohnheit, als Erstes die Hände zu waschen, wenn er heimkam. So leise sie konnte, riss sie das rote und pinkfarbene Zeug von ihrem Körper. Die Hände zitterten, als sie den Stoff in die Kartonschachtel drückte. Innerhalb einer Minute stand sie in Grautöne gekleidet auf dem Estrich. Auf dem Weg zur Tür drehte sie sich um, bückte sich und band ihr Haar mit dem rosa Haargummi fest.

27

Cobb wich einem Steinbrocken aus, der mitten auf der Strasse lag. Auf das Schlagloch war er nicht gefasst. Das Blech unter seinem Hintern ächzte. Er hielt an und sah nach, ob die Stossstangen noch am Wagen hingen. Beruhigt setzte er sich wieder und fuhr weiter. Er bog ab und verglich den Strassennamen mit seinen Notizen. Er war angekommen.

Die Mietskaserne zählte vier Stockwerke. Der Blick an die Fassade mit den schmalen Balkonen war so einladend wie das Betrachten von Käfigen einer Hühnerfarm. Satellitenschüsseln fingen Signale ein. Aus zwei Fenstern schien warmes Licht. Aus den meisten flackerte Fernsehflimmern, einige waren dunkel. Die drei Eingänge waren schwarze Löcher.

Cobb schloss den Wagen ab. Als er näher ging, entdeckte er Umrisse vor den gelben Hauswänden. Kapuzengeister sassen auf einer Gartenbank. Ein rötliches Glimmen wanderte von einem gesichtslosen Wesen zum anderen. Die Briefkästen waren eingedrückt oder aus den Angeln gehoben. Cobb probierte die Haupttür. Sie war nicht abgeschlossen und wimmerte in hoher Tonlage. An der Wand hing die Hausordnung. Sie war mit Höhlenmalereien verkritzelt. Rudimentäre Schwänze lauerten hinter noch rudimentäreren Ärschen.

Cobb wusste nicht, was er hier zu entdecken hoffte. Er hatte einzig einen Augenschein in einer von Gauglers Liegenschaften nehmen wollen. Jetzt zog er sich am schmierigen Geländer höher. Das schwarze Plastik war stellenweise abgesplittert. Er riss sich die Hose an einer Verstrebung auf, die wie ein Dorn in seine Richtung ragte.

Cobb atmete flach. Eine Ecke gab den ätzenden Geruch von Pisse ab. Drei Schritte die Treppe hoch vermischte sich der Gestank mit demjenigen von verbranntem Essen, von Räucherstäbchen. Es roch säuerlich nach Nikotin. Unter den Füssen knirschte es.

Im ersten Stock dröhnte ein Bass aus einer Tür. Davor standen schief zwei Paar Sportschuhe. Ein einzelner Gummistiefel lag auf der Fussmatte. Von weiter oben wurde der Rhythmus komplizierter. Eine Darbuka unterlegte die fein abgestimmten Intervalle orientalischer Musik.

Eine Tür ging einen Spaltbreit auf. Cobb wich leicht zurück. Ein zahnloses Gesicht erschien über der Absperrkette. Das Gewicht der Augensäcke liess die Augäpfel zu gross erscheinen. Cobb hörte die Kette rasseln. Die Tür ging etwas weiter auf. Das ganze Gesicht kam zum Vorschein. Der Mann fettete seine Finger ein, als er die Haare zurückstrich. Cobb grüsste. Als der Mann in den Gang trat, verfing sich die abgetragene Faserpelzjacke an der Türfalle. Das Unterleibchen schlabberte über die Trainerhose.

Kiefer und Lippen bewegten sich, die Stimmbänder formten Laute. Cobb verstand nichts.

«Wie bitte?»

Der Mann hustete, die lose Haut und Lippen flatterten. Er räusperte sich. «Wurde Zeit, dass Sie endlich auftauchen.»

«Ich?»

«Ja. Sie sind doch von der Verwaltung.» Der Mann packte ihn am Ellbogen und zog ihn zur Tür.

Cobb riss sich los. «Lassen Sie das!»

«Es ist wegen der Toilette. Sie kommen doch wegen der Toilette. Sie spült nicht mehr. Nein, falsch. Sie spült noch. Sie spült immer. Es spült und spült und hört nicht auf.»

Cobb packte die Gelegenheit und trat ein. Die Toilette konnte nicht der einzige Defekt sein. Die Wohnung war kalt. Das Wasser in der Heizung gluckerte. Der Mann ging voraus. Cobb folgte ihm durch die Gänge, deren Wände aus gestapelten Zeitungen bestanden. Schwarze Abfallsäcke gammelten in den Ecken. Kleider lagen verstreut. Dem Geruch nach zu schliessen, mussten sie in der Küche angekommen sein. Cobb stellte sich vor, wie Schimmelsporen sich in seinen Nasenschleimhäuten einnisteten. Die Speisereste der untersten Teller auf der Ablage mussten schon seit einiger Zeit zu Humus verstoffwechselt worden sein.

Aus einem Transistorradio sangen Bergler von Morgenröte und Bergeslust.

«Wenn es Ihnen zu laut ist, schalte ich ihn aus», nuschelte der Mann.

«Es stört mich nicht.»

«Es ist mir egal, ob es Sie stört. Ich will, dass Sie hören können, wie es spült. Seit fünf Tagen spült es. Ich werde noch wahnsinnig.»

«Ich glaube Ihnen.»

«Dann tun Sie was.» Das Kinn des Mannes ging auf und nieder.

«Ich kann nichts tun.»

«Warum nicht?»

«Ich muss Ihnen was gestehen.»

«Sie wollen mir die Wohnung kündigen.»

«Nein. Ich bin nicht von der Verwaltung.»

«Nicht?»

«Nein.»

«Wer sind Sie dann?»

«Ich heisse Cobb.»

«Komischer Name. Ich bin der Jorgi.»

«Freut mich, Herr Jorgi.»

«Einfach Jorgi.»

«Ulrich Gaugler ist ermordet worden. Ich recherchiere die Hintergründe.»

«Wie?»

«Ich recherchiere die Hintergründe.»

«Gaugler ist ermordet worden?»

«Es stand in der Zeitung.»

Jorgi sog die Luft ein, liess seinen Blick schweifen und fettete die Hände. «Wann?»

«In der gestrigen Ausgabe.»

«So weit bin ich noch nicht. Es wird ja so viel geschrieben. Ich komme nicht nach mit Lesen. Da ist alles ordentlich aufgestapelt. Da drüben die Zeitungen, die ich durch habe.» Er deutete ins Wohnzimmer. «Und da liegen die, die ich noch lesen muss. So viel zu tun immer.» Ein schmaler Gang aus gestapeltem Papier führte zu einem Bett. Cobb erkannte Schimmelflecken an der Wand. Die Tapete hatte Blasen.

«Gaugler war ein guter Mensch. Soso, ermordet also. Solche wie ihn findet man nicht alle Tage.»

«Wie meinen Sie das?»

«Sehen Sie, Leute wie ich haben es schwer, eine Wohnung zu finden.»

«Wegen des Mietzinses?»

«Nein, einfach, weil wir so sind, wie wir sind. Der Mietzins ist kein Problem. Einmal beim Sozialamt, ist das kein Problem mehr. Ich unterschreibe den Mietvertrag. Das Sozialamt bezahlt die Miete. Und die Kaution für drei Monate.»

«Sie unterschreiben und das Sozialamt bezahlt?»

«Sag ich ja.»

«Wie viel kostet die Miete?»

Jorgis Blick schweifte wieder über die Zeitungen, die Abfallsäcke, das Transistorradio, die gebrauchten Batterien und den Küchenkompost. «Ich weiss es nicht mehr. Aber irgendwo ist ja alles säuberlich geordnet. Ich hab's gleich. Nehmen Sie sich einen Kaffee. Er ist noch heiss.»

Eine Rechaudkerze wärmte einen Kaffeekrug. Jorgi griff nach der nächstbesten Tasse und schenkte ein. Er hielt sie Cobb hin.

Dann wurde er vom Müll verschluckt.

Cobb besah sich die dünne Brühe, in der Krümel schwammen. Aus dem Wohnzimmer hörte er Stöhnen. Geräusche von Abfallsäcken, die hin und her geschoben wurden. Papierstapel, die umfielen. Jorgi seufzen. Cobb leerte den Inhalt der Tasse in den Ausguss und ging den Mann suchen. Jorgi hatte sich auf den Boden gelegt und stocherte mit einem abgebrochenen Besen unter einem Sessel. Er kam wieder hoch und wischte sich die Fussel vom Faserpelz. «Die Staubsauger sind auch nicht mehr das, was sie mal waren.»

«Ist schon gut, Jorgi. War nicht so wichtig.»

«Wenn ich die Unterlagen finde, werde ich Sie anrufen. Wie lautet die Nummer?»

Cobb diktierte die Nummer. Jorgi notierte sie auf eine Zeitung auf einem Packen. Lächelnd blinzelte er hoch. «Immer alles sauber notieren. – Sie sind wirklich nicht von der Verwaltung?»

Cobb verneinte und verabschiedete sich. Im Treppenhaus hörte er die Absperrkette einrasten. Er tastete nach dem Lichtknopf. Klack. Stimmen aus unzähligen Fernsehprogrammen begleiteten ihn nach unten.

Vor der Eingangstür wurde er von fünf Kapuzengeistern erwartet. Er wich einen Schritt zurück und ruinierte sich damit auch das zweite Hosenbein.

«Rumschnüffeln?» Die Stimme kam aus der Kapuze des stämmigsten Geistes.

Cobb versuchte die Gesichter zu erkennen. Was er sah, war bleich und von einem Flaumbart umgeben.

«Der Schnüffler sagt nichts.» Eine krächzende Stimme ging in ein Husten über.

«Sagt nichts, unser Schnüffler.» Das war der Stämmige.

«Sollen wir's aus ihm rausprügeln?» Das kam von dem, der im hinteren Teil der Aufstellung wartete. Er zog einen Totschläger aus dem Ärmel.

«Yeah, rausprügeln.» Krächzen, husten.

Die Gruppe kam einen Schritt näher. Cobb blieb stehen. Ein weiterer Schritt. Und noch einer.

Das Licht im Gang ging aus. Cobb sprang vor, packte ein Stück Baumwolljersey und wirbelte den darin steckenden Geist herum. Der stolperte und ging in die Knie. Im nächsten Augenblick war ein krächzender Schrei zu hören. «Nicht!»

Als es wieder hell wurde, hielt Cobb den Kopf des Krächzers über den Dorn aus dem Treppengeländer. Das Auge keine drei Zentimeter von der Spitze entfernt. Die restlichen Geister standen einen Schritt weit weg.

«Verpisst euch», zischte Cobb.

«Du kommst hier nicht lebend raus, Schnüffler.» Der Totschläger klatschte rhythmisch auf die flache Hand.

«Hört auf! Er sticht mir das Auge aus.»

Cobb packte den Krächzer fester und zwang das Gesicht näher an den Spiess. «Hör auf zu zappeln!»

«Nicht!» Der Junge hielt die Hand zwischen den Dorn und sein Auge.

Cobb drückte den Kopf etwas tiefer. Der Geist schrie auf. Blut rann das Eisen entlang hinunter. Der Junge flennte. Die Schuhe der anderen scharrten unruhig über den Boden.

Cobb hörte die Tür quietschen. Er sah einen der Geister zu Boden gehen. Ein anderer wurde gegen eine Wand geschleudert. Die restlichen zwei machten sich in Richtung Keller aus dem Staub. Cobb liess den Krächzer los.

Ein stämmiger Kerl bückte sich und hob eine schwarze Mütze hoch. Er schlug sie gegen das Knie und schüttelte den Staub von der Wolle. «Machen Sie, dass Sie fortkommen.» Er setzte die Mütze auf seinen stoppeligen Schädel.

Cobb streckte dem Mann die Hand hin, um sich zu bedanken. Er ignorierte sie und hielt die Tür auf. «Verschwinden Sie.»

Die Nacht war eisig geworden.

28

Bärtschis Augen wanderten vom Rheinfall nach Konstanz und zurück nach Stein am Rhein. Die Kupferstiche hoben sich hell von der Täfelung ab. Daneben waren auf einem Regal Buddhafiguren in allen Formen und Materialien säuberlich aufgereiht.

Das Wasser hörte zu plätschern auf, und Johann Imhof erschien im Entrée. Er rieb sich die Hände an der Cordhose ab und strich eine Haarsträhne zurück auf den Kopf.

«Die gehören meiner Schwester. Sie sammelt die Dinger.»

Eine einladende Handbewegung. Bärtschi ging voraus ins Wohnzimmer. Imhof knipste das Licht an.

An der gegenüberliegenden Wand hing das Gemälde einer Frau. Die Frisur war streng gescheitelt. Die dunklen Haare geflochten. Der weisse Kragen trennte den Kopf vom Rest des Körpers. Das Kleid glich in Form und Farbe einer Rüstung. Eine goldene Brosche hielt den Stoff vor der Brust zusammen. Die Augen fixierten den Betrachter.

«Meine Mutter.» Imhof bedeutete Bärtschi Platz zu nehmen. Er selber verschwand kurz und kam mit zwei Gläsern Wasser zurück.

Bärtschi kämpfte sich an den Rand des Sofas und nahm einen Schluck. «Ich habe gehört, dass Sie zur Eröffnung der neuen Tennishalle reden werden.»

«Das ist korrekt.»

«Und Sie werden bei den nächsten Wahlen als Stadtpräsident kandidieren.»

«Auch das ist richtig.»

«Als Vertreter der Sozialdemokratischen Partei.»

«Ja.»

«Ist ja irgendwie erstaunlich, nicht?»

«Ich verstehe nicht ganz, Herr Bärtschi.»

«Ein Mann wie Sie. Sie wohnen in einer Villa. Kupferstiche

an den Wänden. Grosser Garten. Sie sollten für die Freisinnigen kandidieren.»

«Und?»

«Herr Imhof. Man munkelt, dass Sie den vergangenen Wahlkampf der SP finanziert haben.»

«Wer munkelt?»

«Und dass Sie sich ausbedungen haben, als Kandidat für den Stadtrat aufgestellt zu werden.»

«Habe ich das? Sie sind Polizist, Herr Bärtschi. Sie wissen, dass Sie Beweise brauchen.»

«Na ja, deswegen bin ich ja nicht hier.»

«Sie untersuchen den Mord an Ueli.»

«Richtig. Können Sie sich vorstellen, wer ihn umbringen wollte?»

«Keine Idee.»

«Sie spielten Tennis?»

«Ja. Ueli und ich trafen uns einmal die Woche.»

«Gaugler?»

«Ja, Gaugler.»

«Auch jetzt, im Winter?»

«Ja. Allerdings nicht so regelmässig. Die Plätze sind gut gebucht.»

«Das wird sich ja bald ändern.» Bärtschi setzte das Glas ab und fügte dem Beistelltisch einen weiteren Wasserring hinzu.

«Ja.»

Die Tür ging auf. Eine Frau trat ein. Bärtschi drehte sich unwillkürlich zum Gemälde. Dieselbe blasse Haut. Nur die Wangen waren gerötet. Die Frau wich zurück. «Entschuldige, Johann. Ich wusste nicht, dass wir Besuch haben.»

Bärtschi erhob sich und streckte ihr die Hand entgegen. Ihr Blick flackerte. Imhof nickte, und Bärtschi kriegte eine flaue Hand zu fassen. Er stellte sich vor. Die Frau lächelte und zog die Hand zurück.

Auch Imhof war aufgestanden. «Annette, ich denke, es ist das Beste, du ruhst dich etwas aus.»

«Ich fühle mich gut.» Sie strich ihr Kleid glatt.

«Trotzdem. Du weisst, es ist wichtig.»

«Ist gut. Ja.»

Sie langte hinter sich, kriegte die Türfalle zu fassen und verschwand rückwärts aus dem Zimmer. Die beiden Männer beobachteten, wie die Tür langsam zuging. Imhof drückte sie ins Schloss. «Meine Schwester. Sie ist nicht sehr belastbar.»

«Sie gleicht Ihrer Mutter.»

«Seit dem Unfall ist sie nicht sehr belastbar.»

«Sie kümmern sich um sie?»

«Ja.» Imhof setzte sich wieder.

Bärtschi blieb stehen. «Sie haben also keine Ahnung, wer einen Grund hatte, Ulrich Gaugler zu erschiessen.»

«Nein.»

«Sie wissen, Herr Imhof, dass Gaugler Immobilien besass.»

«Natürlich. Ich bin verantwortlich fürs Bauamt. Da liegt es nahe, dass ich weiss, wer welche Immobilie besitzt.»

«Wissen Sie auch, dass Gaugler einen Teil seiner Immobilien dem Sozialamt vermietete?»

«Sehen Sie, das gehört nun schon nicht mehr in meinen Zuständigkeitsbereich.»

«Er hat nie davon gesprochen?»

«Ueli Gaugler und ich sprachen selten über solche Sachen.»

«Es fällt mir schwer, das zu glauben.»

«Es wird Ihnen schwerfallen, das Gegenteil zu beweisen.»

«Und wenn doch?» Nun setzte sich auch Bärtschi wieder.

«Dann spielt es keine Rolle. Sie können die Protokolle der vergangenen Stadtratssitzung überprüfen. Für die Tatzeit habe ich ein Alibi. Ich weiss nicht, weshalb Sie hier unsere Zeit verschwenden.»

«Ich sammle Informationen, Herr Imhof, weil ich diesen Mord verstehen will. Vielleicht verhindere ich damit auch weitere Morde.»

«Was meinen Sie damit?»

«Ich meine, dass zum jetzigen Zeitpunkt alle Möglichkeiten offen sind.»

Bärtschis Telefon vibrierte. Er hielt es ans Ohr, stand auf und ging vor Imhofs Mutter auf und ab. Er zog einen Notizblock aus der Jacke, nestelte weiter in den Taschen, bis er einen Kugelschreiber hervorziehen konnte. Über den Beistelltisch gebeugt, kritzelte er Buchstaben. Die Leitung wurde gekappt. «Ich muss unsere Unterhaltung hier beenden, Herr Imhof. Das Auto von Gauglers Frau wurde gefunden.»

«Sie lebt?»

«Das werde ich versuchen herauszukriegen.»

Bärtschi steckte den Notizblock ein. Imhof begleitete ihn zur Tür.

Auf dem Weg zum Auto drehte er sich um und sah Annette Imhof hinter einem Vorhang verschwinden. Der Motor sprang stotternd an.

Er fädelte sich in den Verkehr ein, der die Steigstrasse verstopfte. Rote Bremslichter wiesen den Weg in die Stadt. Am Kreisel ärgerten ihn die Autofahrer, die ohne zu blinken abbogen. Auch entlang des Rheins kam der Verkehr nicht von der Stelle. Bärtschi trommelte aufs Lenkrad. In seinem Kopf versuchten die Eindrücke der vergangenen Stunde sich zu einem Bild zu ordnen.

Der Leiter des Bauamts traf sich mit einem Psychiater zum Tennisspiel. Dank der Invalidenversicherung hatte der Psychiater gutes Geld gemacht. Das investierte er in Immobilien. Womit der Leiter des Bauamts wieder ins Spiel kam. Die Schlange biss sich in den Schwanz. Das war noch kein Verbrechen. Aber es war eine Konstellation, die verschiedene Motive denkbar machten. Wenn Geld im Spiel ist, wird das Dasein bisweilen gefährlich. Auch die Drohung, unsaubere Geschäfte offenzulegen, ist riskant. Wenn auch noch eine Leiche mit seltsamen Tattoos im Wasser vor sich hin quillt, sinkt der Wert des Lebens erschreckend schnell gegen null.

Als Bärtschi rechts abbog, erwartete ihn das Blinken von fünf Streifenwagen. Kollegen von der Kantonspolizei Zürich hielten ihn an. Bärtschi kurbelte die Scheibe hinunter und zeigte den Ausweis. Der junge Mann winkte ihn durch und eilte hinter dem Wagen her. Bärtschi stellte den Wagen an der Tankstelle ab. Der Polizist hielt ihm die Tür auf. Bärtschi ächzte, als er sich aus dem Sitz kämpfte.

Ein Absperrband hielt die Menschenmenge zurück. Menk stand vor einem Porsche Cayenne und telefonierte. Bärtschi stellte sich neben ihn.

«Na, Menk, Freundin am Apparat?»

Menk schreckte leicht auf und drückte gleichzeitig eine Taste des Telefons. «Wie?»

«Ob die Freundin am Apparat ist, fragte ich.»

«Genau. Wir wollten zusammen essen gehen.»

«Daraus wird wohl nichts.»

«Das habe ich ihr eben mitgeteilt.»

Bärtschi ging um den Wagen. «Erste Informationen?»

Menk folgte. «Erste Vermutungen haben sich bestätigt. Es ist Julia Gauglers Wagen.»

«Irgendwelche Spuren?»

«Bisher unzählige Zeugenaussagen.»

«Und?»

«Wie?»

«Was sagen sie, die Zeugen?»

«Dass drei Menschen zu Fuss geflüchtet sind. Ein alter Herr, eine Frau und ein Kind.»

«Und wo sind sie jetzt?»

«Vermutlich sitzen sie im Zug nach Konstanz.»

«Lassen Sie den Zug anhalten.»

«Das ist bereits veranlasst worden.»

Bärtschi blieb neben dem Porsche stehen. «Gibt's dafür auch einen Schlüssel?»

29

Cobb war in Sicherheit. Vor sich die gewohnten Stufen hinauf zur Wohnung. Hinter sich schneelose sibirische Kälte. Genüsslich nahm er Tritt um Tritt, lauschte dem Knarren und roch das gepflegte Holz. Die Wände waren weiss. Das Treppenhaus still.

In der Wohnung hängte er die Jacke an die Garderobe und hob diejenige von Marlen hoch. Er überlegte kurz und liess sie wieder fallen. Im Wohnzimmer sass Galati an ihrem Laptop. Er küsste sie in den Nacken. Er durchquerte den Gang. Marlen lag in ihrem Zimmer auf dem Bett. Sie streichelte das Display ihres Smartphones und hatte die Kopfhörer auf. Cobb grüsste. Sie brabbelte Unverständliches zurück. Vermutlich eine Begrüssung. Cobb machte Handzeichen.

Marlen schob die Kopfhörer zur Seite. «Hallo. Hab ich ja gesagt.»

«Könntest du deinen Mantel vom Boden aufheben?»

«Was?»

«Deinen Mantel. Er liegt am Boden. Kannst du ihn aufheben?»

«Wo?»

«In der Garderobe.»

«Mach ich gleich.»

«Nicht gleich. Jetzt.»

Marlen setzte sich auf. «Was ist denn mit dir los?»

«Nichts. Heb deinen Mantel auf.»

«Hab ich ja gesagt. Ich mach's gleich.»

«Jetzt.»

«Was spielt das für eine Rolle?»

«Man kann nicht alles so rumliegen lassen.»

«Wir sprechen von einem Mantel.»

Cobb deutete ins Zimmer. «Hier auch. Da liegen Unterhosen, da die Socken, drei Büstenhalter. Und der ganze Schulkram ist am Boden verstreut, die Trainingstasche mottet vor sich hin. Räum den ganzen Scheiss endlich einmal auf.»

«Ja, mach ich ja. Jetzt ruhe ich mich noch etwas aus. War ein anstrengender Tag.»

«Ich will, dass das heute alles aufgeräumt wird.»

«Ja, beruhig dich.» Sie schob die Kopfhörer auf die Ohren und beschäftigte sich wieder mit ihrem Gerät.

Cobb schloss die Tür und ging ins Schlafzimmer. Er stieg aus den Hosen und zog sich um. Im Trainingsanzug setzte er sich zu Galati.

«Was tust du denn?»

«Ich informiere mich.»

«Worüber?»

«Diebe im Gesetz.»

«Magst du einen Tee?»

Fünf Minuten später kam Cobb mit zwei Teetassen zurück und stellte eine vor Galati auf den Couchtisch. «Du hast doch nicht etwa aufgeräumt?»

«Ich habe Platz geschafft.» Sie trank einen Schluck. «Interessante Sache. In den dreissiger Jahren verfrachtete Stalin Millionen in die Gulags. Dort organisierte sich die kriminelle Unterwelt. Tätowierungen etablierten sich. Die Inschriften und Bilder gaben Informationen darüber, wie lange einer schon sass, welche Stellung er in der Hierarchie innehatte, und zeigten auch die Brutalität oder Gerissenheit des Tätowierten. Wer seine Haut mit falschen Angaben bestückte, stürzte in der Gefängnishierarchie nach ganz unten ab. Er befand sich auf der gleichen Stufe wie Sexualstraftäter. So ein Leben war in der Regel kurz.»

Cobb stand auf und sah im Gang nach. Der Mantel lag noch immer dort.

«Während der Perestroika stieg der Abschaum nach oben. So jedenfalls hat es der Bericht auf Arte dargestellt. Der Staat funktionierte nicht mehr. Man trieb Handel. Ganz schnell waren die Jungs da und erpressten Schutzgelder. Später gab es unzählige Kleinbanken. Die Vizepräsidenten waren allesamt Kriminelle. Sie alle suchten Schutz unter einem Dach.»

«Der Krüscha», warf Galati ein.

«Ja, so heisst das wohl.»

«Auslaufende Kredite wurden unzimperlich eingefordert. Man legte eine Leiche vor den Eingang der Bank, drohte mit Scheinexekutionen, oder die Bank ging in Flammen auf. – Ist gut, der Tee.»

«Danke.»

«Zu Beginn der neunziger Jahre stiegen die Einkommensmöglichkeiten ins Unermessliche. Die Gaswerke und die Ölindustrie wurden privatisiert. Geschäftsleute und Kriminelle spannten zusammen. Oft waren sie identisch. Stärkste Devise war die Einschüchterung. Die Konkurrenz unter den Kriminellen wuchs. Mitte der neunziger Jahre herrschte Krieg. Tausende Kaderleute starben. Das Fussvolk zählte gar niemand.» Galati stellte die leere Tasse auf den Tisch. «Machst du mir noch einen?»

Sie folgte Cobb in die Küche, den Laptop offen vor sich. «Wer eine Strafverfolgung zu befürchten hatte, heiratete zum Beispiel eine Israelin. Die Versammlungen der Bosse fanden nun teilweise in Israel statt. Einige liessen sich auch in Europa nieder. Sie standen unter Beobachtung der Justiz. Aber den wenigsten konnte man etwas nachweisen. Ende der Neunziger legte sich der offene Krieg in Moskau. Die ‹Diebe im Gesetz› stiegen in die legale Wirtschaft ein. Sie hatten das Geld dazu und operierten mit ihrem erworbenen Wissen um Einschüchterung und Bestechlichkeit. Alles vermischte sich. Politik, Wirtschaft und Kriminalität.»

«Hier der Tee.»

«Danke. Die Kriminellen, die jetzt Wirtschaftskapitäne sind, engagieren sich. Unterstützen Eishockeymannschaften, spielen mit den Cracks Tennis oder versuchen olympische Wettbewerbe zu beeinflussen. Sie kommen gut voran. Und wenn nichts mehr geht, hilft auch heute noch ein Killer oder eine gut platzierte Autobombe.»

Cobb hörte Schritte im Gang. Marlen bückte sich, hob den Mantel hoch und zog ihn an. Cobb wollte wissen, wo sie denn noch hinwolle. Sie druckste erst herum und rückte dann damit heraus, dass sie Valentin treffen werde. Cobb fragte, ob sie denn wisse, wie spät es sei. Marlen pochte darauf, dass sie bereits fünfzehn sei. Cobb fragte, ob das Zimmer aufgeräumt sei. Sie konterte, dass sie dafür nun keine Zeit hätte, weil sie Valentin in fünf Minuten treffen wolle. Was sie denn vorhätten, fragte Cobb. Sie wollten gemeinsam Parcours machen. Cobb hatte keine Ahnung, wovon sie sprach. Worauf Galati ihn darüber informierte, dass es etwas sei wie Turnen an Gebäuden. Worauf Cobb Marlen darauf hinweisen wollte, dass das nicht ganz ungefährlich sei und ob sie denn wisse, was sie da tue. Aber dazu kam er nicht.

Es klingelte, und Bärtschi stand vor der Tür. Er wollte keinen Tee, sondern ein Bier. Cobb mochte im Winter kein Bier und hatte keines im Haus. Man einigte sich auf einen Grappa. Marlen verschwand im Badezimmer.

Stehend kippte Bärtschi das erste Glas hinunter. Er schenkte sich ein weiteres ein und gesellte sich zu Cobb, der am offenen Fenster stand und rauchte. Auch Galati zündete sich eine an.

«Neuigkeiten?», fragte Cobb.

«Ja.»

«Lass mich raten.» Galati blies eine Rauchwolke aus dem Fenster. «Gauglers Frau hat ihren Mann ermordet, den Hund erschossen. Sie wollte sich mit ihrem Sohn von einer Brücke stürzen. Dann aber verliess sie der Mut. Nun sitzt sie in Untersuchungshaft.»

«Schön wär's. Zuerst einmal finde ich es erstaunlich, dass die Kugel, die den Hund tötete, nicht aus derselben Pistole stammt wie die Kugeln aus Gauglers Körper.»

«Dann waren zwei Personen am Werk», sagte Cobb.

«Genau, Cobb. Und die Sache wird noch etwas komplizierter. Die beiden starben im Abstand von rund vier Stunden. Obwohl beide mit sofortiger Wirkung tödlich getroffen worden waren. Die Kugeln in Gaugler stammen aus einer Schweizer Armeepistole, diejenige, die im Hund steckte, wurde von einer Beretta abgefeuert. Was hat der Besuch in Gauglers Immobilie ergeben?»

«Schlechten Kaffee und eine zerrissene Hose. Das Mietshaus ist in einem erbärmlichen Zustand. Der Bewohner, den ich kennengelernt habe, ebenso.»

«Wie kam das mit der Hose?»

«Bin an einem defekten Treppengeländer hängen geblieben.» Cobb verschwieg die Schlägerei mit den Kapuzengeistern.

Galati drückte den Stummel im Aschenbecher aus, der auf dem Fenstersims stand. «Es scheint also genügend Menschen zu geben, die Gaugler gerne tot sehen würden. Wie passt der Tätowierte ins Bild?»

«Bisher noch gar nicht. Wir haben das Auto von Julia Gaugler gefunden.»

«Wo denn?»

«Auf dem Parkplatz beim Rhymarkt in Feuerthalen. Vermutlich ist sie mit ihrem Sohn und einem älteren Herrn im Zug nach Konstanz geflüchtet.»

«Sie ist entkommen?», fragte Galati.

«Ja. Die Kantonspolizei Thurgau hat den Zug angehalten und durchsucht. Keine Spur.»

Cobb warf einen Kaugummi in den Mund. «Wer ist der ältere Herr?»

«Der grosse Unbekannte.»

Vom Eingang her rief Marlen, dass sie nun gehe. Noch bevor Cobb etwas erwidern konnte, knallte die Tür ins Schloss. Cobb seufzte. Er sah sie unten auf der Strasse mit solidem Schritt vorbeigehen.

«Dann war ich auch noch bei Imhof. Gaugler und er pflegten zusammen Tennis zu spielen.»

«Du meinst den Imhof, den ich auch meine? Johann Imhof?»

«Wer ist das?», fragte Galati.

«Chef des Bauamts. Kandidiert als Stadtpräsident», sagte Cobb.

«Ist doch interessant, dass der Chef des Bauamtes sich mit einem Immobilienemporkömmling wie Gaugler zum Sport trifft. Besonders, weil Imhof nicht sonderlich sportlich wirkt. Ich wusste nicht, dass er eine Schwester hat. Wussten Sie das, Cobb?»

«Ja. Sie soll nicht richtig ticken. Man sieht sie jeden Sonntag gemeinsam den Rhein entlangspazieren.»

Das Telefon klingelte. Cobb nahm ab. Er zog die Augenbrauen zusammen. Cobb schrieb ein paar Notizen auf ein Stück

Papier. Er zog sich an und verabschiedete sich. «Ich fahre nach Blumenfeld.»

«Blumenfeld?», fragte Galati.

«Ja. Roths Mutter war dran. Sie wohnt dort in einer Alterssiedlung. Sie habe was für mich.»

«Sollen wir mitkommen?», fragte Bärtschi.

«Ich denke, es ist das Beste, ich treffe sie alleine.»

«Nun denn.» Bärtschi stellte das leere Glas auf den Couchtisch. «Warum gehen wir nicht raus und trinken ein Bier zusammen?»

«Die Idee ist gekauft.» Galati lächelte.

30

Das Holz knirschte. Das Schloss gab nach. Jack liess die Flamme des Feuerzeugs aufleuchten. Julia Gaugler folgte, Finn an der Hand. Jack befahl ihr, die Vorhänge zuzuziehen, und sah sich um. Er öffnete Schublade um Schublade und langte hinein. Ein neues Feuerzeug beleuchtete den Raum, während das erste auskühlte. Wieder gingen Schubladen auf und zu.

Julia Gaugler und Finn setzten sich auf eine Holzbank. Der Junge schmiegte sich an seine Mutter. Sein Mund glänzte vom Fett der Wurst. Ein Schluckauf richtete den kleinen Körper auf und liess ihn wieder zusammenfallen. Julia Gaugler stand auf und tastete sich am Aluminiumblech entlang. Sie fand einen Wasserhahn und schraubte am Drehknopf. Wasser und Luft stotterten durch die Leitung. Wasser spie aus der Düse ins Lavabo. Der Lärm liess Jack herumfahren. Dann kramte er weiter.

Julia Gaugler fragte Jack, ob er ihr kurz ihr Handy ausleihen könne. Jack zog es aus seiner Jacke und händigte es ihr aus. Mit dem Display leuchtete sie auf den Wasserstrahl. Eine rostrote Brühe trat aus und verschwand im Ausguss. Allmählich wurde die Flüssigkeit klarer. Sie liess das Wasser noch einige Minuten rinnen, bis sie Finn zu sich rief. Sie befahl ihm, davon zu trinken, bis der Schluckauf aufhöre.

Der Raum wurde diskret heller. Jack hatte Kerzen gefunden und auf den Tisch gestellt. Die drei sahen sich um. Finns Blick blieb an einer Wand voller Regale hängen. Er brachte den Mund nicht mehr zu. Die Regale trugen Kisten mit Schokolade, Zuckerzeugs, salzigen Erdnüssen, Chipspackungen und was sich ein Kind sonst noch als festen Bestandteil der Nahrung im Paradies vorstellt.

Auch Jack atmete auf. Er fand Zigaretten. Während der Junge eine Chipstüte leer knusperte und das Salz mit Cola neutralisierte, hielt er sich an etwas Zwieback. Julia Gaugler trank ein Red Bull. Ein Schauer durchfuhr sie. Jack stand auf und drehte die Heizung hoch. Er fand ein Set Jasskarten. Er mischte die Karten und verteilte sie. Sie begannen, Tschau Sepp zu spielen. Julia Gaugler und Jack stellten sich ungeschickt genug an, um Finn gewinnen zu lassen.

Jack mischte wieder. Er legte Finn den Stapel zum Abheben hin. Der Junge hob ab und liess die Karten nicht los.

«Schläft Papa noch immer?», fragte er.

«Er ist müde, mein Schatz.»

«So müde war er noch nie.»

«Manchmal ist man eben extrem müde.»

«Ich glaube nicht, dass er schläft. Er ist tot.»

«Hör mal, Finn …»

«Nein, Mama. Er ist tot. Und das ist mir auch egal. Ich hab mir oft gewünscht, dass er tot ist.»

«Was hast du dir gewünscht?»

«Dass er tot ist. Damit ich einen neuen bekomme.»

«Aber warum?»

«Andere Kinder haben Papas, die mit ihnen spielen gehen oder fischen oder in den Wald. So einen will ich. Mein Papa kann nur arbeiten. Der kann sonst nichts.»

Finn legte die Karten auf den Stapel. Jack verteilte sie. Als Finn an der Reihe war, stoppte er die Hand mit der Karte wieder auf halbem Weg zum Tisch. «Und das Christkind gibt es auch nicht. Mich kann man nicht verscheissern.» Die Karte fiel auf den Tisch.

Sie spielten noch drei Runden. Jack stand auf und liess sich Julia Gauglers Handy zurückgeben. Als er zur Tür ging, wollte der Junge wissen, wohin er denn wolle. Jack sagte, er würde gerne etwas Luft schnappen. Finn wollte mit. Jack öffnete die Tür, drehte sich zu Julia Gaugler um und zeigte ihr die Ausbuchtung in der Jackentasche, welche die Pistole verursachte. Sie atmete energisch aus und verdrehte die Augen.

Ein kühler Wind zerriss den Nebel, der den Rhein begleitete. Hin und wieder schien ein Stern durch die Wolkendecke. Ein Seil klapperte gegen einen Fahnenmast. Finn nahm Jack bei der Hand. Gemeinsam gingen sie zum Wasser. Der Rhein floss dunkel an ihnen vorbei. Drei Enten zogen die Köpfe aus dem

Gefieder und watschelten über den Strand. Scheinbar bewegungslos glitten sie an ihnen vorbei. Für einen kurzen Moment sah Jack die drei Sterne, die in einer Reihe standen und zum Sternbild Orion gehörten. Er hatte schon seinen Finger ausgestreckt, um sie dem Jungen zu zeigen, aber der Nebel hatte alle wieder verdeckt.

«Wo sind denn die Schiffe?»

«Im Winter fahren keine Schiffe.»

«Auch keine Eisbrecher?»

«Nein.»

«Wo sind die Schiffe jetzt?»

«In der Werft.»

«Was ist das?»

«So eine Art Garage für Schiffe.»

«Wo ist sie?»

«Wir sind daran vorbeigerannt.»

«Da, wo die Schiffe waren?»

«Ja.»

«Ist die Garage zu klein?»

«Warum?»

«Weil nicht alle Schiffe drin Platz haben.»

«Ja, genau, zu klein.»

«Unsere ist auch zu klein. Da haben gar nicht alle Autos drin Platz.»

«Na ja.» Jack bückte sich und warf einen Kieselstein ins Wasser.

«Mir ist kalt, ich will wieder zurück.»

Jack begleitete den Jungen zurück zum Kiosk des Campingplatzes Langwiesen. Er blieb draussen stehen und rauchte. Wenn er sich doch verdammt noch mal an Retos Telefonnummer erinnern könnte. Er versuchte sich zu überlisten, indem er die Abfolge der Zahlen rhythmisch vor sich hin sprach. War am Ende eine Zwei oder eine Drei? Er tippte eine Nummer ein und erfuhr, dass der Anschluss nicht in Betrieb sei. Er versuchte die gleiche Variante mit einer Zwei. Ein Klingelton. Ein Rauschen. Eine fremde Stimme. Jack stammelte etwas von wegen falsch verbunden und ging aus der Leitung.

Zwischen Fensterrand und Vorhang blinkte von drinnen blaues Licht. Ein Fernseher lief. Jack warf die Zigarette auf die Steinplatten vor dem Kiosk und trat ein. Julia Gaugler sass auf einem Stuhl und sah hoch. Finn lag in eine Decke gewickelt auf der Holzbank. Der Ton war kaum zu hören. Jack stellte sich neben sie.

«Wir kommen in den Nachrichten.» Julia Gaugler lehnte sich vor.

Jack sah den Parkplatz vor dem Coop und eine Meute, die Julia Gauglers Auto beäugte. Im Hintergrund kämpfte ein Polizist mit dem Absperrband. Ein Mann lehnte am Auto und telefonierte. Ein zweiter kam hinzu. Der erste steckte das Telefon weg und machte sich auf den Weg ins Einkaufszentrum. Der eher Rundliche blieb stehen und sah ihm lange nach. Dann schüttelte er den Kopf. Während er sich aus dem Bild bewegte, ging die Sendung zurück ins Nachrichtenstudio.

Augenblicklich meldete sich das Handy in seiner Tasche. Julia Gaugler richtete sich auf. Jack blickte aufs Display. Eine SMS war eingegangen. Und wieder eine. Nach vier weiteren stellte er das Handy ab. Als er es zurückgleiten liess, blieb sein Blick auf dem Verkaufstresen des Kiosks haften. Der schwarze Kunststoff eines Telefons mit Wählscheibe glänzte im Kerzenlicht. Julia Gaugler folgte seinem Blick. Ihr Gesicht versteinerte.

Jack stand auf. «Raus hier.»

«Ich habe es nicht benutzt.»

«Ich will mir nicht den Kopf darüber zerbrechen, ob das wahr ist oder nicht. Raus.»

«Aber …»

«Raus!» Er zog die Pistole aus der Tasche und öffnete mit der anderen Hand die Tür. «Los jetzt.»

«Aber Finn …»

«Ich trage ihn.»

«Wohin?»

«Draussen stehen Wohnwagen.»

31

Reto blinkte und bog von der Schnellstrasse ab. Er liess sich etwas zurückfallen. Auf der Nebenstrasse waren sie die Einzigen, die noch unterwegs waren. Er musste aufpassen, nicht entdeckt zu werden. Die Kurven waren eng. Die Scheinwerfer des weissen Volvos schienen weiter oben durch die Baumstämme. Auf der Ebene um Büttenhardt bog der verfolgte Wagen hart nach rechts auf einen Naturweg ein. Reto machte das Licht aus und drehte den Zündschlüssel. Er rollte aus, vorbei an der Abzweigung. Hundert Meter weiter stand ein einsamer Busch. Hier hielt er am Strassenrand und stieg aus, ohne die Tür zu schliessen.

Er sah die Scheinwerfer des Volvos unruhig über die Felder und die ersten Bäume des Waldes tanzen. Als sie ausgingen, verliess sich Reto auf sein Gehör. Einen Augenblick lang brummte es aus der Ferne, dann war es still. Ein leiser Wind strich um seine Ohren. Ohne zu atmen, starrte er in die Richtung, in der das Auto verschwunden war. Leise war wieder ein Motor zu hören. Die Tonlage war anders. Als der zweite Wagen bei Reto angekommen war, wurde er von einer Laterne beschienen. Er war rot. Nun gingen auch die Fernlichter an, der Blinker wies von ihm weg. Das Auto bog auf die Hauptstrasse und fuhr zurück in Richtung Stadt.

Der Volvo holperte zurück über den Naturweg. Reto setzte sich und rutschte tief in den Sitz. Er wartete, bis die Strasse vor ihm wieder dunkel geworden war. Dann rollte er auf die Strasse und gab Gas.

Er folgte ihm durch die Ortschaft Lohn und weiter nach Thayngen. Der weisse Volvo wich dem Grenzübergang nach Gottmadingen aus und fuhr links ins Dorf, vorbei an einer Kirche, und verliess es auf einer kleinen Nebenstrasse in Richtung Hilzingen. Sie passierten die Grenze. Das Auto vor ihm war auf der ebenen Strasse gut zu erkennen. Reto beobachtete, wie es links abbog. Er tat das Gleiche und überquerte einen von

Strauchwerk gesäumten Bach. Der Volvo fuhr an ein frei stehendes Haus. Die Lichter gingen aus. Reto hielt an und löschte die Scheinwerfer. Als die Männer das Haus betraten, setzte er zurück und versteckte das Auto bei den Büschen am Bach. Zu Fuss ging er über ein weites Feld zum Haus.

Die Sicht war schlecht, denn die Fenster lagen zu hoch. Reto kletterte auf einen Baum. Er krallte sich an der Rinde fest, um nicht abzurutschen. Die Kleider wurden feucht. Im Innern konnte er drei Männer ausmachen. Er sah einen drahtigen Mann telefonieren. Er blieb häufig stehen, als ob er zuhören würde. Wenn er redete, gestikulierte er und ging unruhig im Zimmer auf und ab. Dann stand er wieder still, wie angewurzelt.

Ein zweiter sass auf einem Stuhl, die Stiefel auf dem Tisch, und rauchte. Der dritte verliess den Raum. Als er zurückkam, hielt er eine Flasche und drei Gläser in den Händen und grinste wie ein frisch geschnitzter Kürbis. Er stellte die Gläser auf den Tisch und goss sie randvoll. Der Drahtige fuchtelte mit den Händen. Das Telefongespräch schien zu wichtig. Die Beine blieben auf dem Tisch, als der zweite Mann trank, das Gesicht des Kürbismannes schrumpfte nach dem Schluck um den Mund zusammen, dann lächelte es wieder.

Aus der Ferne kamen Scheinwerfer näher. Reto sah das Auto heranfahren. Ein gelber Škoda parkierte neben dem Volvo. Noch im Auto zündete sich der Mann eine Zigarette an und blickte zum Innenspiegel hoch. Er zog eine Kappe vom Kopf und strich mit der Hand über die Stoppeln. Als er ausstieg, schob er die Seite seiner Daunenjacke beiseite, kontrollierte den Sitz der Waffe und starrte nach allen Seiten in die Dunkelheit. Er klopfte an die Tür. Reto sah, wie die drei Männer im Haus zu den Waffen griffen. Der zweite nahm die Stiefel vom Tisch, ging zum Fenster und spähte hinaus. Er sagte etwas zu den anderen. Sie entspannten sich, behielten die Waffen aber in den Händen. Kürbisgesicht verschwand aus dem Zimmer. Reto sah ihn vor die Tür treten. Der Mann schnippte die Zigarette fort und trat ein. Im Licht der Tür erkannte ihn Reto wieder. Das war der Polizist, den er vor Jacks Wohnung gesehen hatte.

Kürbisgesicht füllte ein Glas und hielt es dem Polizisten hin. Sie prosteten sich zu. Der Polizist trank und kriegte einen Hustenanfall. Die Männer lachten und klopften ihm auf die Schulter wie falsche Freunde. Er bekam noch ein Glas eingeschenkt. Die Männer starrten ihn an. Er hob das Glas langsam und mit einem schiefen Grinsen an die Lippen und trank. Dieses Mal konnte er sich die Husterei verkneifen.

Der Drahtige ging um ihn herum und berührte ihn an der Schulter. Der Polizist drehte sich zu ihm, zuckte mit den Schultern und wies die Handflächen von sich. Die drei Männer begaben sich etwas abseits und besprachen sich. Kürbisgesicht ging zum Polizisten und bedeutete ihm, dass er sich setzen sollte. Auch die anderen setzten sich an den Tisch. Anscheinend aus Langeweile hob der Drahtige zwei Kugelhanteln auf den Tisch. Er stellte sich vor den Polizisten, und es sah aus, als ob er etwas erklärte. Der Polizist stand auf und langte in die Hosentasche. Er zog einige Noten hervor und platzierte sie zwischen den Hanteln. Der Drahtige tat es ihm gleich. Der Polizist legte nach, der Drahtige ebenso. Eine Wette.

Beide stellten sich vor den Tisch und nahmen die Kugelhantel in die Hände. Auf das Zeichen von Kürbisgesicht begannen sie damit, die Hantel zwischen den Beinen hindurchzuschwingen, sie hoben sie bis auf Schulterhöhe und stiessen sie über den Kopf. Die Männer legten sich kräftig ins Zeug. Kürbisgesicht öffnete ein Fenster. Die Kontrahenten brauchten frische Luft. Etwa eine Minute lang hielt der Polizist locker mit. Reto erkannte, dass der Drahtige mehr Übung besass. Das Gesicht des Polizisten lief rot an. Nach einer weiteren Minute zitterte der Arm bedrohlich, als die Hantel über den Kopf geführt wurde.

Noch ein Auto fuhr in Richtung des Hauses. Ein rotes, sportliches. Als es auf den Parkplatz einbog, knallte eine der Kugelhanteln auf den Boden. Reto schaute hin. Der Polizist atmete stossweise und stützte sich am Tisch ab. Seine Hand schnellte vor den Mund, und er stürzte nach draussen. Er übergab sich in den Schnee, als gleichzeitig eine blonde Frau aus dem Auto stieg. Sie warf ihm einen kurzen Blick zu und schritt ins

Haus. Reto hörte, wie sie in einer Sprache mit den Männern sprach, die er nicht verstand. Sie zeigte immer wieder zur Tür. Einer der Männer ging hinaus und stützte den Polizisten. Im Zimmer machte er sich los und nickte der Frau zu. Nun sprach sie deutsch.

Reto stieg vom Baum hinunter und schlich sich unter das Fenster.

«Ja, ich habe verstanden, dass Sie sofort angerufen haben. Wo ist der Nutzen? Sie sind noch immer da draussen. Wir müssen sie noch immer finden und ausschalten, das Kind genauso wie den Alten und die Frau. Und zu allem Übel wissen wir nicht, wer Gaugler erledigt hat. Wir müssen dafür sorgen, dass diese Schlampereien korrigiert werden. Das nennt sich aufräumen. Ika hat mit seinem Scheissleben dafür bezahlt. Geschieht ihm recht. Wer unfähig ist, der gehört entsorgt. Fühlen Sie sich der Aufgabe gewachsen?»

Reto hörte ein Brummen.

«Wie bitte? Laut und deutlich!»

Eine Stimme mit starkem Schweizer Akzent antwortete. «Ja, klar fühle ich mich dem gewachsen, was sonst?»

«Sie wollen wissen, was sonst? Was sonst ist? Sonst gehen Sie mit Ika baden. Das ist sonst.»

Wieder ein Brummen.

«Was heisst, Sie tun, was Sie können? Wir tun hier nicht, was wir können, sondern das, was getan werden muss. Wir werden nicht vom Staat bezahlt. Es gibt nur Gewinner oder Verlierer. Wer sich mit Almosen zufriedengibt, soll Beamter werden. Oder in Ihrem Fall: es bleiben. – Aleko?»

Wieder ging es los in der Sprache, die Reto nicht kannte. Er entfernte sich vom Fenster und kletterte zurück auf den Baum. Der Polizist verliess das Haus und fuhr davon. Im oberen Stock ging das Licht an. Die Frau und ein Mann, wohl Aleko, betraten ein Zimmer. Reto sah noch die Tätowierungen, als Aleko sich das T-Shirt auszog. Dann ging das Licht wieder aus.

Eine Schneeflocke fiel auf Retos Hemd und schmolz.

32

Auf der Fahrt über die Grenze nach Deutschland hatten die Scheibenwischer gegen nasse Schneeflocken angekämpft. Als er ausstieg, stellte Cobb den Kragen der Jacke hoch. Er versuchte sich zu orientieren. Links erkannte er Lichter von Häusern, die nahe beieinander, beinahe übereinander, gebaut worden waren. Zuoberst beleuchteten Scheinwerfer das Schloss Blumenfeld. Er ging hoch. Vor dem Stadttor lehnte er sich über ein Geländer. Der Wasserfall der Biber war ein gähnendes schwarzes Loch.

Unter dem Bogen des kleinen Stadtturms stampfte er den Schnee von den Schuhen, um nach ein paar Schritten erneut ein Sahnehäubchen auf den Schuhspitzen anzuhäufen. Der Boden wurde rutschig. Im Licht einer offenen Garagentür sah er zwei Männer, die an einem Motorrad herumschraubten. Sie beachteten ihn nicht und versuchten, den Zylinderkopf vom Rest des Motors wegzukriegen.

Weiter oben blieb er vor dem Glockenturm der Pfarrkirche St. Michael stehen. Flutlicht erhellte die Turmuhr. Das Fenster darüber sah er kaum noch bis zur Hälfte. Schneeflocken raubten die Sicht. Die Spitze des Turms verlor sich in schwarzer Nacht und tanzendem Weiss.

Cobb las sich durch die Beschilderung zum Haupteingang durch. Er klingelte, und eine Nachtschwester öffnete.

Sie lächelte ihn an. «Sie müssen der Mann sein, der zu Frau Roth will.»

«Ja, bin ich.»

«Herr Cobb?»

«Ja, richtig.»

«Sie tut mir ja so leid, die Frau.»

«Eine üble Sache, ja.»

«Es ist immer traurig, wenn die Kinder vor den Eltern gehen müssen. Aber dass eine Frau in ihrem Alter so etwas noch erleben muss, das ist schrecklich.»

«Schrecklich, ja.»

«Und auch noch die Schwiegertochter. Und ihr ungeborenes Kind. Das sind Tiere. Für solche Leute habe ich kein bisschen Mitleid übrig, wissen Sie? Solche gehören nicht an die Wand gestellt, nein, die gehören langsam über dem offenen Feuer gebraten. So sehe ich das.»

Cobb murmelte vor sich hin, ohne Worte zu formulieren.

Die Nachtschwester fuhr fort: «Normalerweise liegt Frau Roth bereits um acht Uhr abends im Bett. Und sie schläft gleich ein. Aber seit dieser Sache verweigert sie die Schlafmittel. Und da liegt sie dann die ganze Nacht wach. Es wird sie noch umbringen.»

Sie gelangten in einen Innenhof. Cobb erkannte zwölf identische Eingänge auf zwei Stockwerken. Jede Tür war mit weissen und roten Streifen angemalt, die in der Mitte in einem Spitz nach unten zeigten. Die sechs Türen im Erdgeschoss gingen in den Hof, diejenigen im ersten Stock auf eine Galerie, durch welche sie miteinander verbunden waren. Die Wände zeugten von solidem Riegelbau. Cobb kam sich vor, wie in eine vergangene Epoche zurückversetzt. Die Rollatoren vor den Türen wirkten hier wie technologische Wunderwerke.

Oben auf der Galerie sah Cobb eine Zigarette glimmen. Dann hörte er ein Husten und Schleim, den die Lunge loswerden wollte.

Die Nachtschwester tippelte durch den Schnee. «Ursprünglich wurde Schloss Blumenfeld als Luftkurort für Tengen hergerichtet. Bevor es ein Pflegheim wurde, meine ich.» Sie klopfte an.

Erna Roth öffnete.

Cobb klopfte den Schnee von den Schuhen und trat ein. Dabei betrachtete er den silbernen Zopf, der Erna Roth bis zur Taille reichte. Sie drehte sich um und zog einen Stuhl vom Tisch weg. Als Cobb sich gesetzt hatte, nahm auch sie Platz. Dunkle Augen sahen ihn an, die rechte Hand knetete die linke.

«Gicht.» Sie hielt die Hand hoch und zeigte die knotigen Gelenke. «An feuchten Tagen wie diesen schmerzt es mehr als sonst.»

«Wie lange leben Sie schon hier?» Cobb hatte sich entschlossen, das Treffen behutsam anzugehen.

«Ach, Cobb, die Erinnerung ist so eine Sache. Vier Jahre? Fünf Jahre? So was in der Richtung. Ich darf doch noch ‹Cobb› sagen.»

«Ja natürlich.»

«Sie waren in Philadelphia, habe ich gehört.»

«Boston. Fünf Jahre. Jetzt bin ich wieder hier.»

«Warum?»

«Ich habe eine Tochter. Ihre Mutter ist bei einem Unfall gestorben.»

«Das tut mir leid. Schön, Sie wiederzusehen.»

«Es freut mich auch, Sie anzutreffen. Als wir uns das letzte Mal sahen, nahm Oliver eben den Preis für eine Reportage entgegen.»

«Ich war schrecklich stolz auf ihn.»

«Sie hatten auch allen Grund.»

Sie blickte auf ihre Hände hinab und seufzte. «Er war sehr ehrgeizig. Ich habe ihn dazu erzogen, die Dinge, die er begonnen hat, zu Ende zu bringen. Inzwischen weiss ich nicht mehr, ob das richtig war. Aber was soll man machen. Die Zeit kommt nicht wieder.»

Erna Roth stützte sich am Tisch ab, als sie aufstand. Sie ging in die kleine Küche, öffnete den Kühlschrank, nahm eine Flasche Gin und eine Flasche Tonic heraus. Aus dem Tiefkühlfach kamen Eiswürfel in zwei Gläser. Sie füllte Gin ein. Nicht zu knapp. Tonic hinterher. Sie kam mit den Gläsern zurück an den Tisch.

«This keeps me going, Cobb. Prost.»

Sie stiessen an und tranken. Als die Gläser den Tisch berührten, sah sie Cobb lange an. Ihre Lippen verschrumpelten zur Mitte hin. «Zur Sache, Cobb.»

«Die Sache, weswegen Sie mich angerufen haben?»

«Ich brauche die Post nicht täglich zu öffnen so wie die anderen hier. Sie warten auf den Briefträger, und wenn er da ist, entreissen sie ihm die Briefe. Es soll gegen die Langeweile helfen. Ich finde, ein Blick aus dem Fenster tut's auch. Oder ein

Spaziergang. Die Gedanken. Wenn man sie einfängt, diejenigen, die kreisen, und von sich wirft. Das ist jedes Mal eine Befreiung. Mir wird nicht langweilig. Ich brauche keine Briefe. Hin und wieder kommt ein Umschlag von Oliver. Ich weiss, was drinsteckt. Artikel und Reportagen, die er geschrieben hat und die er nun seiner alten Mutter schickt. Das ist alles nicht so wichtig, hat alles Zeit.»

Sie trank einen Schluck.

«Als mich dieser Polizist angerufen hat, um mir zu sagen …»

Sie fasste sich.

«… um mir mitzuteilen, dass Oliver ermordet worden ist, da habe ich …»

Erna Roth schwieg und betrachtete Cobb. Sie langte unter den Tisch und legte einen Briefumschlag hin. Cobb wartete auf ein Zeichen. Sie nickte. Cobb zog die Blätter heraus und las. Als er fertig war, pfiff er durch die Zähne. «Das ist eine Bombe.»

«Lassen Sie sie platzen, Cobb.»

Sie trank das Glas leer und füllte nach. Als sie wieder sass, tauchte sie mit dem Zeigefinger Eisklötze in den Gin Tonic. «Sie hatten was mit ihr, habe ich recht?»

«Mit Vera? Ja.»

«Oliver hatte es mir erzählt. Es war an einem Weihnachtsfest, nicht wahr?»

«Ja. Oliver lag mit Grippe im Bett. Sie waren ganz frisch zusammen. Das Ganze schien noch nicht ausgegoren. Wir tranken, wir quatschten, ich fuhr sie heim, sie nahm mich hoch. Die alte, banale Geschichte.»

«Lange?»

«Wie?»

«Wart ihr lange zusammen?»

«Nein. Als meine Frau herausfand, was los war, zog sie mit Marlen zu ihrem Freund.»

«Marlen?»

«Unsere Tochter.»

«Sie nutzte Ihre Affäre, um die eigene zu festigen, Cobb?»

«Ja. Sie hatte den Glauben an uns verloren.»

«So ist das Leben.»

«Ja, so auch.»

Cobb verabschiedete sich und ging über den Hof. Erna Roth stand in der Tür und sah ihm nach. In der Mitte machte er halt und kehrte um. «Ich kümmere mich darum.»

«Wenn nicht Sie, wer sonst?»

«Warum nicht die Polizei?»

«Oliver hatte nie Vertrauen in die Polizei. Weder in sie noch in Staatsanwälte, Anwälte und in Politiker jeglicher Couleur.»

«Das hier gibt ihm recht.» Er hielt den Briefumschlag hoch.

«Ja.»

«Auf Wiedersehen.»

«Wenn Sie sich beeilen.»

Die Schneeflocken legten sich sanft auf den Boden des Innenhofs. Vereinzelt sah man zugeschneite Fussspuren. Er verliess diesen Teil des Baus durchs Tor. Ein feuchter Wind blies ihm ins Gesicht. Er packte den Kragen und hielt ihn unters Kinn. Er schaute hoch. Der Glockenturm der Pfarrkirche war noch immer nicht zu sehen. Als er weitergehen wollte, schnitt etwas in die Haut seiner Handrücken. Cobb wurde nach hinten gerissen, rutschte aus und fiel zu Boden.

Ein Koloss stürzte schräg auf ihn und fluchte in unverständlichen Worten. Cobb wich aus, drehte sich seitwärts weg und kam schnell wieder auf alle viere. Er hieb dem Angreifer den Ellbogen ins Gesicht. Die Nase knirschte. Der Mann hatte die Nylonschnur losgelassen. Cobb war aufgestanden und trat nun gegen die Waffe, die der Typ am Boden auf ihn richtete. Sie hinterliess eine Einbuchtung im Schnee. Blut rann ihm aus der Nase, als er sich zur Waffe rollte. Er versperrte den Weg abwärts zu Cobbs Auto.

Cobb hob den Briefumschlag auf und lief zurück zur Pfarrkirche und um sie herum. Auf halbem Weg rutschte er einige Stufen hinunter und versuchte, nicht zu atmen. Er sah einen Schatten vorbeirennen. Cobb folgte der Blutspur zurück auf die Strasse, die bergab führte. Er rutschte mehr, als dass er lief.

Nach dem Stadttor rammte ihn hundert Kilo Muskelmasse von der Seite. Cobb ging zu Boden und schlitterte auf dem Rücken auf das Geländer zu, welches das Trottoir vom dünnen, aber tiefen Wasserfall trennte.

Der Angreifer liess sich auf ihn fallen und hielt ihm die Pistole an die Stirn. Cobb blieb die Luft weg. Blut tropfte auf sein Gesicht. Der Mann ruckelte mit dem Kopf. Cobb deutete dies so, dass er wohl hochkommen sollte. Als sie sich gegenüberstanden, entwendete der Typ Cobb den Briefumschlag. Noch mehr Ruckeln. Cobb verstand widerwillig. Er kletterte übers Geländer. Das Metall, an dem er sich festhielt, war eisig kalt. Hinter ihm der Abgrund, vor ihm ein Monstrum mit eingeschlagener Nase. Cobb wusste nicht, ob er die Wahl hatte oder ob ihm Rübezahl die Entscheidung abnehmen würde.

Das Blut spritzte aus der ohnehin schon gebrochenen Nase, als der Kopf des Angreifers von der Wucht eines Schlages seitlich wegknickte. Die Pistole verschwand im Abgrund. Der Koloss schüttelte sich kurz und stürzte auf einen Glatzkopf in Daunenjacke los, wurde zurückgestossen und prallte mit aller Wucht gegen den Einstieg in die Schlucht. Das Eisengitter gab nach. Lautlos fiel der Körper und schlug unten auf.

33

Bärtschi schälte die Etikette von der Flasche. Das Bier war längst getrunken. Das vierte. Egal. Galati betrachtete die rote Pfütze am Boden ihres Glases. Auch das vierte. Auch egal. Sie sah hoch und betrachtete Bärtschi, dessen Blick an der Discokugel hängen geblieben war.

«Ich gehe eine rauchen.» Sie erhob sich vom Barhocker.

Bärtschi rutschte von seinem. «Ich komme mit.»

Vor der Bar stehend schirmte sie die Zigarette vor dem Wind und den nassen Flocken ab, als sie sie anzündete. Bärtschi sah nach oben, als hätte er zum ersten Mal in seinem Leben Schnee gesehen. Die Kristalle landeten auf dem Pullover und lösten sich auf. Auf Schultern und Bauch des Polizisten bildeten sich feuchte Flecken.

Galati lehnte sich an die Wand. «Was ist eigentlich aus dem Typen geworden, vor dem du mich gerettet hast?»

«Wann?»

«Damals, bei der Sekte, in der mein Bruder mitgemischt hatte.»

«Ich kann mich nicht erinnern, dich da gesehen zu haben.»

«Komm schon, Peter. Hier draussen hört uns niemand.»

«Wer weiss.»

«Wir sind allein. Ich weiss, was du weisst. Ich habe ein paar Kerle auf dem Gewissen, die mein Gottenkind in den Tod getrieben haben.» Sie nahm einen Zug. «Wobei hinzuzufügen ist, dass dieses Gewissen nicht allzu sehr damit belastet ist.»

«Tja.»

«Du hast mir das Leben gerettet, indem du auf den Killer geschossen hast, den sie auf mich angesetzt hatten.»

«Ja, ich habe geschossen.»

«Und?»

«Ein unglücklicher Schuss. Er war sofort tot.» Auch Bärtschi lehnte sich an.

«Jeder Beruf hat seine Schattenseiten.»

«Ja.»

Sie standen da und schwiegen. Galati schnippte die Zigarette in eine Pfütze und zündete sich eine neue an. Bärtschi liess sich auf den Bauch schneien. Autos fuhren vorbei, und noch mehr Schnee fiel vom Himmel.

«Es tut mir leid um deinen Bruder.» Bärtschi wischte sich die Feuchtigkeit vom Bauch.

«Mir nicht. Er hatte es zugelassen, im Namen Gottes. Das Arschloch.»

«Wir haben ihn an einem Baum gefunden.»

«Ich sah noch, wie er sich bückte und einen Strick aufhob.»

Ein Mann kam durch den Schneesturm näher. Er hatte die Hände tief in den Taschen vergraben und den Blick auf die Füsse gerichtet. Er ging an Galati und Bärtschi vorbei und klopfte die Schuhe frei vom Schnee.

Bärtschi stiess sich von der Wand weg. «Menk, auch noch unterwegs auf ein Bier?»

Menk hob den Kopf und lächelte. «Ja. Ich hol mir was und komme wieder raus. Was wollt ihr?»

«Ich hätte gerne ein Bier und die Dame hier ein – was war das noch mal?»

Galati lächelte. «Einen Rotwein. Egal welchen, solange es kein einheimischer ist.»

Menk verschwand und kam mit zwei Flaschen und einem Glas wieder. Sie prosteten sich zu und tranken.

«Ich verstehe das nicht», begann Menk, nachdem er die Flasche abgestellt hatte. «Wohin konnten die verschwinden? Sie sind wie vom Erdboden verschluckt.»

«Ich nehme an, du sprichst von Frau Gaugler und den beiden anderen.»

«Ja. Peinlich, dass sie uns entwischt sind.»

«Das sind nur vorübergehende Tiefschläge. Wir werden sie finden. Eine seltsame Konstellation, die da unterwegs ist. Wirklich. Sehr seltsam.»

«Ja, seltsam.»

«Und es ist diese Konstellation, die uns auf die Spur bringen wird.»

«Bärtschi, der Optimist.»

«Keineswegs, Menk. Je markanter etwas daherkommt, desto schwieriger ist es, es zu übersehen.»

«Fehlt noch der rosa Elefant.»

«Ja. – Ihr entschuldigt, das Bier.» Bärtschi ging hinein.

Menk streckte die Hand aus, Galati nahm sie. «Stefan Menk, ein Arbeitskollege von Peter.»

«Ich fühle mich augenblicklich gut aufgehoben. – Anna Galati.»

«Freut mich, Anna. Wie soll ich das verstehen?»

«Statistisch. Aus statistischer Sicht wimmelt es hier von Polizisten. Deshalb.»

«Ach, du meinst?» Menk lachte. «Kennst du Peter schon lange?»

«Es geht.»

«Ich mache mir Sorgen um ihn.» Menk nahm einen Zigarillo aus einer Schachtel.

«Inwiefern?»

«Er wirkt komisch.»

«Komisch? Belustigend?» Galati gab ihm Feuer.

«Nein. Eher paranoid. Es ist nicht einfach, mit ihm zusammenzuarbeiten. Er hält Informationen zurück, er verlässt sein Büro, ohne irgendwem mitzuteilen, wo er zu finden ist. Solche Sachen.»

Bärtschi trat in den Schneesturm. Er blickte die Strasse hinauf und hinab, hob die Flasche an die Lippen und schluckte. Galati beeilte sich, den Wein zu trinken, bevor er im Glas festfror. Sie verabschiedeten sich von Menk.

Sie gingen schweigend nebeneinanderher und leisteten keinen Widerstand gegen das Schneetreiben. Der Alkohol machte die Haut unempfindlich gegen die Kälte.

Das orange Licht eines Räumungsfahrzeugs liess ihre Gesichter aufflackern, dann verschwanden sie im Zwielicht der eigenen Gedanken.

Galati lehnte sich an einen Laternenpfahl. «Dieser Menk sagt, du seist paranoid.»

Bärtschi ging weiter.

«Und?»

«Was?»

«Bist du's?»

Bärtschi blieb stehen. «Ich weiss nicht.»

Ein saftiger Knall neben ihrem Kopf liess Galati zusammenzucken. Aus einer Nebengasse hörte sie helles Lachen. Ein zweiter Schneeball traf sie an der Schulter, ein dritter im Rücken. Marlen sprang aus einer dunklen Ecke, rannte auf sie zu und feuerte weiter. Galati bückte sich und schoss zurück. Valentin trottete hinterher und sah ihnen zu.

Die beiden Frauen blieben keuchend stehen. Marlens Wangen schienen zu glühen. Valentin und Bärtschi standen etwas abseits, die Hände in den Taschen.

Marlen putzte sich Schnee aus dem Kragen. «Du, Anna?»

«Ja?»

«Valentin hat den letzten Bus verpasst.»

«Und?»

«Darf er bei uns übernachten?»

«Ich kann zu Fuss heimgehen, kein Problem», mischte sich Valentin ein.

«Von mir aus schon. Was sagt dein Vater dazu?»

«Ich erreiche ihn nicht.»

«Es ist wirklich kein Problem, zu Fuss heimzugehen.» Er trat auf der Stelle.

«Nichts da!» Marlen hängte sich ein. Valentin lächelte verlegen.

«Du hast Cobb nicht erreicht?», fragte Galati.

«Nein. Und deshalb liegt die Entscheidung bei dir.»

«Das ist mir alles völlig egal.»

«Das heisst ‹ja›. Super! Danke, Anna.» Marlen gab Galati einen Kuss auf die Wange.

Galati sah zu Bärtschi und verdrehte die Augen. Bärtschi lächelte breit. Galati wusste nicht, ob dies eine Reaktion auf ihre Anspielung war oder ob das Lächeln in seinem Gesicht festgeklebt war. Sie drehte sich zu Marlen und Valentin um. «Eine Bedingung.»

«Ja?»

«Er schläft auf dem Sofa.»

34

Cobb lehnte rauchend am Geländer, während der Kahlkopf unten in der Schlucht die Blätter einsammelte, die aus dem Briefumschlag gefallen waren. Hin und wieder sah Cobb hinunter. Der Angreifer mit der blutigen Nase brauchte keine Hilfe mehr. Er lag in einer roten Wolke aus Schnee. Die toten Augen starrten nach oben auf die fallenden Flocken. Cobb schnippte die Zigarette hinterher.

Schnaubend kam der Mann die Stufen hoch. Er hielt Cobb eine Menge Blätter hin. Sogar im diesigen Licht der Strassenlaterne sah Cobb, dass die Schrift zu grauen Flecken mit schwarzen Rändern zerflossen war. Oliver Roth hatte offensichtlich einen Laserdrucker benutzt. Der Mann untersuchte trotzdem Blatt für Blatt, zerknüllte jedes einzelne und warf es dem Toten hinterher. Er langte in die Innentasche der Helly-Hansen-Jacke, nahm einen Tabakbeutel hervor und drehte sich eine Zigarette. Cobb gab ihm Feuer. Der Mann knurrte etwas, das wie ein Dankeschön tönte, und nahm einen tiefen Zug. Die Haut auf seinem Schädel leuchtete durch die borstig geschnittenen Haare.

Cobb betrachtete ihn. «Warum tun Sie das?»

«Was?»

«Erst halten Sie mir die Typen im Mietshaus vom Leib. Und jetzt das.» Cobb zeigte nach unten.

«Ich will wissen, wer's getan hat.»

«Was getan hat?»

«Wer Vera in die Truhe gesteckt hat.» Sein Mund schrumpelte zusammen. Er zog an der Zigarette, langte wieder in die Helly Hansen und setzte sich eine schwarze Mütze auf den Schädel. «Ich bin ihr Bruder.»

«Veras Bruder?»

Einen harten Händedruck später duzten sie sich.

«Gabriel. Wie der Erzengel also.»

«Ja. Der Racheengel Gottes. Ist das nicht amüsant, irgendwie?»

«Der Gnade.»

«Wie?»

«Egal. Der Zettel hinter der Windschutzscheibe war von dir.»

«Ja.»

«Du hast von uns gewusst.»

«Sie schrieb mir hin und wieder einen Brief.»

«Warum?»

«Der Brief?»

«Nein, der Zettel.»

«Warum der Zettel? Ich wollte, dass du dranbleibst. Dass du die Dreckschweine findest. Und ...» Er beendete den Satz nicht, verschränkte die Arme, sah hoch und murmelte vor sich hin. Er stützte den Ellbogen auf dem Geländer ab und sah Cobb an. «Was stand drin?»

«Hab's nicht gelesen.»

«Auf seinem Computer?»

«Der ist verschollen.»

«Scheisse.» Kurzes Schweigen. «Wie geht es seiner Mutter?»

«Sie hat ihren Sohn verloren.»

«Ich eine Schwester.»

«Ja.»

«Die einzige. Kann ich mitfahren?»

«In die Stadt?»

«Ja.»

«Wie bist du hier herausgekommen?» Cobb suchte nach den Autoschlüsseln.

«Mit einem Auto.»

«Das lässt du hier stehen?»

«Es ist nicht meins.» Gabriel grinste Cobb an. «Ich habe nicht einmal eine Ahnung, wem es gehört.»

Gabriel setzte sich in den Wagen. Den Sicherheitsgurt liess er sein. Stattdessen stützte er die rechte Hand am Armaturenbrett ab. Cobb rollte vorsichtig aus dem Parkplatz. Auf dem Weg hoch zur Hauptstrasse hatten die Räder eigene Vorstellungen davon, welche Richtungen sie einschlagen wollten. Cobb steuerte, gab Gegensteuer und fluchte, bis die Räder auf der Strasse einigermassen Halt fanden. Die Scheiben beschlugen. Cobb wischte mit dem Ärmel ein Guckloch frei. Als die Heizung die Fahrerkabine endlich warm kriegte, zerflossen die Schneeflocken auf der Scheibe, bevor sie weggewischt wurden. Gabriel Keller fixierte den Scheinwerferkegel vor sich und sah hin und wieder in den Innenspiegel.

«Wäre sie nicht mit diesem Journalisten-Arsch zusammen gewesen, würde sie heute noch leben.»

«Roth?»

«Ja. Man kann nicht schutzlos wie eine Nacktschnecke durch die Gegend laufen und sich gleichzeitig mit allen möglichen Leuten anlegen. Irgendwann geht das schief. Verdammt! So naiv kann doch keiner sein.»

Das Auto scherte aus, und Cobb bändigte es zurück in die Fahrbahn.

«Das Leben ist keine geschützte Werkstatt. Roth mag ja intelligent gewesen sein. Aber dumm war er trotzdem.» Gabriel schnaubte. «Das Arschloch. Mit seiner Dummheit hat er meine Schwester mit in den Tod geritten. Und bei der Sache war er noch der Gewinner mit einer Kugel in der Stirn. An den Eiern hätten sie ihn aufhängen sollen.»

«An den Eiern?»

«Ja. Oder sonst was. Es gibt genügend Möglichkeiten, den Übergang vom Leben in den Tod mühselig zu gestalten.»

In Cobbs Gedächtnis löste sich ein Krümel. «Du warst im Irak.»

«Hat sie dir also doch davon erzählt.» Gabriel lächelte. Ganz der stolze Bruder.

«Als Söldner einer Privatarmee.»

«Ja. Hab dort amerikanische Einrichtungen beschützt. Gutes Geld.»

«Ich schätze, du gehörst zu den Arschlöchern, Gabriel.»

«Warum? Weil ich meine Arbeit getan habe? Weil wir dort alle am Leben bleiben wollten? Weisst du, was für ein Gefühl es ist, wenn ein Auto auf dich zurast und du machst Handzeichen? Das

Auto hält weiter auf dich zu. Dir schiessen in Sekundenbruchteilen Bilder von zerfetzten Kumpels durchs Hirn. Was würdest du tun? Jeder Krieg hat seine Spielregeln. Wer am Leben bleiben will, schiesst zuerst. So ist das. Scheisskrieg.»

«Als Schweizer hättest du nie dort sein dürfen.»

«Ach ja? Die Militärjustiz hat das Verfahren gegen mich eingestellt. Sie konnte den Nachweis nicht erbringen, dass die Firma einer fremden Streitmacht zugeordnet ist oder ihr untersteht. Und weisst du, warum der Nachweis nicht erbracht werden konnte? Sie hätten in den Irak fliegen müssen, um dort zu ermitteln.» Gabriel lachte, und Cobb hatte Mühe, den Wagen auf Kurs zu halten. «Das war's ihnen nicht wert.»

«Und jetzt?»

«Was?»

«Wo arbeitest du jetzt?»

«Personenschutz. Ganz legal. Ich begleite Leute, die Angst haben, verprügelt oder umgenietet zu werden. Ich arbeite Sicherheitsanalysen aus. Gefährdungsanalysen auch. Ich sichere Anlässe ab. Ich kenne Davos wie meine Westentasche. Ich bin gefragt. Nur hatte meine Schwester nichts davon. Scheisse.»

Hinter dem Bahnhof in Schaffhausen hielt Cobb an. Gabriel wuchtete sich aus dem Sitz. Er hielt die Tür offen und beugte sich zu Cobb. «Hör gut zu, Cobb. Ich will die Arschlöcher finden, die meine Schwester kaltgemacht haben. Buchstäblich kaltgemacht.» Er reichte Cobb einen Fetzen Papier, auf den eine Handynummer gekritzelt war. «Ich will, dass du mich anrufst, sobald sich was bewegt. Klar? Du hattest was mit ihr, das verpflichtet.»

Cobb liess ihn den Zettel auf den Beifahrersitz legen.

Gabriel stützte sich auf dem Polster ab. «Und wenn nicht; ich hab dich im Auge.» Er gab der Tür einen Schubs, und sie flog zu.

Cobb mühte sich die Stufen hoch zur Wohnung. Er öffnete leise. Wohlige Wärme. Er machte im Wohnzimmer Licht und löschte es gleich wieder aus. Da schlief einer auf dem Sofa. Cobb schlich näher und erkannte Valentin.

Auf der Dachterrasse zündete er sich eine Zigarette an. Es hatte zu schneien aufgehört. Cobb sah nach oben und erkannte einzelne Sterne. Die Wolken zerstoben gegen Osten. Es würde kälter werden.

35

Cobb hatte sich in Blumenfeld Prellungen zugezogen und konnte nicht schlafen. Die Schulter tat weh. Er wälzte sich von der Seite auf den Rücken. Er begann zu schnarchen und erhielt von Anna Galati einen Stoss in die Rippen. Er drehte sich auf die andere Seite. Die Hüfte sendete dumpfen Schmerz. Auf dem Bauch ging nichts. Die Halswirbel ächzten. Er musste alle paar Minuten den Kopf drehen. Die Nacht dauerte eine Ewigkeit. Als Cobb auf den Wecker schaute, war es gerade mal sechs Uhr.

Im Wohnzimmer lag Valentin wie betäubt auf dem Sofa. Cobb ging hin und rüttelte ihn. Der junge Mann grunzte und drehte sich weg. Cobb rüttelte etwas heftiger. Valentin warf sich herum und blieb auf dem Rücken liegen. Er öffnete die Augen.

«Morgen», kam es aus einem trockenen Mund.

«Morgen, Herr Volontär. Es gibt zu tun.»

«Was?»

«Recherche.»

«Sagt der Schellfisch mit teuflischem Grinsen. – Gibt's Kaffee?»

«Noch nicht.»

Cobb zog sich an und kochte Kaffee. Sie sassen nebeneinander am Tisch und schlürften. Cobbs Laptop lag aufgeklappt vor ihnen. Die Suchanfrage leitete sie zu einer Seite des «The Telegraph». Im Artikel stand, dass ein ehemaliger Tennisrabauke vermutete, dass Spiele in Wimbledon von der Mafia gekauft worden waren. So weit bestätigte sich Roths Recherche. Vier Spiele aus dem Jahr 2007 standen im Verdacht, manipuliert worden zu sein. Die russische Mafia hatte mit Wetten tüchtig abgesahnt. Gefährdet waren Spieler, die ausserhalb der Top Einhundert spielten und mit Tennis nur knapp verdienten.

Valentin tippte weitere Stichworte, während Cobb aus dem Fenster rauchte.

«Hier.» Valentin starrte auf den Bildschirm.

«Was?»

«Moment.» Valentin las sich durch den Artikel. Cobb zündete sich eine neue an.

«Also.» Valentin lehnte sich im Stuhl zurück. «Da gibt's einen Ex-Mafioso aus Amerika. Der hatte früher kräftig mitgemischt. Manipulierte so ziemlich alles, was Geld brachte. Football, Pferderennen, Kricket, Snooker und Tennis. Was jetzt kommt, tönt wie ein Märchen. Er hatte sich während seiner Jahre im Gefängnis verliebt und gebessert. Als er raus war, heiratete er und hörte mit den illegalen Geschäften auf. Wie er es zuvor seiner Frau versprochen hatte. Jetzt verdient er sein Geld damit, dass er herumtingelt und jungen Sportlern erzählt, wie unfair und schlecht es sei, schmutziges Geld anzunehmen.»

«Wie edel.»

«Enorm. Hier beschreibt er das Vorgehen. Die Mafia sucht sich jemanden, der in Schwierigkeiten steckt. Spielschulden etwa. Sie berappt den Betrag, für den der Spieler nicht aufkommen konnte. Als Gegenleistung sorgt der Spieler dafür, dass er verliert, wenn es für die Wetten brauchbar ist.»

«Und einmal drin, kommt er nicht wieder raus aus dem Netz.»

«So ist es. So halten sie die Leute bei der Stange. Die Palette reicht von Drohungen, die Sache auffliegen zu lassen, bis hin zu körperlicher Gewalt.»

«Such weiter.»

Im Badezimmer ging die Klospülung. Jemand wusch sich die Hände. Schlurfende Schritte im Gang. Galati steckte den Kopf ins Wohnzimmer. «Was tut ihr hier?»

«Recherche», antwortete Cobb.

«Wie war's in Blumenfeld?»

«Die Geschichte oder ein Fazit?»

«Das Fazit bitte. Für die Geschichte ist's noch zu früh.»

«Roth war manipulierten Wetten im Tennis auf der Spur. Und die führen zu Hausmann.»

«Nicht schlecht. Sonst noch was?»

«Ja.»

«Was?»

«Ein toter Tätowierter und jede Menge Prellungen.»

«Ein was?» Valentin blickte hoch.

«Ein totes Mitglied der georgischen Mafia.»

«Du hast einen Mafioso um die Ecke gebracht?» Valentin pfiff durch die Zähne.

«Ein Mafioso ist meist Italiener. Mein Toter war Russe. Oder Georgier.»

«Du hast ihn getötet?»

«Nein.»

«Wer dann?» Galati setzte sich an den Tisch und trank Cobbs Kaffee weg.

«Roths Frau hat einen Bruder. Der arbeitete für eine Söldnerfirma wie Blackwater. Er ist sauer, weil jemand seine Schwester umgebracht hat.»

«Ein Ex-Söldner? Wie kommt der nach Blumenfeld?»

«Er ist mir gefolgt.»

«Und hat dich vor dem Russen gerettet.» Galati stand auf und schlurfte zurück ins Schlafzimmer. «Das muss ich erst mal verdauen.»

Cobb rauchte wieder. Valentin schüttelte missbilligend den Kopf und tippte weiter.

«Hier!» Er hielt den Finger auf den Bildschirm. «Ein Artikel im ‹Independent› aus dem Jahr 2009. Demnach spielte 2003 der Russe Kisseljow gegen den Spanier Venti. In Lyon. Venti hatte bisher elf Spiele in Serie verloren. Die Wetten wurden sechs Stunden vor Spielbeginn abgebrochen, weil unsägliche Summen auf ihn gewettet worden waren.»

«Wer hat gewonnen?»

«Die Pfeife.»

«Venti?»

«Ja.»

«Sonst noch was?»

«Im selben Jahr. Der Spanier Fresquet spielte auf Long Island gegen den Finnen Hemmingsen. Auch hier wurden hohe Summen auf Hemmingsen gesetzt.»

«Und?»

«Fresquet gab im zweiten Satz wegen einer Verletzung auf. Noch mehr gefällig?»

«Nur zu.»

«In Bukarest. Zwei Italiener. Camizzi gegen Vanzetti. Camizzi lag im Ranking um einiges höher. Er hätte locker gewinnen können. Es gibt weitere Fälle in den Jahren 2006 und 2007. In Schweden, Moskau und Palermo. Bei allen Spielen blieb es beim Verdacht. Nachgewiesen wurde nie etwas.»

Cobb schnippte seine Zigarette aus dem Fenster. Valentin schüttelte den Kopf. «Du rauchst wirklich zu viel, Cobb.»

«Gut recherchiert, Pickelgesicht.»

«Danke, alter Sack.»

«Gern geschehen. Jetzt fehlt nur, dass wir wissen, wann Geld auf Hausmanns Konto gespült worden war.»

«Gehen wir zu mir.» Valentin klappte den Laptop zusammen.

«Zu dir?»

«Ja. Ich brauche jetzt eine richtige Maschine.»

Sie stapften durch den Schnee, der in den Gassen lag, und nahmen die Stufen der Treppe, die zur Kantonsschule führte. Cobb versuchte, sein Keuchen zu verbergen, und erstickte fast. Auf dem Sportplatz drehte ein einsamer Jogger seine Runden. Sie gingen an einer Reihe niedriger Häuser vorbei. Vor dem letzten hielten sie an. Valentin langte unter einen Blumentopf und zog einen Schlüssel hervor.

In der Küche warf er nacheinander zwei Kapseln in die Kaffeemaschine. Mit den Tassen gingen sie in Valentins Schlafzimmer, in dem ein riesiger Bildschirm den Tisch besetzte, mehrere Festplatten übereinandergestapelt waren und unzählige Kabel irgendwelche Kästen verliessen, um sie mit anderen Kästen zu verbinden. Valentin fegte einige Kleidungsstücke von einem Stuhl und bot ihn Cobb an. Dann setzte er sich an den Computer und tippte Befehle.

36

Ein heller Streifen auf der Täfelung liess auf einen sonnigen Tag schliessen. Annette Imhof sass ihrem Bruder gegenüber. Sein Blick war auf die Buchstaben der Sonntagszeitung geheftet. In regelmässigen Abständen tastete er nach dem Henkel der grossen Tasse mit Milchkaffee, führte sie an den Mund und schlürfte. Ohne die Augen von der Zeitung zu lassen, stellte er sie wieder zurück auf die Untertasse. Dann biss er ein Stück Brot ab. Er hatte es zuvor fein säuberlich mit einer dünnen Schicht Butter beschmiert und Konfitüre darauf verteilt. Er kaute das Brot flüssig und schluckte.

Annette blies über den heissen Kamillentee. Kaffee trank sie nur, wenn Johann ausser Haus war. Heimlich. Er sei nicht gut für ihre Nerven. Essen konnte sie jetzt nichts. Ihr war übel. Trotzdem kaute sie auf einem Stück Brot herum. Sie liess die Zeitung, die ihren Bruder verdeckte, nicht aus den Augen, als sie den Bissen wieder aus dem Mund nahm und ihn unter dem Rand ihres Tellers versteckte. Sie klebte ihn auf die Tabletten, die auch dort lagen. Schon gar nicht konnte sie die Tabletten nehmen. Sie hatte den Beipackzettel gelesen.

Johann faltete die Zeitung zusammen, sah auf die Uhr, stand auf und stellte den Teller auf die Anrichte. Er verliess das Esszimmer. Annette hatte zwanzig Minuten, um sich fertig zu machen. Sie löste das pampige Brot und die Tabletten vom Tellerrand und warf es in den Abfall. Das Geschirr tat sie in die Abwaschmaschine und füllte Waschmittel nach. Sie hörte die Schritte ihres Bruders im oberen Stock, schlich aufs Klo und übergab sich.

Die Kirchturmuhr schlug zehn, als sie beide pünktlich wie jeden Sonntag vor das Haus traten. Beide in graue Mäntel gehüllt. Johann hatte ein Stirnband aus Faserpelz um den Kopf gezogen, um seine Ohren gegen die Kälte zu schützen. Sie sah aus, als hätte sie pelzige Kopfhörer auf. Ihre Hände steckten in

Handschuhen und hielten den Papiersack fest, in dem sie altes Brot mittrug.

Schweigend gingen sie nebeneinanderher. Ihr sonntäglicher Spaziergang führte sie an Schaffhausens Rheinpromenade entlang in Richtung Lindli. Elektrische Rollstühle, in denen Bewohner des «Lindli-Huus» sassen, fuhren ihnen entgegen. Annette grüsste. Johann hob den Blick nicht von seinen Fussspitzen.

Auf der Terrasse des «Güterhofs» lümmelten Menschen bei Kaffee und Croissants. Sie waren in Wolldecken eingewickelt und sassen auf weichen Schaffellen. Die getönten Brillen waren auf die Sonne ausgerichtet. Annette liess die Frage bleiben, ob sie beide sich auch hinsetzen sollten. Sie kannte die Antworten.

Der Kaffee sei hier zu teuer.

Oder.

Sie würde sich noch erkälten.

Oder.

Kaffee sei nichts für ihre Nerven.

So ging sie weiter hinter ihrem Bruder her. Möwen schrien und kämpften um die Sitzplätze auf den verlassenen Waidlingspfosten. Die meisten grossen, langen Holzboote überwinterten irgendwo in Scheunen oder Garagen. Nur vereinzelt lagen sie im Wasser. Teils, weil sie aus Aluminium gefertigt waren, teils, weil der Besitzer es aus irgendwelchen Gründen verpasst hatte, den Waidling im Herbst an Land zu ziehen.

Johann blieb vor so einem Exemplar stehen. Es lag tief und war mit Wasser gefüllt. Die Planken schwammen darauf herum. Johann schüttelte den Kopf. «So einem sollte man die Bewilligung für einen Waidlingspfosten wegnehmen.»

Wie immer waren sie bis zum Restaurant «Rhyhalde» hochspaziert und wieder zurück. Jetzt standen sie beim Bootshaus. Der Papiersack raschelte, als Annette das harte Brot herausnahm und unter ihren Füssen zermalmte. Sie bückte sich und warf Stücke ins Wasser. Enten kamen schnell näher. Einige starteten am anderen Ufer aus dem Wasser und landeten mit einem Rauschen direkt vor der Essensausgabe. Annette warf die grösseren Brotstücke in die Luft, wo sie von den Möwen im Flug aufgefangen wurden. Schwäne kamen näher und zwickten die Enten ins Gefieder, um sich Respekt zu verschaffen. Während Annette einen Beitrag dazu leistete, dass die Wasservögel fett und faul wurden, starrte Johann ins kaltgraue Wasser.

Annette warf einen Brocken Brot weit ins Wasser hinaus. Die Vögel rissen sich darum. «Hast du Gaugler erschossen?»

Johann sah sie an. Er hatte nicht zugehört. Sie bückte sich nach weiteren Brotbrocken. «Gaugler. Hast du ihn erschossen?»

Er starrte sie an. Sein Kiefer kaute Backenzähne. «Ich staune immer wieder, auf was für Ideen du kommst.»

«Und?»

«Was?»

«Ja oder nein.»

Johann starrte wieder ins Wasser. «Zerbrich dir lieber den Kopf darüber, was du heute Abend anziehen wirst.»

«Als Begleitservice zur Eröffnung der Tennishalle? Besorg dir mal eine Frau.»

«Als Schwester des künftigen Stadtpräsidenten. Ich werde schon früher dort sein, um den Ablauf der Reden zu besprechen. Ich habe dir um Punkt Viertel vor fünf ein Taxi vors Haus bestellt. Es lädt dich bei der Tennishalle ab.»

Damit hatte sie gerechnet. Es gab kaum einen offiziellen Anlass, zu dem er nicht schon früher losmusste und er sie mit dem Taxi nachkommen liess. Dieses Mal würde er staunen, wenn sie aus dem Taxi stieg. Heute würde sie nicht als graue Maus erscheinen. Die Garderobe hing im Estrich bereit.

Sie spazierten wieder heimwärts. Die Terrasse vor dem «Güterbahnhof» war inzwischen brechend voll. Kinder auf Likabikes oder Kickboards wurden von ihren Eltern eingefangen, wenn sie dem Wasser zu nahe kamen. Johann beschleunigte seinen Schritt und fühlte sich erst auf dem menschenleeren Weg entlang der Rhybadi wieder wohl. Annette blieb vor dem offenen Eingang stehen und schaute hinein.

Der Steg der Badeanstalt hatte sich in einen Trödelmarkt verwandelt. Sie sah hölzerne Pferde aus Reitschulen, Koffer in allen Grössen und Materialien, Vasen und Schachteln mit

Christbaumkugeln. Sie trat ein. Regale, gefüllt mit Büchern, standen neben Tischen, auf denen Tassen und Gläser zum Verkauf angeboten wurden.

«Annette!»

Der scharfe Ton liess sie herumfahren. Johann stand am Eingang. «Wir brauchen nichts.»

«Nur ein bisschen herumschauen.»

«Keine Zeit.»

«Es ist erst zwölf.»

«Trotzdem. Du musst dich ausruhen. Damit dir das alles nicht zu viel wird.»

Als sie den Trödelmarkt verliess, war Johann schon weit vorausgeeilt. Sie folgte ihm und hielt Abstand. Als sie sich sicher war, dass er nicht zurückschauen würde, lehnte sie sich übers Geländer und fütterte auch noch die Fische.

37

Bärtschi zog sich die Jacke an und wollte zur Arbeit. Er konnte nicht. Seine Frau Susan stand im Weg. Mit verschränkten Armen lehnte sie an der Tür und sah ihn an.

«Was ist eigentlich los?», fragte sie.

«Was soll los sein?»

«Du bist in letzter Zeit ziemlich verschlossen.»

«Bin ich das?»

«Ja.»

«Wie kommst du darauf?»

«Hör auf, immer zurückzufragen.»

«Ich weiss nicht, worauf du hinauswillst.»

«Straumann hat angerufen.»

«Und?»

«Er macht sich Sorgen.»

«Dann soll er mir das sagen.»

«Er meinte, er hätte es versucht.»

Da hatte sie recht. Gestern hatte er sich mit einem Kaffee zu Bärtschi gesetzt. Er wollte wissen, wie die Ermittlungen liefen. Bärtschi hatte ausweichend geantwortet. Er hatte ihm nichts von Gauglers und Imhofs Tennisspielen erzählt, nichts davon, dass Gaugler Bruchbuden an Sozialhilfeempfänger vermietete, nichts vom iPhone, auf welchem keine Daten zu finden waren. Auch über den Leichenfund im Naturschutzgebiet hatte er geschwiegen. Straumann hatte hörbar ausgeatmet und war wieder aufgestanden.

«Ja, er hat es versucht.»

«Und?»

«Wir haben einen Maulwurf.»

«Das tönt jetzt wie im ‹Tatort›. Gibt's dafür Beweise?»

«Hinweise. Aber noch keine Beweise.»

«Straumann meint, du seist überarbeitet.»

«Meint er also.»

«Ja. Er denkt, du leidest an Verfolgungswahn.»

«Ich?»

«Ja. Ich beobachte zu Hause dasselbe. Bevor wir ernsthafte Dinge besprechen, machst du die Musik lauter. Oder wir gehen spazieren.»

«Und?»

«Nicht einmal mir vertraust du Dinge an, die dich wirklich beschäftigen.»

Bärtschi sah seine Frau an. Er zögerte kurz.

«Würdest du mich bitte ein Stück begleiten?», sagte er schliesslich.

Sie spazierten die Strasse hoch und wieder runter. Bärtschi erzählte ihr von den Ermittlungen im Mordfall Roth. Von den Zusammenhängen mit Gauglers Ermordung, von der Leiche im schwarzen Plastik. Von der Tätowierung und vom iPhone. Als er alles losgeworden war, hängte Susan sich bei ihm ein. Schweigend gingen sie zurück zum Haus.

Vor dem Eingang blieb Susan stehen. «Straumann könnte dir bei der Arbeit helfen.»

«Nein. Ich will unsere Freundschaft nicht gefährden.»

«Das verstehe ich nicht.»

«Nehmen wir an, ich weihe ihn in den Stand der Ermittlungen ein. Nehmen wir weiter an, es fällt etwas vor, was darauf schliessen lässt, dass etwas durchgesickert ist. Es wäre schwierig für mich, ihn nicht in den Kreis der Verdächtigen aufzunehmen.»

«Du meinst, du hältst ihn draussen, um eure Freundschaft zu schützen?»

«Ja.»

«Das ist absurd.»

«Vielleicht ist es das. Ja.»

«Du musst wissen, was du machst.» Sie küsste ihn und ging ins Haus.

Bärtschi kratzte Eis von den Scheiben des Autos. Er fror an den Händen. Das Eis hielt sich hartnäckig. Er setzte sich hinein und drehte den Zündschlüssel. Der Motor sprang an. Leerlauf.

Bärtschi schaltete die Heizung ein. Während die Scheiben wärmer wurden und das Eis langsam zerfloss, ging er zum Haus, um Handschuhe anzuziehen.

Ob er zuerst die Detonation hörte oder die Druckwelle spürte, darüber konnte er später nicht mit Sicherheit Auskunft geben. Er erinnerte sich aber, dass er eben die Türfalle nach unten gedrückt hatte. Er wurde in den Gang geschleudert. Susan und seine Tochter Leila liefen an ihm vorbei zur offenen Haustür. Sie blieben stehen und schrien vor Entsetzen. Vor ihnen das brennende Auto. Wie in einer bescheuerten Komödie stand er auf und machte sich bemerkbar.

«Hier bin ich.»

Sie hörten ihn nicht.

«Hier bin ich, verdammt noch mal!» Das war laut genug.

Mutter und Tochter drehten sich um, stürmten auf ihn zu und packten ihn so fest, dass er keine Luft mehr bekam. Seine Arme hingen herab. Er rührte sich nicht, bis das Adrenalin in den beiden Körpern eine Spur nachgelassen hatte. Dann löste er sich aus der Umklammerung.

«Ist ja nichts passiert», hörte er sich sagen, undeutlich, weil sein Mund zitterte. Rotz und Tränen liefen ihnen übers Gesicht. Jetzt packte er zu und drückte die beiden Frauen an sich. Der Atem ging durch wie ein galoppierendes Brauereipferd. Als aus der Stadt die Sirenen der Feuerwehr herüberklangen, liess der Druck der Arme nach, und Bärtschi begann sich zu beruhigen.

«Tut mir leid», flüsterte er.

«Scheisse, Peter.»

«Ja.»

«Papa, wer war das?», fragte Leila.

«Ich weiss es nicht mit Sicherheit.»

Innerhalb einer Viertelstunde stand der ganze Zirkus vor der Haustür. Inklusive neugieriger Nachbarn. Zwei Beamte in Uniform sicherten das Gelände mit Absperrband, während die Feuerwehr die letzten Flammen erstickte. Menk telefonierte mit der Spurensicherung. Straumann hörte sich die Aussagen der Gaffer an und schrieb hin und wieder ein paar Worte in sein Notizbuch. Dann kam er zu Bärtschi, der vor seinem ausgebrannten Wagen stand, Hände in der Jackentasche.

«Ich vermute, da ist aus Versehen was zu früh hochgegangen, Bärtschi.»

«Das ist relativ, Straumann. Ich würde sagen, ich habe mich zu spät ins Auto gesetzt.»

«Kann ich das weniger kryptisch haben?»

«Ich liess den Motor laufen, damit das Eis auf den Scheiben schmilzt. In der Zeit ging ich ins Haus, um Handschuhe zu holen.»

Straumann schrieb Notizen. Bärtschi sah ihn an und fand, dass sein Gesicht nun wirklich grauer war als sein Mantel. «Eine Vorstellung, wer das gewesen sein könnte, Straumann?»

«Das wollte ich eben dich fragen, Bärtschi.»

«Ich war zuerst.»

«Nein, keine Idee. Du?»

«Auch nicht.»

«Schade.» Straumann klappte das Notizbuch zu. «Hör gut zu, Bärtschi. Da läuft was, ich weiss das, du weisst das. Für einmal hast du Glück gehabt.» Er nickte zum Wrack hinüber. «Helden gibt's nur im Film, Bärtschi. Im wirklichen Leben ist man aufeinander angewiesen.»

«Das wirkliche Leben ist komplizierter als ein Film, Straumann. Im wirklichen Leben stirbt man ganz real. Man muss nur die richtigen Fehler machen.»

«Was ist eigentlich mit dir los, Bärtschi?»

«Nichts, Straumann. Nichts, was dich etwas angeht.»

«Für den Moment bist du ein Arschloch, Bärtschi.» Straumann liess Bärtschi stehen und kümmerte sich wieder um die Aussagen der Gaffer.

Die Dämmerung stahl dem Tag das letzte Licht. Bärtschi stand mit Susan und Leila am Bahnhof. Die beiden Frauen hatten grosse Taschen gepackt. Leila trug ein Snowboard unter dem Arm. Ein Helm baumelte vom Rucksack.

Der Zug würde bald abfahren. Bärtschi half seiner Frau, die

Ski im Abteil zu verstauen. Und er schob ihre Reisetasche unter den Sitz.

«Du bist sicher, dass du bleibst?», fragte Susan.

«Fang nicht wieder damit an.»

«Papa, wäre es nicht besser, du würdest mitkommen?» Leila hatte Tränen in den Augen.

«Es wird schon gut gehen. In ein oder zwei Tagen ist die Sache ausgestanden.»

«Und wenn nicht?»

Bärtschi wusste keine Antwort und umarmte seine Tochter. Sie wandte sich ab, setzte sich und sah aus dem Fenster.

«Du hast die Reservation fürs Hotel dabei?», fragte er Susan.

«Ja.»

38

Max Gloor war mit seiner Wandergruppe über den Randen gewandert. Sie waren auf den Siblinger Randenturm gestiegen und hatten die Aussicht genossen und im Bergrestaurant paniertes Schnitzel mit Pommes gegessen. Der Tag war in die Knochen gegangen. Auf dem Heimweg hatte Gloors Magen wieder zu knurren begonnen. Als er sich von seinen Freunden verabschiedet hatte, war der Entschluss gefasst. Zum Abendessen gab es Pizza aus der Tiefkühltruhe.

Nach Feuerthalen setzte er den Blinker und fuhr eine enge Strasse zum Rhein hinunter. Die Parkplätze vor dem Campingplatz waren leer. Dichter Nebel war aufgezogen. Dämmerte es oben auf der Strasse noch, war es hier zwischen den Bäumen beinahe finstere Nacht. Gloor fuhr über den jungfräulichen Schnee und hielt vor dem Eingang an.

Der Schlüssel blitzte auf, als die Lampe dank Bewegungsmelder automatisch anging. Er öffnete den Kiosk. Noch ehe er im Innern das Licht anmachte, wusste er, dass etwas nicht stimmen konnte. Die Tür war bereits offen. Und es war zu warm. Während der Winterpause heizte er nur so viel, dass die Wasserleitungen nicht einfroren. Er wurde wütend auf seinen Sohn, der hier jedes Mal, wenn er Zigaretten holte, das Licht brennen liess. Aber das Licht brannte nicht. Es war dunkel. Gloor kippte den Schalter.

Was er sah, brachte ihn zum Kochen. Auf dem Tisch lagen Jasskarten, angebrochene Chipstüten, Eisteeflaschen und die Folie einer Zigarettenpackung. Bisher war er ohne Alarmanlage ausgekommen. In diesem Moment hätte er am liebsten eine Selbstschussanlage eingebaut. Statt dem Tiefkühler eine Pizza zu entnehmen, griff er nach einer Packung «Villiger Kiel» und trat vor die Tür. Er zündete sich eine Zigarre an und blies den Rauch aus. Er blickte dem Streichholz nach, das er weggeschnippt hatte, und bückte sich. Im Schnee sah er Schuhabdrücke. Gloor nahm eine Taschenlampe aus der Schublade und folgte den Spuren.

Mitten auf dem Gelände blieb er stehen. Die Spuren im Schnee führten zu einem Wohnwagen, der hier überwinterte. Vor dem Wohnwagen war der Schnee festgetrampelt. Er entdeckte eine verpieselte Stelle. Es schien Gloor, dass im Innern ein schwaches Licht flackerte. Er ging ein paar Schritte darauf zu und stand wieder still. Falls es zu einer Auseinandersetzung kommen würde, hätte er das Nachsehen. Die Spuren im Schnee liessen auf drei oder vier Personen schliessen.

Gloor tippte auf Jugendliche, die sich auf seinem Campingplatz einen lustigen Abend machten. Es waren immer Jugendliche, die ihm das Leben erschwerten. Im Sommer gab es kaum eine Nacht, in der er nicht ausrücken musste, weil die Musik zu laut war. Morgens musste er sie wegen der herumliegenden Bierdosen ermahnen. Oft verschwanden sie vom Campingplatz, ohne zu bezahlen, und liessen ihre billigen Zelte einfach stehen. Er hatte begonnen, bei Jugendlichen die Miete im Voraus einzukassieren. Das hatte den Nachteil, dass es schwierig war, sie vor Ablauf der Frist vom Platz zu weisen. Und jetzt fingen diese unfertigen Erwachsenen auch noch an, ihn und seinen Campingplatz im Winter zu belästigen. Sie besoffen sich im Wohnwagen, rauchten irgendwelches Zeugs und pissten in den Schnee. Für Schäden im und am Wohnwagen würde man ihn belangen. Sie waren in den Kiosk eingebrochen, hatten Zigaretten und Snacks geklaut. Das Schloss war ruiniert.

Er entfernte sich rückwärts. Als er sicher war, nicht entdeckt zu werden, drehte er sich um und stapfte durch den Schnee zurück zum Kiosk. Er hatte die Notfallnummer der Polizei eingetippt und liess das Mobiltelefon sinken.

«Immer schön langsam.»

Die Kasse war ein alter Kasten und klemmte öfters mal, anstatt aufzuspringen. Die drei Kühlschränke brachten ihn um den Verstand. Sie ratterten altersschwach in unterschiedlichen Rhythmen. Es war, als ob er drei Musikstücken gleichzeitig zuhören musste. Den ganzen Sommer lang.

Das Wasser tropfte aus den Hähnen, und der Abfluss war meist verstopft.

Das Holz der Fensterrahmen war an einigen Stellen morsch. Die Scheiben schepperten, wenn er die Fenster öffnete oder wenn der Wind blies. Den Riss in einem der Fenster hatte er mit Klebeband repariert. Das Telefon war aus einer anderen Zeit.

Max Gloor löschte die Zahlenfolge vom Display und steckte das Telefon ein. Er wühlte in den Schubladen, bis er ein Stück Armierungseisen fand, das er als Brecheisen benutzen konnte. Er setzte es an der Kasse an und brach sie auf. Das sah wenig spektakulär aus. Er schlug auf sie ein, bis sie verbeult und unbrauchbar auf dem Tresen stand.

Er nahm sich die Kühlschränke vor. Zwei riss er zu Boden. Er zerschmetterte die Kühlaggregate. Den dritten liess er stehen. Er riss so lange an der Tür, bis sie sich löste. Er warf sie in eine Ecke und trat mit den Füssen nach ihr.

Er hob das Telefon hoch und schlug es über die Kante der Ablage. Die Wählscheibe flog wie ein irregeleiteter Frisbee gegen den Bildschirm. Gloor warf das Telefon hinterher. Fernseher und Fernsprechgerät gingen zu Bruch. Ebenso die Scheiben. Gloor wickelte die Hände in Tücher und packte einen Fensterrahmen. Das Holz war brüchig und gab ohne Weiteres nach. Etwas ausser Atem stand er inmitten des zerstörten Kiosks und war zufrieden. Wenn die Versicherung nichts bezahlte, konnte er diese Jugendlichen belangen. Erneut wählte er die Rufnummer und wartete.

Und wartete.

«Kantonspolizei Zürich, Höhri.»

«Guten Abend. Ich möchte eine Anzeige aufgeben.»

«Von wo rufen Sie an?»

«Aus Langwiesen.»

«Langwiesen?»

«Ja, Langwiesen.»

«Einen Moment, bitte.»

Es knarzte in der Leitung. Jetzt wartete Gloor mit etwas, das wie «Oh Happy Day» klang, nur zäher.

Ein Knacken.

Gloor wollte eben etwas sagen. Aber «Oh Happy Day» ging weiter.

«Sind Sie noch dran?», fragte Höhri.

«Ja.»

«Für Langwiesen ist die Polizeistelle in Feuerthalen zuständig.»

«Ich weiss, ich …»

«Nur einen Augenblick, bitte.»

Und wieder gab's ein «Oh Happy Day».

«Sind Sie noch dran?»

«Ja.»

«Wie war doch gleich der Name?»

«Max Gloor vom Campingplatz in Langwiesen.»

«Einen kurzen Moment.»

Gloor hatte damit begonnen, im zerstörten Kiosk auf und ab zu gehen.

«Herr Gloor?»

«Ja?»

«Tut mir leid, auf dem Polizeiposten in Feuerthalen erreiche ich niemanden.»

«Ja …»

«Nur noch einen Moment, Herr Gloor.»

Max Gloor trat gegen einen Kühlschrank.

«Herr Gloor?»

«Au!»

«Wie?»

«Ja, hier Gloor.»

«Ich muss Sie mit der Dienstelle in Schaffhausen verbinden.»

«Es ist mir scheissegal, mit wem Sie mich verbinden! Nehmen Sie endlich Ihren Finger aus dem Arsch und tun Sie was!»

«Nur einen Augenblick, bitte.»

39

Die schweren Maschinen waren abgezogen worden. Cobb wartete auf den Parkschein. Die Schranke öffnete sich. Er fuhr zwischen Autoreihen, fand einen freien Platz und liess den Wagen stehen. Der Schnee klebte, vom Gewicht der Autos platt gewalzt, auf dem Asphalt. Cobb rutschte mehr als er ging zum Eingang der Tennishalle.

Er blieb stehen, um zu rauchen. Die Scheiben waren von den Ausdünstungen der Festgemeinde beschlagen. Die Menschen dahinter verklumpten zu einem einzelnen grauen Schatten.

Verachtung. Es gab Momente, in denen er seine Mitmenschen verachtete. Das hier war so einer. Schaffhausen war stolz auf die neue Tennishalle. Man sah in Hausmann den Begründer einer neuen Ära, einen Mann, der die grosse Welt in die kleine Stadt bringen würde. Die Wirtschaftsförderung rieb sich die Hände und hoffte auf einen weiteren Standortvorteil. Der Tourismusverein druckte bereits neue Prospekte. Der Stadtpräsident in spe hatte in einer Kolumne Schaffhausen in die Nähe zu Wimbledon gerückt.

Cobbs Verachtung war eine ungerechte Angelegenheit. Die Besucher waren neugierig und wollten etwas Spass haben. Vielleicht war drinnen der angekündigte Showmatch zwischen Imhof und dem Präsidenten des Fussballclubs im Gange. Oder man erschlich sich ein weiteres Glas Gratissekt. Wer könnte ihnen böse sein?

Sie wussten nicht, dass Hausmann mit abgesprochenen Tennisspielen viel Geld verdiente. Dass dieses Geld über das Konto seiner Frau lief und irgendwo in russischen Geldinstituten versickerte. Niemand schien sich dafür zu interessieren, dass Irinas Vater Lavrenti Imedashvili hiess. Mehrfacher Milliardär. In den neunziger Jahren war er durch einen Coup an ein beträchtliches Anteilspaket einer russischen Gasfirma gekommen. Heute war er deren Hauptaktionär. Durch fingierte Aktienverkäufe und Rückkäufe hatte er Milliarden eingestrichen.

Der Schweizer Mittelsmann, der dafür sorgte, dass das Geld in der Schweiz gewaschen wurde, war Marius Hausmann. Wirtschaftsanwalt und Tennisfan. Hausmann hatte für Imedashvili dank unzähliger Transaktionen Kapital in Millionenhöhe durch diverse Bankkonten geschleust. Mittels weiterer Umwege über Offshore-Gesellschaften konnte die Herkunft des Geldes kaum mehr zurückverfolgt werden. Zuvor galt Hausmann als drittklassiger Geschäftsmann, der sich dadurch auszeichnete, Firmen in den Ruin zu reiten. Eine Flasche.

Cobb klopfte den Schnee von den Schuhen und trat ein. Fünf Männer an Stehtischen wandten kurz ihre Köpfe und führten dann ihre Gespräche fort. Eine Frau auf der Jagd nach ihrem Kleinkind rannte Cobb beinahe um. Sie entschuldigte sich und zerrte den Kleinen von einer Schale weg, die mit Chips gefüllt war. Cobb ging um Trauben von schnatternden und nippenden Frauen und Männern in Ausgehkleidung herum. An der Bar pfefferte die Frau mit dem blonden Pferdeschwanz Getränke auf den Tresen. Vier Klone halfen ihr dabei.

Ein sichtlich gut gelaunter Deupelbeiss trat Cobb in den Weg. Der Chefredaktor grinste ihn breit an. Cobb schlug der Atem von nicht verdautem Käsekuchen entgegen.

«Tolle Ansprache», sagte Deupelbeiss.

«Welche?»

«Na, beide.»

«Hausmann?»

«Ja, und Imhof. Schreiben Sie das in dem Artikel. Besonders den Teil mit dem Geschenk.»

«Ja, ja.»

«Ein Geschenk an unsere Stadt. So hat er das gesagt. Ich würde meinen, das gehört in den Titel. Unbedingt in den Titel.»

«Ja, Herr Deupelbeiss. So wird es sein. Sie entschuldigen mich.»

«Ja, ja, immer fleissig, der Herr Cobb!» Er lachte und widmete sich wieder seiner Gesprächspartnerin. An einem anderen Tisch stand Elvira, die Personalchefin. Sie folgte einem Gespräch und schaute so intelligent, wie sie nie werden würde.

Cobb drückte sich weiter durch die fleischgewordene Spassigkeit. Er war froh, als er in einen Gang einbog, der leer war. Er folgte der roten Linie und blieb stehen. Vor dem Eingang zur Toilette stolperte Hausmann rückwärts gegen eine Wand. Er erkannte die Frau mit dem rosa Haargummi wieder. Jetzt war alles farbig an ihr. Die Beine glänzten in Pink und endeten in roten Pumps mit Absätzen, die dünn genug waren, um ein Herz zu durchbohren. Momentan umschlang das rechte Bein Hausmanns Hintern und drückte ihn an sich. Hausmann stolperte weiter, bis sein Kopf gegen die Wand knallte. Sie hatte ihn festgenagelt. Annette Imhof führte ihre Lippen an sein Ohr und flüsterte ein paar Worte. Hausmanns Gesichtsfarbe konkurrierte augenblicklich mit dem Weiss der Wand. Dann heftete sich sein Blick an Cobb. Annette Imhof sah Cobb an, lächelte, nötigte Hausmann einen Kuss ab und stakste den Gang hinunter.

Hausmann zog sein Jackett zurecht und setzte ein weisses Lächeln auf. Mit dem Lippenstift am Mund sah er aus wie ein Clown, dem soeben der nächste Gag entfallen war. Er versuchte, an Cobb vorbeizukommen. Der stellte sich ihm in den Weg.

«Ich muss schon bitten.» Hausmann schnaubte.

«Sie kennen mich noch?»

«Sie sind doch der Journalist vom ‹Tagblatt›, nicht wahr?»

«Ja. Cobb.»

«Ach ja, richtig. Cobb. Und?»

«Und was?»

«Wie ist Ihr Eindruck?»

«Wie sollte er sein?»

«Haben Sie Imhofs Rede gehört? Sie müssen das unbedingt zitieren.»

«Was denn?»

«Die Sache mit dem Geschenk.»

«Sonst nichts?»

«Nein, wo denken Sie hin? Mich brauchen Sie nicht zu zitieren. Bescheidenheit ist eine Zierde, Herr Cobb.»

«So etwas findet man selten, Herr Hausmann.»

«Ja, nicht wahr?»

«Es kommt auch selten vor, dass sich einer mit ehrlicher Arbeit etwas wie das hier leisten kann.» Cobbs Arm präsentierte ausladend das Gebäude.

«Wie meinen Sie das, Herr Cobb?» Die verschmierten Lippen wurden schmal.

«Man kann es auf verschiedene Arten auslegen, Herr Hausmann.»

«Ich habe keine Zeit für dieses Gespräch, Cobb.»

Jetzt war es an Cobb, Hausmann zurückzudrängen. Er packte ihn am Kragen und zielte auf die Toilettentür. Hausmann prallte dagegen, Cobb öffnete sie und schob weiter, bis Hausmann auf der Schüssel sass. Cobb blieb an der offenen Tür zur Kabine stehen. Er entschied sich dafür, zu bluffen.

«Kisseljow gegen Venti. In Lyon. Fresquet gegen Hemmingsen. Auf Long Island. Camizzi gegen Vanzetti. Tennis. Manipulierte Wetten.»

«Damit habe ich nichts zu tun.» Hausmann hielt sich am Türrahmen fest, um aufzustehen. «Sie können nichts beweisen. Niemand kann das.»

Cobb liess die Tür zuknallen. Hausmann schrie auf und hielt sich die Finger.

«War das der Grund, weshalb Roth sterben musste?»

«Wovon reden Sie?»

«Schwer von Begriff, Hausmann? Manipulierte Wetten. Tennis. ATP World Tour.»

Hausmann lehnte sich zurück. «Sie haben keinerlei Beweise, nicht wahr? Nicht einen klitzekleinen Beweis.»

«Und Mord, Hausmann.»

«Nicht den kleinsten Beweis, Arschloch.»

Den Bruchteil einer Sekunde später hatte Cobb Lippenstift an den Händen, und Hausmann blutete aus der Nase.

Die Tür ging auf. Eine Frauenstimme zischte Befehle. Cobb sah einen drahtigen Kerl auf sich zukommen. Ehe er reagieren konnte, hatte er den Lauf einer Pistole an der Stirn.

«Marius, steh auf», befahl Irina Hausmann.

Hausmann rollte etwas Klopapier ab und hielt es sich vor den

Mund. Er drückte sich an Cobb vorbei und ging zum Ausgang. Irina hielt ihm die Tür auf. Sie richtete ein paar Worte an den drahtigen Kerl. Der nickte, ohne Cobb aus den Augen zu lassen. Cobb hörte, wie die Tür langsam zuging.

«Ist das dieselbe, mit der du Roth erledigt hast?», fragte Cobb.

«Da rein.» Der Kerl deutete mit dem Kinn zur Kabine.

Cobb bewegte sich langsam darauf zu.

Stimmen kamen näher. Die Tür schwang auf, und drei Männer traten ein. Die Pistole verschwand im Jackett von Irinas Handlanger.

Cobb nestelte an seinem Hosenladen und stellte sich neben einen der Männer.

«Herr Biederkopf. Sie hätte ich eigentlich in einem Kilt hier erwartet.»

Biederkopf sah ihn an. «Wenn das nicht der rasende Reporter ist! Schön, Sie zu sehen.»

«Ebenso.»

«Was werden Sie schreiben?» Biederkopf schüttelte aus. «Doch nicht etwa den Bockmist mit dem Geschenk an die Stadt?»

«Vielleicht hätten Sie ja eine bessere Idee.» Cobb schloss den Hosenladen.

«Lassen Sie uns das bei einem Glas Bier besprechen.» Nebeneinanderstehend wuschen sie sich die Hände.

«Nach Ihnen», sagte Cobb und liess Biederkopf den Vortritt.

«Ganz im Gegenteil. Nach Ihnen!»

«Wenn Sie darauf bestehen», sagte Cobb, zwinkerte dem Drahtigen zu und verschwand.

40

Bärtschi traute momentan nur Menschen, die er unter Druck setzen konnte. Bruno Koch war so einer. Als Trainer im Juniorenfussball hielt er sich hin und wieder zu lange in der Garderobe auf, wenn die Jungs duschten.

Bärtschi hatte einen Tipp erhalten und Koch in die Mangel genommen. Die Ermittlungen ergaben, dass nichts Handgreifliches vorgefallen war. Koch hatte sich hart an der Grenze zu strafbaren Handlungen bewegt, diese aber nie überschritten. Bärtschi hatte ihm nahegelegt, das Amt als Trainer niederzulegen, ansonsten er an die Öffentlichkeit gehe. Das hatte gewirkt, umso mehr, als Koch als leitender Beamter in der Stadtverwaltung arbeitete.

Koch wartete unruhig vor dem Bahnhof. Bärtschi ging zu ihm hin, und sie schüttelten Hände.

«Gehen wir spazieren, Koch.»

«Ich habe nicht lange Zeit, Herr Bärtschi.»

«Es wird nicht lange dauern.»

Sie gingen hoch zum Park und drehten dort Runden.

«Schiessen Sie los, Koch.»

«Nun ja, es ist alles etwas vage.»

«Ich brauche keine Beweise, Koch. Ich brauche eine Idee, wie das Bild aussehen könnte.»

«Johann Imhof hatte Gaugler versprochen, die Dinge so zu richten, dass er den ‹Kastanienhof› kaufen könnte.»

«Das Restaurant, welches die Besitzerin der Stadt schenkte, bevor sie gestorben war.»

«Genau das. Sie wissen vielleicht, dass Gaugler und Imhof regelmässig Tennis spielten.»

«Das ist mir bekannt, Koch.»

«Wissen Sie auch, dass Gaugler Imhofs Schwester untersucht hat?»

«Weshalb?»

«Sie hatte vor vier Jahren ein Schleudertrauma erlitten. Gaugler besorgte ihr eine Invalidenrente.»

«Was ist daran besonders?»

«Heutzutage kriegt niemand mit einem Schleudertrauma eine Rente. Dafür sorgen die Abklärungsstellen der Invalidenversicherung. Imhof hat die Sache so weit vorangetrieben, dass er nun auch ihr Geld verwaltet.»

«Die Rente?»

«Die Rente und das Erbe.»

«Ich verstehe.»

«Imhof behütet sie. Sie tut keinen Schritt mehr ohne seine Einwilligung. Sie hat keine Aufgabe im Leben und wird langsam debil. Wie diese Raubkatzen im Zoo, die den Gitterstäben entlang auf und ab gehen. Tagelang, wochenlang, ein Leben lang.»

«Jetzt fangen Sie hoffentlich nicht auch noch an, Rilke zu zitieren.»

«Wen?»

«Weiter.»

«Vergangenen Sommer nahm Marius Hausmann mit Imhof Kontakt auf.»

«Ich dachte, die Verträge zum Bau der Tennishalle wurden früher abgeschlossen.»

«Darum ging es nicht. Auch Hausmann zeigte plötzlich Interesse für das Restaurant.»

«Wo ist das Problem?»

«Imhof wirkte eingeschüchtert. Ich habe den Eindruck, dass er Angst hat.»

Bärtschi dachte an den Tätowierten im Abfallsack, der aus dem Haus Gauglers abtransportiert worden war. «Danke, Koch.»

«War das schon alles?»

«Ist noch was?»

«Nein, nichts.»

«Dann war das alles.» Kochs Miene hellte sich auf.

Koch beeilte sich, zurück zum Bahnhof zu kommen. Bärtschi nahm den Weg durch die Stadt.

Das Bild wurde konkreter. Gaugler wollte das Restaurant kaufen. Die Immobilie wäre eine gute Kapitalanlage gewesen. Der Mafia käme der «Kastanienhof» gelegen, um Geld zu waschen. Eine billige Pizzeria wäre nicht weiter aufgefallen. Samt Takeaway. Imhof sass zwischen beiden Interessen in der Zwickmühle. Er konnte nur Fehler begehen. Kriegte die Mafia das Restaurant, wäre der Deal mit seiner Schwester aufgeflogen. Hätte er es Gaugler zugesprochen, hätte er die Mafia gegen sich.

In seinem Büro hängte er die Jacke an den Kleiderständer. Er begab sich in den Gemeinschaftsraum mit Küche, um sich einen Kaffee zu machen. Die Maschine war ausgeschaltet. Er drückte den Knopf. Statt zu warten, ging er ins Büro und warf den Computer an. Er löschte den grössten Teil der Mails und war wieder aufgestanden, als das Telefon klingelte. Er ging ran.

«Hier spricht Ariana Beslic.»

«Guten Abend, Frau Beslic.»

«Spricht dort die Polizei?»

«Ja, Peter Bärtschi am Apparat.»

«Haben Sie Herrn Heiner gefunden?»

«Wie bitte?»

«Herr Heiner. Haben Sie ihn gefunden?»

«Suchen wir ihn denn?»

«Aber ja doch. Vorgestern war ein Polizist hier bei uns im Wohnblock. Er fragte nach Herrn Heiner. Ich konnte ihm auch nicht sagen, wo er war.»

Bärtschi richtete sich auf. «Wie hiess der Polizist?»

«Er hat mir seinen Namen nicht gesagt.»

«Können Sie sich erinnern, wie er ausgesehen hat?»

«Nun ja, kurze Haare. Er trug eine Sonnenbrille.»

«Sonnenbrille.»

«Ja, Sonnenbrille.»

«Vor zwei Tagen schien die Sonne nicht.»

«Das weiss ich. Trotzdem trug er eine Sonnenbrille. Ich mache mir Sorgen um Herrn Heiner. Und im Gartenhaus ist er auch nicht mehr.»

«Frau Beslic, bitte immer schön der Reihe nach.»

«Aber ja doch.»

«Wann haben Sie Herrn Heiner zuletzt gesehen?»

«Vor drei Tagen. Ich brachte ihm eine Baklava. Es war noch etwas übrig. Der Mann lebt ja alleine. Ich dachte, er freut sich bestimmt darüber.»

«Ja.»

«Und beim Abwasch schaue ich aus dem Fenster. Da sehe ich ihn mit diesem Mann zum Bus gehen.»

«Was für ein Mann?»

«Eher klein. Er ging voraus und schien es eilig zu haben.»

«Herr Heiner hatte es nicht eilig?»

«Nein, dafür ist er zu alt.»

«Und dann?»

«Dann kam, wie gesagt, der Polizist.»

«Wie alt war er?»

«Schwer zu sagen. Zwischen dreissig und vierzig. Eher vierzig. Und dann war da noch die Sache mit dem Gartenhaus.»

«Welche Sache, Frau Beslic?»

«Gestern fuhr ich in den Schrebergarten, um Marmelade zu holen. Ich mache die immer selber ein. Anschliessend bringe ich sie jeweils ins Gartenhaus. Damit mir die Kinder nicht alles wegnaschen. Es stand offen. Der Schnee davor war niedergetrampelt. Auf dem Boden lagen Zigarettenstummel. Herr Heiner raucht solche Zigaretten.»

«Das Gartenhaus stand offen?»

«Ja. Vier Büchsen Bohnen waren aufgegessen. Auf dem Tisch lag da noch etwas wie ein dicker Kugelschreiber. Aber es ist eine Spritze, vermute ich.»

«Beschreiben Sie den Gegenstand genauer, Frau Beslic.»

«Hinten sehe ich eine Zahl, die man auch verstellen kann. Und da steht was drauf.»

«Was steht drauf?»

«Moment, Herr Bärtschi. ‹Flexpen› steht drauf.»

Bärtschi tippte den Begriff in die Suchmaschine. «Ist Ihnen bekannt, dass Herr Heiner Diabetiker ist?»

«Wie?»

«Zuckerkrank, Blutzucker. Haben Sie gewusst, dass er zuckerkrank ist?»

«Deshalb also.»

«Deshalb was?»

Am anderen Ende der Leitung war es kurz ruhig.

«Das verrate ich Ihnen jetzt nur ungern.» Frau Beslics Stimme tastete sich heran. «Wissen Sie, ich fing an, mir Sorgen zu machen.»

«Ja?»

«Und da habe ich geklingelt. Und niemand hat aufgemacht. Ich drückte die Türfalle. Die Tür war offen. Also ging ich hinein. Ich rief nach Herrn Heiner, erhielt aber keine Antwort. Und da sah ich die Baklava.»

«Ja?»

«Er hat sie nicht aufgegessen. Sie stand genau so da, wie ich sie ihm überreicht hatte.»

«Ja, Diabetes. Das wird der Grund dafür sein.»

«Was tu ich jetzt mit dem dicken Kugelschreiber?»

«Behalten Sie ihn. Ich werde persönlich vorbeikommen, um ihn abzuholen.»

«Wann?»

«Vielleicht schaffe ich es morgen früh. Vielen Dank für Ihren Anruf, Frau Beslic.»

«Ich hoffe, Sie finden ihn. Ich mache mir Sorgen.»

«Wir tun unser Bestes, Frau Beslic.»

«Nun denn. Auf Wiederhören, Herr Bärtschi.»

«Noch etwas, Frau Beslic. Wie heisst Herr Heiner mit Vornamen?»

«Die Türklingel ist mit Jakob angeschrieben. Aber man nennt ihn, glaub ich, Jack.»

«Vielen Dank, Frau Beslic.»

«Nichts zu danken, Herr Bärtschi.»

Bärtschi langte in die Schublade und zog einen Schokoriegel hervor.

«Jack Heiner also.»

Er löste die Folie und schob die Schokolade in den Mund, der augenblicklich verklebte. Er hob den Hörer vom Telefon und klaubte einen Zettel aus der Hosentasche, überlegte es sich wieder anders und zog die Jacke an.

41

Um nicht zu erfrieren, war Reto erst die halbe Nacht vor dem Haus auf und ab gegangen. Als drinnen die Lichter gelöscht worden waren, hatte er sich in eine muffige Daunenjacke gewickelt, die er im Kofferraum gefunden hatte, und hatte sich ins Auto gesetzt. Er war hochgeschreckt, als es heller geworden war. Verschlafen und mit steifen Gliedern war er aus dem Wagen geklettert und hatte zum Haus hinübergesehen. Der weisse Volvo war noch da. Reto war nach Thayngen gefahren, um einen Kaffee zu trinken. Als er sich halbwegs lebendig gefühlt hatte, war er in sein Versteck neben dem Bach zurückgekehrt.

Jetzt sass er wieder auf dem Baum vor dem Haus. Er hatte kein Gefühl mehr in den Händen, obwohl er sie in den Ärmeln seiner Jacke warm zu halten versuchte. Der Drahtige war vor ein paar Stunden ins Auto gestiegen und losgefahren. Reto hatte sich dazu entschieden, zu warten, um zu sehen, was die anderen beiden Männer taten.

Offenbar hatte Kürbisgesicht den Befehl erhalten, die Hände vom Alkohol zu lassen. Missmutig sass er am Tisch und rammte die Spitze eines Messers abwechselnd zwischen die Finger der anderen Hand, die er flach auf dem Tisch ausgebreitet hatte. Der andere musste sich aufs Sofa gelegt haben. Reto sah nur dessen Stiefel. Mehr Einblick gab das Fenster nicht.

Seit Kürbisgesicht das Smartphone hervorgenommen hatte und sich mit Spielen die Zeit vertrieb, passierte gar nichts mehr. Reto rutschte vom Baum und streckte vorsichtig das linke Knie, welches er seit fünf Stunden beinahe regungslos angewinkelt hatte. Er humpelte von seinem Beobachtungsposten weg und war froh über den Schutz der Dunkelheit.

Auf dem Weg über das Feld kam das Gefühl im linken Bein zurück. Reto fand zum aufrechten Gang und beeilte sich, das Auto zu erreichen. Über ihm sprenkelten Sterne den Himmel. Von Westen sah er eine Nebelwand auf ihn zukommen. Reto erinnerte sich an einen Gruselfilm, indem der Nebel tote Matrosen mit sich führte, die ein Massaker unter der Bevölkerung anrichteten. Er beschleunigte seinen Schritt.

Mit dem Ärmel der Jacke schob er den Schnee von der Windschutzscheibe. Der Eiskratzer löste die Kristalle. Reto war erstaunt, dass der Motor, ohne Zicken zu machen, ansprang. Durch den Nebel fuhr er zurück nach Thayngen. Im Dorf knurrte sein Magen. Im Kreisel sah er den gelben Škoda, aus dem gestern der Polizist gestiegen war. Reto nahm die Ausfahrt zurück ins Dorf.

Um nicht aufzufallen – und weil er Hunger hatte –, hielt er bei einer Imbissbude an und kaufte sich eine Bratwurst. Er wusste, wo der Polizist hinwollte. Als er sicher sein konnte, dass der Abstand gross genug war, fuhr er weiter.

Die Sterne waren verblasst, als er über das Feld zum Haus ging. Der Škoda stand da. Reto schlich sich unter ein Fenster. Er hörte einen der Männer telefonieren. Er verstand nichts. Das Fenster war geschlossen.

Reto fasste einen Entschluss. Er bewegte sich leise ums Haus. Die Tür stand offen. Treppen aus Beton erleichterten es ihm, geräuschlos ein halbes Stockwerk höher zu gelangen. Auch hier war die Tür nur angelehnt. Reto stellte sich daneben und versuchte, leise zu atmen. Der Mann telefonierte noch immer in einer Sprache, die Reto nicht kannte. Die Stimme klang aufgeregt. Offensichtlich ging der Mann auf und ab, denn der Holzboden knarrte unter den Schuhen.

Er wechselte die Sprache. «Du bist dir sicher?»

«So sicher, wie man nur sein kann.» Das war vermutlich der Polizist.

Die fremde Stimme sprach wieder und wechselte plötzlich zurück ins Deutsch. «Sie sind auf dem Campingplatz?»

«Ja, sag ich doch. In Feuerthalen, also eigentlich Langwiesen.»

«Wo jetzt?»

«Langwiesen liegt bei Feuerthalen.»

«Du denkst, sie sind dort, weil der Besitzer des Campingplatzes angerufen hat?»

«Wer sonst sollte dort sein?»

Reto hörte den Mann wieder in der fremden Sprache sprechen. Die Schritte kamen näher und blieben am Türrahmen stehen. Aus einem anderen Teil des Raumes mischte sich ein Bass ein. Das musste Kürbiskopf sein. Der dritte Mann zischte, und der Bass verstummte.

«Aleko lässt fragen, wann du mit ihm telefoniert hast.»

«Mit dem Besitzer des Campingplatzes?»

«Mit wem denn sonst?»

«Vor vierzig, fünfundvierzig Minuten.»

Die Stimme gab die Information weiter.

Der Bass fragte: «Warum ein Campingplatz? Warum sind sie nicht längst über alle Berge?»

«Halt die Klappe, Koki. Ich verstehe nichts!»

«Ist ja gut, Giorgi. Aber frag Aleko, ob's schön gekracht hat.»

Giorgi übermittelte offenbar die Frage und blieb einen Moment still. Dann scharf: «Ist die Bombe nicht hochgegangen?»

«Und wie. Aber leider vergebens.»

«Was heisst vergebens?»

«Bärtschi hat überlebt. Er liess den Motor warm laufen, während er die Handschuhe holen ging.»

Der Bass fluchte, und Giorgi sprach weiter, wohl ins Telefon. Giorgi wartete, dann eine Verabschiedung und Ruhe.

«Aleko ist noch in der Tennishalle. Wir treffen ihn hinter dem Bahnhof. Wir fahren mit deinem Auto», sprach Giorgi wieder deutsch.

Ein unsicheres «Okay» war zu hören.

Noch bevor Reto sich entschliessen konnte, die Treppen zum Ausgang hinunterzusteigen, schwang die Tür auf. Reto sprang einen Treppenabsatz höher. Giorgi drehte sich in der Tür nach den anderen um. «Los, beeilt euch. Wird Zeit, dass wir das Problem aus der Welt schaffen. Und nehmt euch was von dem Zeug auf dem Tisch mit.»

Mit zwei grossen Schritten verschwand er zur Tür hinaus. Kürbisgesicht, der Zischer mit den Stiefeln und der Polizist folgten. Reto hörte, wie die Tür ins Schloss fiel und der Schlüssel gedreht wurde.

In völliger Dunkelheit tastete er sich zum Eingang. Er lauschte, ob er den Škoda davonfahren hörte, schlich sich ans Fenster und sah ihm nach, bis die Rücklichter verschwunden waren. Dann machte er das Licht an. Er sah, welchen Tisch Giorgi gemeint hatte. Schön ordentlich waren darauf verschiedene Waffen sortiert. Pistolen von verschiedenen Herstellern, zwei Schnellfeuergewehre und zwei Flinten mit kurzen Läufen. Reto nahm sich zwei Pistolen und hastete zur Tür hinaus. In dichtem Nebel rannte er über das Feld zu seinem Auto. Er warf die Waffen auf den Beifahrersitz. Während er über die Strasse donnerte, überlegte er, wie er auf dem schnellsten Weg nach Feuerthalen gelangte. Es gab keine Alternative, er musste durch Schaffhausen hindurchfahren. Immerhin hatte er niemanden, den er hinter dem Bahnhof abholen musste.

42

Beim Bahnhof stand eine Telefonkabine. Bärtschi wartete davor. Ein Mann mit Anzug und Dreitagebart führte offenbar ein Ferngespräch. Er sprach in einer Lautstärke, die Kontinente überwinden konnte, warf mit der einen Hand Münzen in den Kasten, mit der anderen aschte er zur offenen Tür hinaus. Bärtschi dachte darüber nach, ob die Stimmlage oder die Körperhaltung dafür verantwortlich war, dass Abschiedsworte in jeder Sprache zu verstehen sind. Vielleicht beides. Er kramte in den Hosentaschen nach Kleingeld, noch bevor der Mann einhängte.

Bärtschi wählte die Nummer auf dem Zettel. Er liess sich von der Hotelrezeption mit dem Zimmer verbinden. Er erfuhr, dass seine Frau und seine Tochter gut gereist waren, dass sie gut angekommen waren und sich auf einen Skitag freuten. Fragen nach seinem Befinden beantwortete er ausweichend und gab vor, die Münzen gingen ihm aus.

Zurück im Büro, gab er den Namen ein, den Frau Beslic ihm genannt hatte. Jack Heiner. Er fand die Adresse, sonst nichts.

Bärtschi erinnerte sich daran, dass er die Kaffeemaschine eingeschaltet hatte. Er ging durch den Gang in den Gemeinschaftsraum. Über die Kaffeemaschine gebeugt, sah er einen Mantel in Beige. Straumann fummelte mit dem Finger in der Öffnung herum und versuchte daraus etwas zu entnehmen. Bärtschi hörte die Kapsel fallen. Straumann fluchte. Er kramte in der Schüssel, die danebenstand, nach einer neuen Kapsel.

Bärtschi blieb in der Tür stehen und sah ihm zu.

Straumann tat die Kapsel in die Öffnung und klappte den Hebel sofort zu. Er entspannte sich und drückte den Knopf. Die Maschine surrte einen kurzen Augenblick und fing zu röcheln an. Straumann gab ihr einen Klaps. Das Röcheln verstummte kurz, fing aber wieder an. Straumann seufzte und drückte den Aus-Knopf. Er bückte sich und untersuchte die Maschine. Der

Wassertank war leer. Er nahm ihn heraus, ging zum Wasserhahn und füllte ihn auf.

Wieder kramte er in der Schüssel und nahm eine Kapsel. Es klappte mit dem Hebel. Er hatte den Zeigefinger auf dem Knopf, als Bärtschi sich bemerkbar machte.

«Ich würde nachsehen, ob der Kapselbehälter voll ist.»

Straumann sah ihn an. «Wie?»

«Der Kapselbehälter.»

«Was ist mit dem Kapselbehälter?»

«Vielleicht ist er voll.»

«Ach ja, natürlich. Ich sollte vielleicht nachsehen.»

«Ja.»

Straumann tat die Tasse weg und zog den Kapselbehälter hervor. «Voll.»

«Das habe ich vermutet.»

Straumann ging damit vorsichtig zum Abfalleimer und leerte die gebrauchten Kapseln weg. «Hast du Sonntagsdienst, Bärtschi?»

«Nein.»

«Was tust du hier?»

«Ich warte darauf, dass die Kaffeemaschine freigegeben wird.»

Straumann wartete, bis seine Tasse gefüllt war, und trat zur Seite. Bärtschi tat eine Kapsel in die Öffnung. Noch bevor er den Hebel hinunterdrücken konnte, fiel das dumme Ding in den Behälter.

«Du musst schneller», sagte Straumann.

«Wie schneller?»

«Den Hebel. Schneller. So.»

Straumann nahm eine Kapsel, schob sie an den richtigen Ort, hielt sie etwas fest und schloss den Hebel, so schnell er konnte. «So geht das.»

«Danke, Straumann.»

«Nichts zu danken, Bärtschi.»

Schweigend standen sie an die Küchenablage gelehnt und schlürften Kaffee. Als nur noch getrockneter Schaum die Wände der Tassen verklebte, verschränkten beide die Arme. Straumann holte Luft, liess sie wieder abgehen und setzte erneut an.

«Tut mir leid wegen dem ‹Arschloch› von vorhin.»

«Braucht dir nicht leidzutun. Vielleicht benehme ich mich wie eins.»

«Das ‹vielleicht› kannst du streichen.»

«Na gut, ich benehme mich wie ein Arschloch.»

Straumann sagte nichts.

«Zufrieden?», fragte Bärtschi.

«Ja.» Straumann lächelte.

Sie standen noch eine Weile da, bis Straumann sich wegdrehte und die Tasse ausspülte. Bärtschi tat es ihm gleich. Straumann trocknete die Tasse ab. «Hat Menk dich erreicht?»

«Menk? Nein.»

«Er wollte dich von unterwegs anrufen.»

«Weshalb?»

«Weiss ich doch nicht, mir erzählt hier ja niemand was.»

«Weshalb, Straumann?» Bärtschi würgte den Wasserhahn ab, viel stärker als nötig.

«Er kriegte einen Anruf.»

«Von wem?»

«Weiss ich nicht.»

«Er hat es dir nicht gesagt?»

«Himmel, wann begreifst du endlich, dass ihr mich aufs Abstellgleis dirigiert habt.»

Bärtschi stellte die Tasse auf die Ablage. «Wann war das?»

«Vor einer Stunde oder so. Bevor du hier aufgetaucht bist.»

Bärtschi rannte durch Gänge und nahm Treppen, bis er in der Anmeldung stand. Ein Beamter sass zurückgelehnt auf einem Bürostuhl, vertilgte eine Packung Paprikachips und trank Eistee.

«Meyer. Wer hat heute Menk angerufen?»

«Wann?» Meyer spielte mit dem Verschluss der PET-Flasche.

«Vor etwa einer Stunde.»

«Da war ich noch nicht da.»

«Wer war da?»

Meyer war Bärtschis Ungeduld nicht entgangen. Er richtete sich im Stuhl etwas auf. «Martin Leu hatte Dienst.»

«Ruf ihn an.»

Meyer sah auf einer Liste nach und wählte die Nummer. Er meldete sich mit Namen und wollte Leu sprechen. Er verdeckte den Hörer mit der Hand. «Er duscht gerade.»

«Wer ist dran?» Bärtschi riss Meyer den Hörer aus der Hand. «Hallo? Frau Leu. Es ist dringend. Sagen Sie ihm, Bärtschi sei am Apparat. Er soll gefälligst ans Telefon kommen. Es ist mir egal, wenn er den ganzen Boden nass macht!»

Endlich hatte er Leu am Apparat. «Bärtschi hier. Kannst du dich erinnern, wer Menk angerufen hat? Vor ungefähr einer Stunde. – Ja? Danke.»

Bärtschi drehte den Computerbildschirm auf Meyers Tisch und tippte Buchstaben in die Suchmaschine. Endlich hatte er, was er gesucht hatte. Er griff zum Telefon.

«Hier Bärtschi. Schaffhauser Polizei. Sie haben angerufen. Hat man sich schon um Sie gekümmert? Sie warten noch? Sehr gut. – Ich meine, tut mir leid, dass Sie so lange warten mussten. Rühren Sie sich nicht von der Stelle, ich bin in zehn Minuten bei Ihnen.»

Bärtschi hängte auf.

«Meyer, welche Wagen stehen bereit?»

«Streifenwagen oder zivil?»

«Zivil.»

Bärtschi liess sich den Schlüssel aushändigen und rannte zurück in sein Büro. Er schlüpfte in die Jacke und stiess in der Tür mit Straumann zusammen.

«Wohin, Bärtschi?»

«Keine Zeit, dir das zu erklären, Straumann.»

«Da auf deinem Bildschirm. ‹Jakob Heiner›: Wer ist das?»

«Auch dafür keine Zeit. Ich ruf dich an, wenn ich Genaueres weiss.»

Bärtschi lief den Gang runter und zog sein Mobiltelefon hervor. Er wählte Cobbs Nummer und nahm etwas Tempo weg, um nicht zu sehr ausser Atem zu geraten.

43

«Wir haben zu essen.» Julia Gaugler schob die Vorhänge beiseite, um einen Blick nach draussen zu werfen.

«Wird das reichen?» Jack spielte mit dem Pen in der Hosentasche.

«Wir werden höchstens austrocknen bei all dem salzigen Zeug, das wir futtern.»

«Ich finde Chips super.» Finn langte in die Packung.

«Hör auf, Finn. Dir wird noch schlecht.» Sie zog die Vorhänge zu.

«Ich werde auch was zu trinken besorgen.»

Julia Gaugler blieb am Fenster stehen. «Ich glaube, da ist was, was Sie dringender benötigen.»

«Vielleicht finde ich Zigaretten.»

«Das andere.»

«Wovon sprechen Sie?»

«Von Ihrem Blutzuckerspiegel.»

«Wie kommen Sie darauf?»

«Ich habe Sie beobachtet. Sie jagen sich Insulin in den Körper. Einen Pen haben Sie im Gartenhaus aufgebraucht.»

«Er war beinahe leer.»

«Wie viele Gaben haben Sie noch?»

«Vier.»

«Das ist nicht mehr viel bei dem Scheiss, den wir essen.»

«Deshalb muss ich mir neue besorgen.»

«Wo?»

«Oben, beim Coop. Da gibt's eine Apotheke.»

«Es ist mitten in der Nacht.»

«Eben.» Jack wandte sich zur Tür.

Julia Gaugler hielt ihn am Arm fest. Er spürte ihren Atem an seinem Ohr. «Sie wollen mich nicht festbinden?»

«Nein.»

«Wir könnten verschwinden.»

«Das wäre dumm von Ihnen. Bis später.» Jack trat hinaus in den Schnee.

Julia Gaugler folgte ihm. «Er hat sich mit ihnen angelegt.»

«Wer mit wem?»

«Ulrich. Mit den Leuten um Hausmann.»

«Kenne ich nicht.»

«Lesen Sie keine Zeitung? Das ist der, der die neue Tennishalle baut. Vor ein paar Tagen kam so ein Typ vorbei. Tätowierungen am Hals. Ulrich ging nach draussen, um mit ihm zu reden. Ich schaute aus dem Fenster. Der Tätowierte bohrte ihm den Finger in die Brust, um seinen Worten Nachdruck zu verleihen. Ulrich schlug die Hand weg. Der Typ warf ihn zu Boden und trat ihn in die Seite.»

«Was hat das mit Hausmann zu tun?»

«Die beiden interessierten sich für dieselbe Immobilie. Ein Restaurant. Den ‹Kastanienhof›. Ich habe Hausmann gegoogelt. Viel war nicht zu finden. Dass er eine Georgierin zur Frau hat zum Beispiel. Vor Jahren eine Strafverfolgung wegen Geldwäscherei.»

«So wie Ika ins Telefon sprach, klang das russisch.»

«Ika?»

«Der Mann, der Sie erschiessen wollte.»

«Könnte es ein, dass Sie ein Mitglied der georgischen Mafia erschlagen haben?»

Jack steckte die Hände in die Hosentaschen. «Schon möglich. Ein Italiener hätte mehr gejammert.»

Julia Gaugler lächelte. «Seien Sie vorsichtig.»

«Sie auch.»

Er schlug den Weg zum Kiosk ein und stutzte. Hatten sie vergessen, das Licht auszumachen? Um sicherzugehen, nahm er einen Umweg und schlich sich an der Rückseite vorbei. Oben auf der Hauptstrasse drückte er sich in die Schatten, wenn Autos vorbeifuhren. Sie kündigten sich als fahle Lichter an, denen die Kraft fehlte, den Nebel zu zerteilen.

Die Tankstelle neben der Coop-Filiale schimmerte als Ansammlung von roten, gelben und weissen Punkten. Er stand praktisch davor, als er das beleuchtete Logo lesen konnte. Er trat ein und entnahm dem Kühlschrank zwei Halbliter-Wasserflaschen. Die Kassiererin sah von einer Illustrierten hoch. Jack bezahlte und liess das Rückgeld in der Hosentasche verschwinden. Sie widmete sich wieder den Fotos und Schlagzeilen.

Er blieb neben den Zapfsäulen stehen und trank eine Flasche leer, dann stach er sich in den Bauch. Als er auf den Coop zuging, stellte er fest, dass der Parkplatz verlassen war. Auch Julia Gauglers Wagen war weg. Jack schlenderte am Gartencenter vorbei. Er hätte über den Zaun klettern können. Aber das wäre gleich weit gewesen. Er konnte davon ausgehen, dass die Türen ins Innere des Supermarkts verschlossen waren.

Die Fassade kam ihm wie eine uneinnehmbare Festung vor. Hoch oben Fenster, sonst nichts.

Vor dem Restaurant standen Tisch und Stühle. Jack hielt die Hände vors Gesicht und schaute durch die Scheiben ins Innere. Er sah rote Lichter von Bewachungskameras. Weiter. Um die Ecke standen Container mit Essensresten. Dank der Kälte hielt sich der Gestank in Grenzen. Sein Blick folgte den Spuren, welche die Container im Schnee hinterliessen. Sie endeten mit etwas Abstand zueinander vor drei Türen. Der Schatten der mittleren Tür unterschied sich von den anderen beiden. Jack ging näher.

Anstelle einer Türfalle war ein Knauf befestigt. Es war die Sorte Tür, die sich von aussen nicht öffnen liess. Einigermassen sicher, aber unhandlich, wenn man aus und ein gehen musste, um beispielsweise Essensreste in die Container zu befördern. Die mittlere Tür war durch einen Keil offen gehalten worden. Er war vergessen worden.

Jack glitt hinein. In der Küche summten die Kühlschränke und Gefriertruhen. Der Warenlift stand offen. Jack fuhr damit nach unten in die Tiefgarage. Von hier gingen weitere Aufzüge ins obere Geschoss. Er staunte, dass sie alle funktionierten, und stieg ein. Der Lift brachte ihn hoch ins Restaurant. Es war durch hohe Wände gegen den Rest des Gebäudes abgetrennt. Jack wollte keinen Lärm veranstalten und verzichtete auf den

Gebrauch der Tür. Er trug Tische gegen die Wand und stapelte drei übereinander. Auf der anderen Seite würde er sich fallen lassen müssen.

Er stand auf dem ersten Tisch, als er ein Geräusch wahrnahm. Noch bevor sein Hirn alle Informationen verarbeiten konnte, spürte er einen heftigen Schmerz im linken Unterschenkel. Tiefes Grollen. Weisse Zähne in einem schwarzen Schädel hatten sich ins Fleisch verbissen. Ein Dobermann. Eine Hunderasse, die ohne einen Laut von sich zu geben angreift. Aus den Tiefen des Gebäudes rief ein Mann nach dem Monster.

Jack griff in die Hosentasche, erwischte den Pen und jagte die Spitze in den Hals des Tieres. Er drückte den letzten Rest Insulin in dessen Muskeln. Einige lange Sekunden passierte nichts. Der Biss des Tieres lockerte sich. Dann liess es von ihm ab und glitt zu Boden. Schockartige Unterzuckerung.

Jack kletterte über die Wand und liess sich auf der anderen Seite fallen. Er ignorierte den Schmerz und hinkte zur Apotheke. Unterwegs liess er aus der Werkzeugabteilung eine Axt mitgehen. Die Kameras waren ihm jetzt egal. Er zertrümmerte damit erst den Eingang zur Apotheke und dann den Giftschrank. Er langte hinein und suchte nach der Sorte Pens, die er jeweils auf Rezept des Arztes erhielt. Das dauerte zu lange. Er griff sich, was er erwischen konnte, und rannte los. Mit der Axt schlug er sich einen Weg durch die geschlossene Schiebetür ins Freie. Der Lärm der Sirene war ohrenbetäubend.

44

Gabriel Keller ignorierte das Haus seiner Mutter und fuhr zwei Stationen weiter. Er hatte sie vor acht Jahren zum letzten Mal gesehen. Sie hatten den ausgemergelten Körper seines Vaters in die Erde versenkt. Er war dagestanden und hatte zugesehen, wie die Trauergemeinde das offene Grab nach und nach mit Erde zugeschüttet hatte. Seine Mutter hatte einmal hochgesehen. Er hatte ihr direkt in die Augen geschaut und von dort in ihr Innerstes. Was er erkannt hatte, war nichts Neues. Trauer und Verzweiflung.

Die Beerdigung seiner Schwester würde er auslassen. Die Trauer würde ihn ohne die dafür vorgesehenen Feierlichkeiten überfallen. Wenn es Zeit dafür sein würde. Jetzt steuerte ihn die Wut. Jemand würde dafür bezahlen. Was danach kam, war egal.

Die Luft war nass und kühl, als er aus dem Bus stieg und die Thayngerstrasse hochging. Er hatte die letzte Laterne hinter sich gelassen. Absperrband flatterte im Wind. Gabriel blieb vor dem Haus stehen und sah hoch. Die Fenster waren schwarze Löcher. Der Verputz blätterte von den Wänden. Ein Fensterladen hing schief in den Angeln.

«Ein Haus für Geister», murmelte er.

Gabriel hielt das Absperrband fest, und es hörte zu flattern auf. Der Wind war nur noch ein leichtes Säuseln in seinen Ohren. Erst wollte er hinübersteigen. Aber dann zerriss er das Band und ging die Stufen hoch zum Eingang. Ein Zettel klebte an der Tür und verband sie mit dem Türrahmen. Darauf erkannte Gabriel das Schaffhauser Wappen. Jemand hatte mit Kugelschreiber das Wort «Wohnungssicherung», einige Zahlen und eine Unterschrift hingekritzelt. Demnach war es verboten, das Haus zu betreten. Die Polizei hatte es noch nicht freigegeben.

Gabriel kümmerte sich nicht darum. Er drückte die Türfalle. Abgeschlossen. Gabriel untersuchte das Holz und fand, es sei spröde genug. Mit der Schulter wuchtete er sich dagegen. Das Holz knarzte. Beim zweiten Versuch gab es nach. Es roch nach alten Räumen. Der Boden ächzte unter seinen Schritten. Er hatte in der Zeitung gelesen, dass seine Schwester im Keller gefunden worden war.

Gabriel zündete die Taschenlampe an und hielt den Lichtkegel auf den Boden gerichtet. Die Holzstufen hinunter in den Keller jammerten bei jedem Tritt. Hier bestand kaum ein Risiko, dass die Nachbarn das Licht sehen würden, wenn er es anknipste.

Die Tiefkühltruhe lag auf der Seite. Auf dem Boden waren mit weisser Kreide Gegenstände markiert worden. Lebensmittel, die schon längst zu stinken begonnen hätten, hätte man sie liegen gelassen. Zwei Kreidezeichnungen zeigten die Umrisse von Körpern. Aus einem war Blut geflossen und eingetrocknet.

Gabriel sah hinunter. «Blöder Arsch.»

Der Umriss in der Ecke bezeichnete die Stelle, an der seine Schwester gelegen haben musste. Er ging näher und bückte sich. Seine Finger strichen über den Boden und hielten in einer Pfütze inne. Womöglich Wasser, das an dem Körper seiner Schwester gefroren war. Gabriel führte die nassen Finger zum Gesicht und befeuchtete die Nasenwurzel. Doch die Feuchtigkeit in der Nähe seiner Augen hatte keinen Einfluss auf das Wasser in den Tränendrüsen. Staubtrocken.

Gabriel seufzte, richtete sich auf und rieb die Hände an der Hose ab. Er knipste das Licht wieder aus und folgte dem Kegel der Taschenlampe nach oben.

Die Polizei hatte zwar nach dem Computer gesucht, ihn aber nicht gefunden. Gabriel ging durch jeden Raum. Er leuchtete unter die Betten, in Schubladen, liess den Wäschekorb nicht aus, den Kühlschrank, öffnete jeden Ordner und zog jedes Buch aus den Regalen. Ein Computer war nicht zu finden. Hatten ihn die Täter mitgehen lassen?

Er setzte sich in die Küche und drehte sich eine Zigarette. Der Duft des Tabaks roch angenehm und milderte den Mief abgestandener Luft. Einige Zeit sass er da, die Füsse auf dem Tisch, und starrte in die Dunkelheit. Nur das leise Knistern des Tabaks war zu hören. Gabriel setzte die Füsse wieder auf den Boden und leuchtete in die Garderobe. Oliver Roths Wintermantel hing dort. Die Schuhe lagen umgekippt auf einer Plastikablage. Kein Computer.

Wieder am Tisch, stellte er sich vor, wie sein Schwager zur Tür hereinkam. Draussen war alles von einer Eisschicht überzogen gewesen. Normalerweise legt man den Laptop auf den Küchentisch oder auf die Couch im Wohnzimmer. Jeder Mensch hat den Hang zu Zwischenlagern. Anstatt alles gleich dorthin zu verstauen, wo es hingehört, lässt man etwas auf halbem Weg liegen, um es später zu verräumen. Roth war mit Sicherheit keine Ausnahme gewesen. Im Gegenteil. Er war ein Chaot.

Die Idee kam Gabriel, als er die zweite Zigarette anzündete. Was, wenn sein Schwager nicht als Erstes zur Tür hereingekommen war? Was, wenn er den Schlüssel im Auto vergessen hatte? Jeder hat irgendwo einen Zweitschlüssel hängen.

Vor dem Eingang bückte er sich, hob Blumentöpfe hoch und leuchtete hinter den Stapel mit Brennholz. Nichts. Er ging ums Haus herum. Ein verwittertes Holzbrett schlug an einen lottrigen Schuppen. Gabriel ging näher und leuchtete hinein. An den Wänden tanzten Schatten von Gartenwerkzeugen.

Er dachte an Platons Höhlengleichnis, wonach der in Unkenntnis lebende Mensch die Schatten für reale Lebewesen hält. Die Wahrheit jeder Erkenntnis war weitaus brutaler. Viel hatte er nicht vom Gymnasium auf seinen Weg mitgenommen. An einiges konnte er sich erinnern. Aber die Erfahrung in den Krisenherden dieser Welt hatte ihn gelehrt, dass sich der Humanismus nicht unbedingt als Überlebensstrategie eignet.

Gabriel stiess mit der Ferse eines Schuhs gegen einen Gegenstand. Dem Klang nach zu schliessen, war er nicht aus Holz. Er drehte sich um und leuchtete hinunter. Der Laptop lehnte am Boden gegen die Wand.

Zurück im Haus, startete er den Computer. Nach kurzer Suche fand er das Dokument. Es lag auf dem Desktop. Nachdem er es durchgelesen hatte, lehnte er sich im Stuhl zurück und verschränkte die Arme.

«Du kleines Arschloch. Du kleines, naives, blödes Arschloch.»

45

Cobb beschleunigte und schaltete in den dritten Gang. Hausmann war das Schwein. Anstatt darüber zu schreiben, würde Cobb einen netten Bericht über die Eröffnung der Tennishalle verfassen müssen. Die Beweise für Hausmanns Verbindung zum Mord an Roth hatten sich in Blumenfeld in Wasser aufgelöst.

Er entschloss sich, wenigstens Hausmanns Rolle bei gekauften Wetten im Tenniszirkus aufzudecken. Dazu seine Verbindungen nach Russland. Er würde die Konti öffentlich machen und die Kanäle zu Lavrenti Imedashvili, Irinas Vater. Dazu besass er die notwendigen Unterlagen. Die Frage war bloss, wie er den Artikel an seinem Chef Deupelbeiss vorbeibringen würde.

Zuerst einmal war es ratsam, den Bericht nicht in der Redaktion, sondern zu Hause zu verfassen. Cobb ging davon aus, dass Deupelbeiss länger an der Eröffnungsfeier verweilen würde. Er musste aber damit rechnen, dass er danach noch in der Redaktion auftauchte. Als das Auto in einem Parkfeld stand, zündete sich Cobb eine Zigarette an und ging durch den Promenadenpark zu seiner Wohnung.

Als er seinen Laptop gefunden hatte, setzte er sich aufs Sofa und schrieb einen Titel. Er starrte ihn an, löschte ihn wieder und schrieb einen neuen. Auch nicht. Cobb legte den Computer beiseite und holte sich Papier und Bleistift. Er schrieb Namen auf, zog Linien, setzte Pfeile und zeichnete Kreise. Das System lag vor ihm. Nun brauchte er es bloss noch in Worte zu fassen.

Er hatte nicht bemerkt, dass die Wohnung leer war. Anna Galati kam schwer atmend zur Tür herein. Cobb sah hoch. Sie trug Joggingschuhe und seinen Trainingsanzug. Eine Mütze versteckte ihre Haare. Von ihrer Oberlippe glänzten Schweissperlen. Sie brachte angenehme Kühle ins Zimmer.

«Hab mir von Marlen den Schlüssel ausgeliehen.»

«Du warst rennen?»

«Ja. Das Hallenbad hatte schon geschlossen.»

«Wo ist Marlen?»
«Unterwegs mit Valentin.»
«Brauche ich mich zu sorgen?»
«Wegen Valentin?»
«Weiss nicht. Und du?» Sie bückte sich zu ihm.
«Was?»
«Was du tust, frage ich.»
«Ich schreibe.»
«Hausmann?»
«Ja.»
«Und ich geh duschen.»

Sie warf die Schuhe in die Garderobe und ging ins Badezimmer. Die Tür blieb offen. Cobb hörte, wie die Kleider zu Boden fielen und das Wasser aus der Brause schoss. Statt eines Titels tippte er erst den Lead ins Schreibprogramm. Er fand es einigermassen kompliziert, in kurzen, übersichtlichen Sätzen die Eröffnungsfeier der Tennishalle mit Hausmanns sonstiger Tätigkeit in Verbindung zu bringen.

Im Badezimmer war es kurz ruhig gewesen. Nun war das Schrubben der Zahnbürste zu hören. Cobb lehnte sich zurück und schmunzelte. Die Geräusche verwandelten sich in seinem Kopf zu Bildern. Galati öffnete den Spiegelkasten. Bestimmt entnahm sie ihm jetzt die Körpermilch, um sich einzucremen. Ein Quietschen gab ihm recht. Die blaue Plastikflasche war beinahe leer.

«Scheisse.»

Cobb lehnte sich zurück. «Soll ich dir eine neue bringen?»
«Wie?»
«Eine neue Creme. Ich hab welche gekauft.»
«Wo ist sie?»
«Schätze, in der Küche.»
«Würdest du sie mir bitte holen?»
«Davon spreche ich.»
«Wie?»
«Moment!»

Cobb tat den Computer weg und wühlte in der Einkaufstasche, die in der Küche stand. Mit der Plastikflasche in der Hand lehnte er in der offenen Tür.

«Würdest du mich bitte eincremen?»

«Überall?»

«Vorerst nur den Rücken.»

«Und dann?»

«Fang endlich an. Es ist kühl.»

Cobb wärmte die Creme in seinen Handflächen und fing an, sie in Galatis Haut einzumassieren. Ihre Haare dufteten nach Shampoo. Er schob sie beiseite und küsste ihren Hals.

«Davon war nie die Rede.» Galati lächelte in den Spiegel.

«Es gibt Dinge, über die spricht man nicht.»

«Gibt's noch mehr davon?»

Cobb drehte sie zu sich. Ihre Nasen und Stirnen berührten sich. Er fühlte ihren Bauch warm und lebendig an seinem. Die Hände glitten über ihren Rücken zum Po und wieder hoch, verweilten in der Taille. Galatis Lippen öffneten sich.

Als sie sich voneinander lösten, schrillte das Telefon.

«Lass es klingeln.» Galati zwickte Cobb in die Nase.

«Und wenn es Marlen ist?»

«Es ist nicht Marlen.»

«Vielleicht steckt sie in Schwierigkeiten.»

«Was für Schwierigkeiten?»

«Du weisst schon.»

«Da, wo wir grad drinstecken?»

Cobb machte sich los und nahm den Hörer ab. «Ja?»

Mehr sagte er nicht. Er hörte zu, machte sich Notizen und hängte wieder auf.

«Marlen?»

«Nein. Hausmann.»

«Was wollte er?»

«Er will mich sprechen.»

«Hast du ja eben.»

«Nicht am Telefon. Er will mich treffen. Er sitzt zu Hause. Er mochte nicht mit eingeschlagener Nase bis zum Ende der Eröffnungsfeier der Tennishalle lächeln.»

«Wer hat ihm eins verpasst?»

«Ich.»

Galati bestand darauf, dass sie mitfuhr. «Jemand muss auf dich aufpassen», hatte sie gesagt. Während sie sich anzog, erzählte Cobb ihr von der Begegnung mit Hausmann und von der Pistole, die ein Beschützer Irina Hausmanns ihm an die Stirn gehalten hatte.

«Da willst du hin?»

«Warum fragst du?»

«Du brauchst wirklich jemanden, der dafür sorgt, dass du die kommenden vierundzwanzig Stunden über die Runden kommst.»

«Er hat gesagt, er wäre allein.»

«Wer? Hausmann? Du glaubst ihm? Was tust du da?»

Cobb drückte auf dem Laptop ein paar Tasten. «Ich schicke ihm den Lead als Mail. Und in die Redaktion schicke ich ihn auch. Falls mir was passieren sollte, käme alles an die Öffentlichkeit.»

«Oh, Mister Superhirn. Wie wäre es mit dem da?» Sie kramte in der Handtasche und zog einen Pfefferspray hervor.

«Das wird die gesamte georgische Mafia vernichten.» Cobb lachte.

46

Die Ohren sirrten noch von den Sirenen, als Jack bereits wieder den schmalen Weg hinunter zum Campingplatz eingeschlagen hatte. Das Bein schmerzte. Schwer atmend blieb er stehen und lauschte. Er war sich nicht sicher, ob der Lärm verstummt war oder ob der Nebel das Geräusch absorbiert hatte. Jacks Lunge pfiff mit dem Ton in den Ohren um die Wette. Er dachte daran, endlich mit dem Rauchen aufzuhören, und steckte sich eine an. Während er an der Zigarette zog, bildete er sich ein, wie gut das tat. Als er den Rauch inhalierte, streikte die Lunge. Der Hustenanfall zwang Jack dazu, die Hände auf den Knien abzustützen. Die Insulinpens schepperten in der Jackentasche. Als der Brustkorb aufhörte, sich krampfartig zusammenzuziehen, schien es Jack, als hätte sich sein gesamtes Blut im Kopf gestaut. Er richtete sich auf, betrachtete die Glut und überlegte, ob er einen neuen Versuch starten sollte. Er entschied sich dagegen, behielt die Zigarette aber zwischen Zeige- und Mittelfinger. Er ging weiter. Die Nebeltropfen kühlten sein Gesicht.

Mattes Licht schien aus dem Kiosk. Jack war bereits wieder auf dem Weg hintenherum und durchs Gebüsch, entschied sich aber anders. Er drehte um und näherte sich vorsichtig der Fensterscheibe. Drinnen stand ein Mann inmitten der verwüsteten Inneneinrichtung und sprach in ein Handy. Das Telefon, welches auf der Ablage gestanden hatte, war nirgends mehr zu sehen. Der Mann wedelte mit der freien Hand und sah auf die Armbanduhr. Er nickte und legte auf. Er gab einem der am Boden liegenden Kühlschränke einen Tritt, bückte sich, wuchtete ihn zur Seite, suchte und fand eine Bierflasche, die nicht beschädigt war, öffnete sie, setzte sich und nahm einen grossen Schluck.

Jack konnte sich keinen Reim auf die Sache machen. Wie auf so vieles nicht, was in den vergangenen Tagen passiert war. Er fragte sich, was der kleine Mann mit der Tätowierung wirklich von Gaugler wollte. Warum Gaugler bereits tot war, als sie ihn antrafen.

Er entfernte sich vom Kiosk und blieb abrupt stehen. Julia Gauglers Handy war nicht in der Jackentasche. Er wühlte in den Hosensäcken und fand es nicht. Er musste es im Wohnwagen liegen gelassen haben. Das konnte bedeuten, dass sie es benutzt haben könnte, um die Polizei zu alarmieren. Jack war sich nicht sicher, was ihn beim Wohnwagen erwarten würde. War Julia Gaugler auf seiner Seite? Oder hatte sie vorhin im Wohnwagen bloss gequatscht, um ihn einzulullen? Hatte sie ihm das Telefon heimlich abgenommen? In diesem Fall sollte er auf der Stelle verschwinden.

Andererseits war er schuld, dass sie und ihr Sohn in diesen Schlamassel geraten waren. Er hatte eine Verantwortung, und die musste er wahrnehmen.

Um herauszufinden, was Sache war, blieb ihm nur eine Möglichkeit. Er musste nachschauen. Jack schlug sich durchs Gebüsch und passte auf, dass er keinen Pen verlor. Er brauchte sich nicht sonderlich zu verstecken, als er über die Wiese ging. Er fand im Nebel kaum den Wohnwagen.

Als er näher kam, verlangsamte er das Tempo. Das Licht im Wohnwagen leuchtete schwach. Er erkannte Schatten. Der kleinere gehörte zweifellos Finn. Er war nicht mit seiner Mutter allein. Ein zweiter Schatten eines erwachsenen Menschen bewegte sich auf und ab. Die Hand hielt eine Stelle am Kopf. Jack schlich näher und hörte Stimmen. Diejenige der Frau tönte defensiv, während die männliche Stimme jammerte. Das kam ihm bekannt vor. Er trat vor die Tür, um sie zu öffnen. Sie war abgeschlossen. Auf sein Klopfen passierte lange nichts. Als Jack erneut die Faust hob, wurde die Tür aufgerissen, Jack wich aus, und eine blecherne Kanne traf seine Schulter.

«Oh, Jack. Sie sind's.»

«Verdammt, was tun Sie da?»

«Jack?», rief es von innen.

«Reto?»

«Ihr Freund ist nicht so schnell ausgewichen.»

Jack schob Julia Gaugler beiseite und trat ein. Reto hatte sich auf eine Bank gesetzt. Er hielt einen Löffel an die Stirn. «Das schwillt an.»

«Eine Beule. Geschieht dir recht.»

«Mama hat echt stark zugehauen», sagte Finn.

Julia Gaugler schloss die Tür. «Tut mir leid. Ein Wallholz hatte ich glücklicherweise nicht zur Hand.»

«Ich wäre tot.»

«Das wärst du vielleicht schon viel früher. Du hast uns eine echte Scheisse eingebrockt.»

Reto langte in die Hosentasche. «Hier, der Pen, den ich dir besorgen sollte.»

«Zu spät. Habe jetzt eigene.»

«Wir müssen hier weg.» Reto stand auf. «Was ist mit deinem Bein?»

Jack drückte ihn zurück auf die Bank und hielt sein Gesicht nahe an das von Reto. «Zuerst will ich wissen, warum du denkst, dass wir hier wegmüssen. Und dann denke ich nach, ob das wirklich nötig ist.»

«Ich glaube, er hat recht.» Julia Gaugler zog sich die Jacke an.

«Ich will es hören.»

«Da sind so ein paar Typen.»

«Wo?»

«In einem Haus in der Nähe des Flugplatzes in Hilzingen.»

«Was ist mit den Typen?»

«Typen eben. Gestalten. Und ein Polizist. Eine Frau war auch einmal dort. Sie hatten deine Wohnung bewacht, als ich den Pen holen war. Und später bin ich ihnen gefolgt, weil ich dich im Gartenhaus nicht gefunden hatte. Dachte, sie führen mich zu dir. Auf jeden Fall habe ich zugehört. Sie sind unterwegs.»

«Was für Typen?»

«So Kumpels von dem, der mich angeheuert hat.»

«Es eilt, Jack, wir sollten raus.» Julia Gaugler half Finn in die Jacke.

«Sie wissen, dass wir hier sind?», fragte Jack.

«Ja.» Reto rieb sich die Beule.

«Woher?»

«Der Polizist.»

«Gut.» Jack richtete sich auf. «Wohin?»

«Zur Werft.»

«Zur Schiffswerft?»

«Eine Werft ist für Schiffe.» Reto stand draussen im Schnee. Die anderen folgten.

«Scharfsinnig», brummte Jack.

«Wir müssen an den Fluss runter, im Kiosk ist wer.» Reto ging voraus.

«Ich weiss.» Jack nahm Finn bei der Hand.

«Das ist besser als Autos klauen.» Reto lachte.

«Was?» Jack keuchte.

Als sie die Hälfte der Strecke hinter sich hatten, drehte sich Julia Gaugler um. «Die Spuren im Schnee werden uns verraten.»

«Erst einmal zum Fluss runter.» Reto fing an zu rennen.

Jack biss die Zähne zusammen und folgte.

Wellen hatten den Schnee am Ufer zum Schmelzen gebracht. Die Gruppe wandte sich nach links und achtete darauf, den schmalen, schneefreien Streifen nicht zu verlassen. Jack schloss zu Reto auf. «Wenn wir das überstanden haben, knall ich dir eine.»

47

Marius Hausmann stand zu Hause vor dem Badezimmerspiegel und betastete seine Nase. Das Blut hatte er noch im Büro der Tennishalle weggewaschen. Er war ein Mann der Zahlen. Er kannte sich mit Geld aus und mit Konti, welche die Herkunft des Geldes verschleierten. Seine Kampfzonen waren Briefkastenfirmen und Gesetzeslücken. Er war gut in diesen Dingen und stand unter dem Schutz seines Schwiegervaters Imadeschvili. Deshalb hatte er nie daran gedacht, dass die Unversehrtheit seines Körpers je ein Thema sein könnte. Seit heute Abend wusste er es besser. Dieser Journalist, Cobb, hatte ihm eine reingehauen, und er hatte den Anzug mit seinem eigenen Blut befleckt.

Aber es war nicht die Verletzung, die ihn erwogen hatte, die Eröffnungsfeier zu verlassen. Er hätte die geschwollene Nase mit einem flotten Spruch beiseitegefegt. Es war Irina gewesen, die in sein Büro gekommen war und ihn aufgefordert hatte, sich zu setzen. Aleko stand mit verschränkten Armen neben ihm. Sie war auf und ab stolziert und hatte ihm klargemacht, dass es jetzt an der Zeit sei, unverzüglich alle Hindernisse aus dem Weg zu räumen, ansonsten ihnen die ganze Angelegenheit entgleiten würde. Sie informierte ihn darüber, dass Johann Imhof seine Schwester gepackt habe und mit ihr in ein Taxi gestiegen sei. Während sie sich um die beiden kümmern würde, sollte Hausmann Cobb unter einem Vorwand zu sich nach Hause bestellen.

Alekos Telefon hatte geklingelt, und er hatte abgenommen. Er hatte zugehört und zu grinsen begonnen.

«Wir haben sie.»

«Wo?»

«Der Polizist weiss, wo sie stecken. Ich mache mich auf den Weg.» Aleko reichte Irina eine Waffe.

«Sehr gut.» Sie hatte sich wieder Marius zugewandt, das

Magazin aus dem Griff gezogen, es kontrolliert und wieder zurückgeschoben. «Womit wir sämtliche Probleme gelöst hätten.»

«Und was tu ich mit Cobb?»

«Du wartest, bis ich bei Imhof fertig bin. Dann kümmern wir uns um ihn.»

«Wie soll ich ihn so lange hinhalten?»

«Lass dir was einfallen.»

Aleko und Irina hatten das Büro verlassen, und Marius Hausmann hatte aufgeatmet. Damit war auch Annettes Schwangerschaft kein Problem mehr. Wie einfach sich doch manchmal die kompliziertesten Dinge auflösten. Auf der Fahrt vom Tenniszentrum zu sich nach Hause hatte er mit Frank Sinatra «New York, New York» gesungen.

Hausmann ging in die Küche und nahm sich einen Eisbeutel aus dem Kühlschrank. Als er sich umdrehte, stand seine Tochter vor ihm.

«Eleina, was tust du denn hier?»

«Ich bin aufgewacht.»

«Dann geh wieder schlafen.»

«Was hast du?»

«Habe mir die Nase angestossen.»

«Schlimm?»

«Nein, nicht sehr schlimm.»

«Wo ist sie?»

«Deine Mutter kommt bald.»

«Nicht sie. Wo ist Nathalie?»

«Das Kindermädchen? Ich habe sie nach Hause geschickt.»

«Gute Nacht, Papa.»

«Gute Nacht, mein Schatz.» Sie gab Hausmann einen Kuss auf die Wange und schlurfte über den Gang in ihr Zimmer am anderen Ende der Villa.

Hausmann hätte sich gerne von der Hausbar inspirieren lassen. Aber er musste einen klaren Kopf bewahren. Feiern konnte er, wenn alle seine Probleme gelöst waren. Also bald. Er öffnete ein Chinotto und stellte sich im Wohnzimmer vor die Glasfront. Der Rhein verschwand im Nebel. Unten im Dorf brannten die

Lichter in den Zimmern. Die Fenster schimmerten blassgelb. In anderen wechselte nervöses bläuliches Licht in schnellen, unregelmässigen Abständen.

Hausmann überlegte, ob auch er den Fernseher anstellen sollte, liess es aber bleiben. Stattdessen ging er im Kopf die Dinge durch, die er mit Cobb besprechen wollte. Es sollte tönen wie ein Geständnis, als ob er sich eine schwere Last von der Seele reden wollte. Der Journalist würde die Informationen in sich einsaugen. Wozu vorsichtig sein? Er würde sie mit ins Grab nehmen.

Eleina rief. Hausmann nahm einen letzten Schluck und ging zu ihr ins Kinderzimmer. Er knipste das Licht an.

«Stehen bleiben, Hausmann.» Ein Koloss von einem Mann hielt seiner Tochter eine Waffe an die Schläfe. «Ich kann nicht dafür garantieren, dass ihr nichts passiert, Hausmann. Aber ich versichere Ihnen, dass ich sie erschiessen werde, wenn Sie nicht genau das tun, was ich von Ihnen verlange. Sie entscheiden.»

Hausmann wunderte sich, dass er noch stehen konnte. Er fühlte seine Beine nicht mehr.

«Die Antwort, Hausmann.»

«Ja.»

«Was ‹ja›?»

«Ich tu, was Sie von mir verlangen.»

«Ins Wohnzimmer.»

Hausmann machte Anstalten, sich umzudrehen.

«Rückwärts.»

«Wie?»

«Sie gehen rückwärts, Hausmann.»

Er tat wie befohlen, setzte vorsichtig einen Fuss hinter den anderen und stolperte beinahe über den flauschigen Läufer im Gang. Der Mann folgte und stiess seine Tochter vor sich her. Hausmann musste zusehen, wie ihr Tränen übers Gesicht liefen. Die Furcht, dass der Mann ihr etwas antun könnte, liessen klaren Gedanken keinen Platz.

Der Mann dirigierte ihn an den Tisch und befahl ihm, einen Stuhl in die Mitte des Wohnzimmers zu ziehen.

«Ich will, dass Sie ihn mit einer Hand über den Boden schleifen. Sonst kommen Sie womöglich auf die dumme Idee, ihn mir an den Kopf zu werfen.»

Auf Geheiss stellte Hausmann den Stuhl ab und setzte sich darauf.

Der Mann zog schwarze Plastikstreifen aus der Hosentasche und hielt sie Eleina vor die Augen. «Weisst du, was das ist?»

Das Mädchen sah weg.

«Das sind Kabelbinder. Damit wird sich dein Vater nun am Stuhl festmachen.»

Er warf Hausmann einen Kabelbinder zu. Das Plastik fiel auf den Teppich. Hausmann bückte sich aus dem Stuhl, um es aufzuheben.

«Sitzen bleiben.»

Hausmann richtete sich wieder auf.

«Ich habe noch mehr davon.» Der Mann warf wieder. Hausmann fing.

«Zuerst also bitte den linken Unterschenkel ans linke Stuhlbein.»

Hausmann bückte sich wieder. Das Blut pochte in der Nase. Er band den linken Unterschenkel fest.

«Und jetzt rechts.»

Hausmann gehorchte.

«Das macht er gut, dein Vater, nicht?»

Eleina antwortete nicht. Sie versuchte, ein Schluchzen zu unterdrücken.

Hausmann zurrte den linken Arm an die Lehne.

«Jetzt du.» Ein Kabelbinder baumelte vor Eleinas Gesicht. Sie schüttelte den Kopf.

Der Mann drückte das Ende des Laufs hart an ihre Schläfe. Tränen schossen ihr aus den Augen. Sie rührte sich nicht. Er hieb ihr mit dem Lauf an den Hinterkopf.

«Tu, was der Mann sagt.» Hausmanns Stimme klang trocken und dünn.

Eleina nahm den Kabelbinder und zurrte damit den rechten Arm ihres Vaters fest.

«Damit ist deine Aufgabe beendet. Ich denke, das Beste ist, du gehst jetzt schlafen, wie sich das für kleine Mädchen gehört.»

Eleina schrie auf und warf sich ihrem Vater an den Hals. Der Mann zerrte sie weg, schleifte sie aus dem Wohnzimmer, über den Gang und verschwand mit ihr im Kinderzimmer. Hausmann hörte seine Tochter weiter toben. Doch plötzlich war Ruhe.

«Tun Sie ihr nichts!», krächzte er den beiden hinterher. Keine Reaktion.

Nach einer Weile trat der Mann aus dem Zimmer und schloss die Tür sorgfältig.

«Was haben Sie mit ihr gemacht?», fragte Hausmann.

«Geknebelt und gefesselt. Der Klassiker eben.»

«Sie Schwein.»

«Keine vorschnellen Zuordnungen, Hausmann. Wer von uns beiden das Schwein ist, wird sich am Ende unserer Unterhaltung zeigen.»

«Lassen Sie sie gehen.»

«Vielleicht.»

«Wer sind Sie?»

«Sie haben meine Schwester erfrieren lassen.»

Die Farbe wich aus Hausmanns Gesicht.

«Samt ihrem ungeborenen Kind.»

«Damit habe ich nichts zu tun.»

Hausmann kriegte eine geknallt. Er drohte mit dem Stuhl nach hinten zu kippen.

«Darüber brauchen wir nicht zu diskutieren», sagte der Mann. «Ich werde Sie dafür umbringen. Ich bin bloss etwas enttäuscht, dass Ihre Frau nicht da ist. Wo ist sie?»

Hausmann begriff, dass seine einzige Chance darin bestand, nichts zu sagen.

«Sie schweigen, Hausmann. Sie rechnen damit, dass Sie es schaffen, mich hierzubehalten, bis Ihre georgischen Freunde aufkreuzen. Vielleicht gelingt das ja.»

Hausmann blieb still. Der Mann zog die Kabelbinder an den Armen fester an. «Ihr Blut staut sich, Hausmann. Hübsche

Wurstfinger. Ich werde in der Küche nachsehen. Ihr Snobs besitzt ja allerhand Messer. Da wird sich doch eines finden lassen, das scharf genug ist, um das eine oder andere Wurstrÿdchen abzuschneiden.»

48

Bleich blinkende Sonnen flogen ihm entgegen. Jedes Mal leuchteten sie in kräftigerem Orange. Dann verschwanden sie wieder in seinem Rücken. Bärtschi war froh darum, dass er nicht die Sirenen anzuwerfen brauchte, um ungehindert durch den Verkehr zu gelangen. Verkehr war schlicht keiner vorhanden. Er fuhr allein durch eine Welt, die der Nebel verschluckt hatte. Auf der Brücke über den Rhein nach Feuerthalen beschleunigte er. Immer wieder griff er an das Holster, um zu prüfen, ob die Waffe dort war.

Beim Campingplatz machte er das Licht aus und trat mit dem Fuss auf die Kupplung. Das Auto rollte beinahe geräuschlos zum Parkplatz. Als der Wagen stand, verzichtete er auf den Lärm, den die Handbremse verursachte. Er setzte einen Fuss nach draussen. Der Schnee brach ein. Die Autotür wurde leise ins Schloss gedrückt.

Im Kiosk brannte Licht. Bärtschi ging näher und sah durchs Fenster. Er beobachtete einen Mann, der neben zwei leeren Bierflaschen sass und sich nach der dritten bückte. Mit einem Feuerzeug hebelte er den Deckel weg. Die Augen des Mannes folgten der Flugbahn bis hinter die Kühlschränke. Dann setzte er an und trank. Bärtschi begab sich zum Eingang und klopfte an. Tritte auf Holzboden. Ein Schloss.

«Wer sind Sie?»

«Bärtschi. Polizei. Wir haben telefoniert.»

Der Mann schaute an Bärtschi vorbei in die Dunkelheit. «Und der andere?»

«Welcher andere?»

«Ihr kommt doch immer zu zweit.»

«Heute nicht. Sie sind?»

«Ich denke, ich habe Ihnen meinen Namen am Telefon genannt.»

«Denken Sie noch einen Tick weiter. Ich habe vergessen, ihn mir zu merken.»

«Max Gloor. Und Sie?»

Bärtschi seufzte. «Bärtschi.»

Drinnen keuchte die Heizung warme Luft. Im Raum war es heiss, obwohl ein Fenster offensichtlich zerstört worden war.

«Sehen Sie sich diese Schweinerei an.» Max Gloor zeigte mit einer ausladenden Bewegung in den Raum und verlor das Gleichgewicht. Er fiel vornüber und stützte sich an einem Kühlschrank ab.

«Wo sind die Leute?», fragte Bärtschi.

«Im Wohnwagen.»

«Das sagten Sie bereits am Telefon. In welchem?»

Max Gloor legte die Stirn in Falten und versuchte, hinter ihnen die geeignete Wegbeschreibung zu finden.

«Führen Sie mich hin.»

Max Gloor sah Bärtschi an. «Wollen Sie nicht warten, bis Verstärkung kommt?»

«Heute kommt nichts dergleichen.»

«Aber es sind mindestens drei oder vier Jugendliche.»

Bärtschi klopfte an die Waffe im Holster. «Wir sind zu zweit.»

Sein Gegenüber langte unter den Verkaufstresen. Er tätschelte einen Baseballschläger und grinste Bärtschi an. «Zu viert.»

Bärtschi hatte hier drin schon zu viel Zeit verloren, als dass er sich auf eine langwierige Diskussion hätte einlassen wollen. Er seufzte wieder. «Meinetwegen. Gehen wir. Aber überlassen Sie mir die Entscheidungen.»

Max Gloor nickte, räusperte sich und folgte. Sie überquerten eine harte Schneefläche. Ihre Schritte brachen durch die Kruste, die sich tagsüber erwärmt hatte und jetzt als Eisschicht den Schnee bedeckte.

Der Campingplatzbesitzer blieb stehen und deutete nach vorne. Bärtschi sah im ersten Augenblick nichts. Dann nahm er ein schwaches Licht wahr, das hin und wieder flackerte.

«Treten Sie etwa zwanzig Schritte zurück. Bleiben Sie dort stehen, bis ich Sie rufe», befahl er.

Max Gloor entfernte sich und war bald vom Nebel verschluckt.

Bärtschi nahm die Waffe aus dem Holster und entsicherte sie. Er fluchte leise wegen des Krachs, den er mit jedem Schritt veranstaltete. Da konnte er sich noch so vorsichtig bewegen.

Mit dem Rücken zur Wand des Wohnwagens schaute er vorsichtig durchs Fenster hinein. Eine Kerze flackerte auf dem Tisch. Bärtschi zog den Kopf zurück und konzentrierte sich. Hatte er wirklich niemanden gesehen? Oder hatte er sich getäuscht. Er wagte einen weiteren Blick. Wieder nichts. Er schlich ein Fenster weiter. Der Wohnwagen schien leer.

Bärtschi gelangte zur Vorderseite. Lautlos jetzt. Der Schnee war niedergetrampelt. Er tastete zur Türfalle und atmete langsam und tonlos aus, bevor er an ihr riss. In derselben Bewegung richtete er die Pistole ins Innere. Nichts. Nur die Kerze flackerte heftig im Luftzug.

Eine Berührung an der Schulter liess ihn herumfahren.

«Ausgeflogen, wie?», flüsterte Max Gloor.

«Ich habe Ihnen befohlen, wegzubleiben.»

«Ich dachte, dass Sie vielleicht Hilfe brauchen.»

«Ich melde mich, wenn ich Hilfe brauche.»

Max Gloor grummelte, man könne es niemandem recht machen, da könne man sich noch so sehr Mühe geben. Er trat gegen den Wohnwagen. «Wer bezahlt mir jetzt den Kiosk?»

«Ich schätze, Sie sind versichert.»

«Ja. Schon.» Max Gloor blickte zu Boden. «Da.» Er zeigte auf einige Fussspuren, die vom Wohnwagen wegführten.

Sie folgten ihnen. Bärtschi verlor die Orientierung und wusste nicht, wohin ihn die Spuren lockten. Erst als er sah, dass der Schnee in düstere Dunkelheit überging, begriff er, dass er sich auf den Rhein zubewegte. Dort verloren sich die Spuren.

«Sieht aus, als wären sie übers Wasser gegangen», murrte Bärtschi.

«Oder sie haben mir den Gefallen getan und sind ersoffen.»

«Sie haben ein Kind dabei, Herr Gloor.» Bärtschi zeigte auf den Schnee.

«Dann sind's Illegale. Die können mir sowieso gestohlen bleiben, wenn Sie mich fragen.»

«Welches Interesse hätten Illegale, Ihren Kiosk zu beschädigen?»

«Fragen Sie jemand anderen.»

«Wer hätte wirklich ein Interesse daran?»

«Warum fragen Sie?»

Bärtschi kassierte einen feindseligen Blick.

«Wer nicht fragt, kriegt keine Antworten, Herr Gloor.»

«Da haben Sie auch wieder recht.»

Bärtschi sah sich um. Vergeblich. Der Nebel war zu dicht. Er begann am Ufer entlangzugehen. Hin und wieder bückte er sich und untersuchte den Boden, stand auf und starrte weiter auf die Wasserlinie. Er sah ein, dass die Suche flussaufwärts keine Anhaltspunkte brachte.

Bärtschi kehrte um, ging an Max Gloor vorbei, der dastand und den Baseballschläger hängen liess. Die Kälte biss sich an den Fusssohlen fest und wanderte von dort in die Knochen und nach oben.

Er war nahe daran, aufzugeben, als ein flüchtiger Hinweis seine Aufmerksamkeit einfing. Wieder bückte er sich. Bärtschi hielt die Luft an, damit der Dampf aus seinen Lungen die Sicht nicht behinderte. Da war er. Der Abdruck eines Kinderfusses im Schnee.

Er richtete sich auf und horchte. Vom Rhein her war ein Motor zu hören. Bärtschi starrte angestrengt in den Nebel. Wellen schwappten ans Ufer. Die Umrisse eines Kursschiffes glitten an ihm vorbei. Der Name des Schiffes war kaum zu erkennen. Bärtschi kniff die Augen zusammen. «Schaffhausen». Ein Motorboot folgte. Er griff zum Telefon.

49

Cobb fand die Idee, ein Navi an die Frontscheibe zu kleben, immer verlockender. Sie fuhren schon zum dritten Mal durch Büsingen, ohne die Strasse gefunden zu haben, wo Hausmann wohnte. Anna Galatis Gesicht wurde vom kalten Licht des Smartphones beleuchtet. Wenn Cobb kurz von der Strasse weg zu ihr hinsah, starrten die dunklen Augen unter hellen Brauen angestrengt aufs Display.

«Da vorne hoch», sagte sie.

«Da?»

«Nein, die Nächste.»

Cobb blinkte.

Die Strasse war steil und lang. Immer wieder gingen Querstrassen von ihr weg. Cobb verlangsamte jeweils. Keine passte zu dem Gekritzel, das Galatis Zettel zierte. Der Nebel lichtete sich. Die Stossdämpfer ächzten. Die Scheinwerfer beleuchteten einen Naturweg. Zu beiden Seiten lagen schneebedeckte Felder, die sich im Nichts verloren.

«Zurück», sagte Galati.

«Offensichtlich.»

«Dann war es doch eine Abzweigung früher.»

«Offensichtlich.» Er wendete das Auto.

«Und sonst?»

«Wie?» Cobb sah sie an.

«Gibt's auch was anderes als ‹offensichtlich›?»

«Ja.» Cobb tippte sich an die Stirn. «Zum Beispiel: Was geht mich der ganze Scheiss überhaupt an?» Er drehte den Zündschlüssel. Der Motor starb ab.

«Roths Ermordung?», fragte sie.

«Roth war ein ehrgeiziges Arschloch.»

«Sie.» Ihr Blick ruhte auf ihm.

Cobb beobachtete die Nebelschwaden, die sich in Fetzen vom Rhein hochkämpften. «Ja.»

«Grund genug, Cobb.»
«Ja, Grund genug.»
Schlüssel. Zündung. Alles wieder zurück.
«Die Nächste links.»
Cobb bog in die Querstrasse ein, fuhr bis zu ihrem Ende. Obwohl er an der nächsten Kreuzung Rechtsvortritt hatte, trat er voll auf die Bremse. Ein Auto kam wie ein Geschoss den Berg heruntergefahren.
Galati sah vom Display hoch. «Da hoch.»
«Da, wo die Rakete herkam.»
«Genau da.»
Er parkierte am Strassenrand. Hausmanns Anwesen war von einer Mauer umfasst. Cobb und Galati folgten ihr und gelangten an ein grosses Tor. Es stand offen. Trotzdem klingelte Galati. Sie warteten darauf, dass sich Hausmann über die Fernsprechanlage meldete. Galati klingelte wieder. Als sie keine Antwort erhielten, gingen sie durchs Tor. Unsichtbare Bewegungsmelder liessen helle Lichter aufleuchten, die sie zum Haus geleiteten.
Über dem Eingang baumelte eine Überwachungskamera an einem Kabel. Die Tür war nur angelehnt. Drinnen brannte Licht. Cobb und Galati traten ein und riefen Hausmanns Namen. Es blieb still. Zu still. Galati zog den Pfefferspray aus der Gesässtasche.
Gemeinsam nahmen sie die Stufen ins Hochparterre. Ein Gang führte an einer Fensterfront entlang. Sie blieben kurz stehen, als sie in ihrem Rücken ein leises Klopfen vernahmen. Nachdem sie angestrengt gelauscht hatten und sich das Klopfen nicht wiederholte, ordneten sie es als Sinnestäuschung ein und gingen weiter. Vor ihnen lag das Wohnzimmer. Im Esstisch steckte ein Messer. Hausmann sass auf einem Stuhl vor dem Kamin, der Kopf war auf die Brust gefallen. Es stank nach Blut. Der Teppich war ruiniert.
Galati ging näher und wich sofort wieder zurück. «Aus dem kriegen wir nichts mehr raus.»
Sie starrte auf die Finger, die einzeln an der Lehne festgezurrt

waren. Zeige- und Mittelfinger waren verstümmelt. Das Blut noch feucht. Auf dem Teppich lagen hauchdünne Scheiben.

Cobb trat näher und bückte sich. «Wie eine Salami», flüsterte er. Er sah hoch und entdeckte ein Loch in Hausmanns Stirn. «Wer immer das war, er hat die Information erhalten, die er brauchte.»

«Was tun wir? Bärtschi anrufen?»

«Wir machen uns erst einmal davon. Das hier gefällt mir nicht.»

Sie verliessen das Wohnzimmer. Bei der Treppe am Ende des Gangs angelangt, erstarrten sie. Da war es wieder, das Klopfen. Sie hielten den Atem an. Etwas pochte gegen die Wand. Es kam aus dem Zimmer hinter ihnen.

Galati umklammerte den Pfefferspray, Cobb trat an die Tür. Er öffnete sie und wich zurück. Das Klopfen wurde kräftiger. Ein Lichtkegel fiel auf ein Bett. Darin lag jemand und schaukelte es so, dass der Rahmen an die Wand schlug. Cobb tastete und fand den Lichtschalter.

Auf dem Bett lag Eleina. Ihr Mund war mit Klebeband zugeklebt. Die Hand- und Fussgelenke am Bettgestell festgezurrt. Galati stürzte an den Schreibtisch und wühlte in einer Schublade. Mit einer Schere durchschnitt sie die Kabelbinder. Als die Hände frei waren, riss sich Eleina das Klebeband vom Mund. Sie schluchzte und klammerte sich an Galati fest. Galati wedelte Cobb zur Tür hinaus.

Cobb stand vor dem Eingang zum Haus und zündete sich eine an. Er wünschte, die Betreuung der Kleinen ginge schneller voran. Sie befanden sich in unsicherem Gebiet. Die Bewegungsmelder sorgten dafür, dass er hell beleuchtet zur Strasse gelangte. Er sah auf und ab, schnippte die Zigarette weg und ging zurück. Galati kam ihm entgegen.

«Wie geht es ihr?», fragte Cobb.

«Schlecht. Wir müssen in die Stadt. Sie hörte ihren Vater schreien. Offenbar wollte ein Mann wissen, wo sich seine Frau aufhält. Das Mädchen hat mitbekommen, dass sie bei Imhofs ist.»

«Gabriel.»
«Was?»
«Ihr Bruder.»
«Was redest du da?»
«Veras Bruder.»
«Aha.»
«Er ist hinter den Mördern seiner Schwester her.»
«Warum weiss ich nichts davon?»
«Ich wollte es dir erzählen.»
«Mann!»

Sie hatten Eleina geholfen, sich anzuziehen, und führten sie zum Auto. Als sie einstiegen, meldete sich Cobbs Handy. Er nahm den Anruf entgegen und trommelte aufs Dach der Fahrerkabine. Während er zuhörte, ging er auf der Strasse auf und ab. Schliesslich steckte er das Telefon ein.

«Es war Bärtschi.»
«Ist was?»
«Die Kacke ist am Dampfen.»
«Was ist los?»
«Der Entführer und Gauglers Frau und Sohn befinden sich offenbar auf einem Schiff.»
«Und?»
«Es fährt den Rhein hoch. Er versucht, in ein Boot zu kommen und es einzuholen.»
«Was noch?»
«Er ist nicht der Einzige, der dem Schiff folgt. Bärtschi ist überzeugt, dass es die Georgier sind.»
«Die Kumpels der tätowierten Leiche.»
«Und noch etwas. Es gibt eine undichte Stelle. Menk. Er sitzt mit den Georgiern im Boot.»

Galati sah zum Auto hin, in dem Eleina sass. «Schaffst du das mit ihr?»

«Warum?»
«Mach den Kofferraum auf.»
«Kannst mich mal darüber informieren, was du willst?»
«Ich schätze, im Kofferraum sieht es aus wie vor drei Tagen.»

«Was soll das?
«Ist der Neopren noch drin?»
«Ja klar.»
«Fahr mich an den Rhein.»

50

Johann Imhof zerrte seine Schwester aus dem Taxi. Sie fiel auf die Strasse. Die rosa Strümpfe zerrissen und wurden klebrig vom Blut, das aus den Wunden an den Knien trat. Annette weigerte sich, aufzustehen. Imhof liess den Tennisschläger fallen und zog sie hoch.

Der Taxifahrer war ausgestiegen und kam ums Auto herumgelaufen. «He Sie, lassen Sie das!» Er packte Imhof und drückte ihn auf die Kühlerhaube. «Lassen Sie die Frau in Ruhe.»

«Sie ist meine Schwester.»

«Und ich bin der Kaiser von – Sie wissen schon.»

Annette rannte zum Haus und verschwand in der Tür.

«Wissen Sie, wen Sie vor sich haben?», fragte Imhof.

«Einen armseligen Schlappschwanz, der auf seine Frau losgeht.»

«Ich bin der künftige Präsident dieser Stadt.» Zitternd zog Imhof sein Portemonnaie hervor und entnahm ihm eine Note. Und noch eine. Und noch eine. Und zwei mehr. Er hielt dem Taxifahrer fünfhundert Franken hin.

«Nehmen Sie und lassen Sie mich in Ruhe.»

Der Taxifahrer riss ihm die Noten aus der Hand und zählte sie durch. Er steckte sie in die Brusttasche seines Hemdes und trat zurück. Imhof zauberte eine weitere Note hervor.

«Und das ist dafür, dass Sie diese Fahrt vergessen.»

Der Taxifahrer lächelte breit. «Ich kann mich schon gar nicht mehr daran erinnern, wo ich Sie aufgegabelt habe.»

Er ging ums Auto auf die Fahrerseite, stieg ein und fuhr davon.

Johann Imhof stand im Nebel und ordnete seine Kleider. Die Schuhe knallten auf den Steinplatten, als er zur Haustür schritt. Auf halbem Weg blieb er stehen, drehte sich um, ging zurück, hob den Tennisschläger auf und schloss die Gartentür. Er hatte sich wieder im Griff.

Im Haus brannte der Kronleuchter. Imhof hängte den Mantel an einen Kleiderbügel, lehnte den Tennisschläger ans Gestell mit den Buddhafiguren und schlüpfte in die Hausschuhe. In der Toilette drehte er den Hahn auf und wartete, bis heisses Wasser ins Becken lief. Imhof löste die Knöpfe an den Ärmeln des Hemdes und rollte den Stoff zurück. Das heisse Wasser färbte die Hand rot. Imhof hielt dem Schmerz stand. Als er kaum mehr auszuhalten war, zwang er sich, langsam bis zehn zu zählen. Erst jetzt zog er die Hände zurück. Er legte sie sich aufs Gesicht und genoss die Wärme, die sich auf der Haut ausbreitete.

Das heisse Wasser hatte den kleinen Raum mit Dampf gefüllt. Imhof schaute in den Spiegel und sah sein Gesicht verschwinden. Er trocknete die Hände ab und rubbelte sorgfältig die Haut zwischen den Fingern trocken. Allmählich kam sein Spiegelbild zurück. Er war zu Hause angekommen. An dem Ort, wo er vor unliebsamen Überraschungen geschützt war und wo *er* die Geschicke bestimmte.

Er trat in den Eingangsbereich und rief nach Annette. Sie antwortete nicht. Er ging durch die Zimmer. Sie war weder in der Küche, wohin sie sich immer begab, um sich einen Tee zu brühen, wenn sie heimkamen, noch stand sie im Wohnzimmer neben dem Bild ihrer beider Mutter und sah aus dem Fenster. Sie lag auch nicht auf dem Bett in ihrem Zimmer. Das Badezimmer war leer. Das Zimmer der Mutter ebenso. Staub wirbelte auf, als er eintrat. Er sah in seinem Büro nach, in beiden Gästezimmern und in seinem Schlafzimmer. Er stieg die Treppen wieder hinab und knipste das Licht in der Bibliothek an. Leer. Keine Spur von seiner Schwester. Einzig in der Garderobe hing ihr Mantel. Er dachte kurz, dass er der einzige Hinweis dafür war, dass sie lebte.

Noch lebte.

Und wenn nicht?

Der Estrich war der einzige Ort, an dem er Annette noch nicht gesucht hatte. Geschichten und Schlagzeilen von Menschen, die sich an den Balken in Estrichen aufgehängt hatten, trieben ihn die Stufen hoch. Er stolperte einmal, fiel hin und rutschte zurück, zog sich am Geländer wieder hoch und rannte weiter. Keuchend rammte er die Tür. Sie flog auf.

Annette stand im Schein der einzigen Glühlampe. Staub schwebte in der Luft. Die Haare hingen ihr ins Gesicht. Sie war so gut wie nackt. Ihre Brüste wurden von einem rosa Büstenhalter zusammengepresst und hochgehoben. Der Slip bestand aus einem hinfälligen Fetzen Stoff. Das Blut an den Knien drückte durch den Stoff eines neuen Paars Strümpfe, die von Strapsen und einem Tanzgürtel gehalten wurden. Die Füsse steckten in einem paar knallroter High Heels. Sie hielt eine Pistole mit beiden Händen, die Mündung zeigte auf ihn.

«Bleib stehen, Johann.»

«Du weisst nicht, wie das Ding funktioniert.»

«Wetten?»

«Leg sie hin.»

«Erst, wenn ich sie benutzt habe.»

«Red keinen Unsinn.»

«Unsinn», wiederholte Annette und lächelte.

Imhof trat einen Schritt auf sie zu.

«Bleib stehen!»

Imhof stand still und hob die Hände. «Es tut mir leid, dass ich so ausgerastet bin.»

«Mir auch. Die Strümpfe sind ruiniert.»

«Ich kaufe dir neue.»

«Ich bin nicht blöd, Johann. Seit dem Unfall war ich bloss etwas hilfloser. Du hast darauf hingearbeitet, dass ich mich ganz verliere. Aber schau mich an. Ich hab mich noch.»

Imhof liess die Hände sinken. «Ja, schau dich an. Ein lächerlicher Aufzug. Lächerlich wie dein Auftritt an der Eröffnung. So zieht man sich als Schwester des künftigen Stadtpräsidenten nicht an. Ich dulde das nicht.»

Annette hob die Pistole etwas an und zielte auf Johanns Kopf. «Du findest lächerlich, was ich anhatte? Was soll ich denn sagen? Zu einem Bruder, der sich öffentlich blamiert. Du hättest dich sehen sollen.»

«Natürlich hatte ich gegen den Präsidenten des Fussballclubs keine Chance. Um das ging es nicht. Es war eine von vielen Attraktionen zur Eröffnung.»

«Du hast kaum einen Ball erwischt. Die Leute lachten. Über mich hat niemand gelacht.»

«Nur getuschelt. Hinter vorgehaltener Hand.»

Annette ging etwas zur Seite. «Da ist ein Zettel.» Sie deutete nervös mit der Pistole.

Johann bemerkte ein Blatt Papier, das an einen Balken geheftet worden war. Am Boden lag ein Bleistift.

«Komm her und schreib auf, was ich diktiere.»

«Du spinnst doch.»

«Los.» Ein Schuss löste sich. Vor Imhofs Füssen splitterte das Holz.

Imhof fing zu zittern an.

«Los.»

Er ging auf den Balken zu, bückte sich und hob den Bleistift auf.

«Schreib: ‹Ich habe Ulrich Gaugler erschossen. Er hat sich an meiner Schwester vergriffen.› – Nein. Schreib ‹vergewaltigt›. – ‹Er hat meine Schwester vergewaltigt.› Schreib das.»

«Annette, hör zu …»

«Schreib!»

Imhof fing an, aufs Papier zu kritzeln.

Annette wartete, bis er den Satz beendet hatte. «Weiter: ‹Ich kann mit dieser Tat nicht länger leben.› Und dann deine Unterschrift.»

«Annette, ich besorge dir einen guten Arzt.»

«Ich hatte genügend gute Ärzte. Wirklich krank wurde ich wegen dir. – Schreib!»

Imhofs zitternde Hand schrieb Wort für Wort.

«Die Unterschrift.»

Imhof setzte seine Unterschrift.

Im Parterre splitterte Glas.

Der Bleistift drückte ein Loch ins Papier.

«Du bewegst dich nicht von der Stelle.» Annettes Blick ging

nervös zwischen ihrem Bruder und dem Eingang zum Estrich hin und her.

Von unten waren Schritte zu hören. Jemand ging durch die Räume. Die Treppe knarrte. Ein Schatten huschte an der Tür vorbei. Annette schoss hinterher.

51

«Man kann ja froh sein, wenn der Motor noch dran ist.» Max Gloor zog die Abdeckung vom Boot. «Es ist ja schon vorgekommen, dass sie die Motoren ganz einfach mit dem Holz vom Boot weggeschnitten haben. So was kann mir nicht passieren.» Er klopfte auf den Alurand und grinste verschwörerisch.

«Können wir losfahren?»

«Wenn der Motor anspringt. Man weiss nie bei dem Sauwetter. Nicht, dass ich ihn nicht warten würde. Aber man weiss nie.»

«Dann mal los!»

«Es ist ja nicht meine Art. Aber, Sie wissen schon, normalerweise kriege ich das Benzin vergütet, wenn ich jemanden transportiere. Und hier, schätze ich, wäre eine Risikozulage angebracht.»

«Schreiben Sie eine Rechnung.»

«Und wann kümmern wir uns um die Schäden am Kiosk?»

«Auch das wird erledigt werden. Los jetzt!» Er entsicherte die Pistole und zielte auf Max Gloors Kopf. «Rein ins Boot.»

«Ich mach ja schon!» Er beeilte sich, ins Boot zu kommen, und startete den Motor. Während er im Heck sass und steuerte, begab sich Bärtschi zum Bug.

«Fahren Sie in die Mitte!», schrie er gegen den Lärm.

«Dann werden wir langsamer!»

«Egal. In die Mitte. Und drehen Sie voll auf.» Unter seinen Füssen schlug der Boden bisweilen hart auf dem Wasser auf. Bald schon verschwand jeglicher Anhaltspunkt. Mitten im Rhein gab es nur mehr den Nebel und die Aussicht, dass sich das Heck des Kursschiffes abzeichnete. Wassertropfen fanden den Weg durchs Gewebe. Bärtschi fror. Er steckte die Hände in die Taschen der Jacke, um sie zu wärmen. Was nützte eine geladene Pistole, wenn der Finger am Abzug nicht gehorchte?

Zuerst sah er die Flagge. Sie flatterte müde und farblos in der nebligen Suppe. Das Heck liess sich erahnen. Bärtschi stolperte zurück zu Max Gloor und setzte sich neben ihn.

«Langsamer jetzt.»

«Warum?»

«Tun Sie, was ich sage.»

Max Gloor ging vom Gas. «Normalerweise habe ich auf dem Boot das Sagen.»

«Halten Sie die Klappe. Links ran.»

«Sie meinen backbord?»

«Meinetwegen.»

Das Boot scherte nach links aus. Bärtschi befahl, wieder schneller zu fahren. Sie glitten jetzt auf gleicher Höhe mit dem Kursschiff. Durch den Nebel konnte Bärtschi ein Boot ausmachen, welches vorne an den Pollern des Schiffes festgemacht war.

«Lassen Sie das Boot zurückfallen und steuern Sie auf die andere Seite.»

«Steuerbord?»

«Nein, rechts. Verdammt.»

Max Gloor steuerte das Boot in Richtung Schiffswand. Bärtschi befahl ihm, näher heranzufahren. Er versuchte sich hochzuziehen, fand aber keinen Halt. Der Schiffsrumpf verjüngte sich gegen das Wasser hin zum Kiel. Bärtschi fand keine Stelle, an der er die Füsse ansetzen konnte. Um den Rumpf zog sich ein Sims, so breit wie eine Fensterbank. Bärtschi stützte die Ellbogen auf und probierte, das linke Bein hochzuschwingen. Der Bauch war ihm im Weg, und er rutschte ab. Nach dem dritten Versuch blieb er keuchend auf dem Boot stehen.

«Bücken Sie sich», befahl er.

Max Gloor begriff nicht.

«Stützen Sie eine Hand auf dem Knie auf und machen Sie einen flachen Rücken. Mit der anderen steuern Sie.»

«Sie meinen …»

«Nein, ich befehle.»

Max Gloor tat, was Bärtschi verlangte. Der Polizist kletterte von der Sitzbank auf Max Gloors Rücken. Der ächzte unter der Last. Bärtschi hielt sich am Sims fest und langte hoch. Er streckte sich, damit er die Reling zu fassen kriegte. Es reichte nicht, auch wenn er sich auf die Zehenspitzen stellte und Max Gloor den Schmerz wegfluchte. Schliesslich ging Bärtschi kurz in die Knie und sprang in die Höhe. Die rechte Hand umfasste die Reling. Von der Kraft des Absprungs wurde das Boot vom Schiffsrumpf weggedrückt. Max Gloor machte keine Anstalten, zu Bärtschi zurückzusteuern. Er riss das Ruder herum, verschwand im Nebel und liess Bärtschi hängen.

Dieser baumelte am Schiff. Die rechte Hand umklammerte kaltes Metall. Mit der linken stützte er sich am Sims ab und begann, den Körper hin und her zu pendeln. Schliesslich gelangte er mit den Beinen hoch genug, um einen Fuss auf den Sims zu kriegen und den zweiten nachzuziehen. Bärtschi kniete auf und zog sich hoch. Als er über die Reling geklettert war, duckte er sich und rannte die kurze Strecke zum Heck. Er glitt hinter eine der Sitzbänke, auf denen sommers Touristen den Rhein hoch- und runtertransportiert wurden. Der Atem ging stossweise, Bärtschi vernahm kaum den Schiffsmotor. Er musste sich beruhigen, bevor er weiter handeln konnte. Mit entsicherter Waffe sass er auf dem feuchten Deck.

Nach einiger Zeit hörte er den Fahrtwind um die Ohren säuseln. Der Motor brummte, und die Heckwelle rauschte. Bärtschi schlich nach links und sah über die Reling. Das Boot schwamm noch immer vertäut neben dem Schiff her. Im Boot sass eine Gestalt und hatte den Gewehrkolben auf dem Oberschenkel abgestützt, der Lauf zeigte in die Luft. Bärtschi ging rückwärts den Weg zurück, den er gekommen war.

Das Restaurant lag im Hauptdeck. Eine breite Fensterfront bot Touristen eine grandiose Aussicht. Bärtschi wäre ausgestellt und hätte das perfekte Ziel abgegeben. Er suchte eine andere Möglichkeit, um zur Kommandobrücke zu gelangen. Es gab nur die, eine weitere Kletterpartie zu wagen. Er nahm einige Schritte Anlauf, sprang hoch, kriegte einen Teil der hölzernen Umrandung des Oberdecks zu fassen und zog sich hoch. Bevor er sich aufrichtete, spähte er angestrengt nach vorne. Niemand zu sehen. Er duckte sich hinter die Sitzbänke auf dem Oberdeck und horchte auf. Es war still geworden. Die Schiffsmotoren waren nicht mehr zu hören. Sitzreihe um Sitzreihe glitt Bärtschi vorwärts.

Als er an der Treppe angelangt war, die zurück aufs Hauptdeck und dann hinauf zur Kommandobrücke führte, schreckte er auf. Er war auf etwas Weiches getreten. Bärtschi machte einen Schritt zurück und bückte sich. Als er sich wieder aufrichtete, hielt er eine Stoffmaus mit merkwürdig langem Hals in der Hand. Es raschelte in seinem Rücken, und er spürte einen Stich im Nacken. Und einen zweiten.

52

Das Anziehen des Neoprenanzugs hatte Zeit gekostet. Das Material war eklig nass gewesen, hatte aber das Hineinschlüpfen etwas erleichtert. Cobb hatte Anna Galati wie schon bei der Suche nach der Leiche im Naturschutzgebiet in den Anzug hineingeschüttelt. Eleina war keine Hilfe gewesen. Sie hatte zusammengekauert auf dem Rücksitz gesessen und geschluchzt.

Galati hatte sich die Flossen im Wasser über die Neoprenschuhe gezogen. Die Handschuhe waren dünn. Dafür lief sie nicht Gefahr, beim Schwimmen einen Krampf in den Fingern zu erleiden. Cobb hatte dagestanden und besorgt dreingesehen.

«Sollten wir nicht doch lieber die Polizei rufen?»

«Tu das, Cobb. Bis die eintrifft, ist Bärtschi vielleicht schon tot. Jemand muss ihm helfen. Kommst du bei Imhofs klar?»

«Keine Sorge.» Aber eigentlich hatte er noch keinen Plan, wie er vorgehen sollte, um Gabriel davon abzuhalten, Rache zu nehmen.

«Ebenso.» Sie tauchte ab. Von Büsingen aus schwamm sie in die Mitte des Rheins und trieb Schaffhausen entgegen.

Galati achtete darauf, mit gleichmässigen Zügen voranzukommen. Hin und wieder hob sie den Kopf, um sich zu orientieren. Aber der Nebel war zu dick. Auch vom Schiff war noch nichts zu sehen.

Die Gesichtshaut prickelte im kalten Wasser. Sie langte sich an die Backen und war froh, dass da noch Gefühl war. Die Finger fühlten sich klamm an. Sie schwamm weiter.

Noch bevor sie das Schiff sehen konnte, hörte sie das Sirren der Schiffsschrauben. Galati hob den Kopf übers Wasser und starrte in die trübe Dunkelheit. Undeutlich zeigten sich die Umrisse des Bugs im Nebel. Als sie es entdeckte, blieb nur kurze Zeit zu überlegen, wie sie aufs Schiff kommen würde. Der Motor trieb es flussaufwärts, sie trieb mit der Strömung auf das Schiff zu.

Sie sah, dass ein Boot neben dem Schiff herschwamm. Darin stand ein Mann und starrte hoch. Es war der einzige Weg. Sie steuerte auf das Boot zu. Die letzten Meter tauchte sie ab und schoss aus dem Wasser, indem sie sich an der Umrandung des Bootes abstützte. Das Gefährt schwankte gefährlich. Der Mann, der darin gestanden hatte, suchte das Gleichgewicht und stolperte rückwärts in ihre Richtung. Sie kriegte den Stoff seiner Jacke zu fassen und zerrte ihn ins Wasser.

Er schlug um sich. Der grosse Kopf tauchte auf und zog die Luft ein. Sein Mund verformte sich fischartig. Galati holte tief Luft und drückte den Kopf des Mannes unter Wasser und tauchte hinterher. Sie kriegte ihn von hinten zu fassen. Obwohl er mit den Armen ruderte, schaffte sie es dank der Flossen, gemeinsam mit ihm in Richtung Flussbett zu tauchen.

Die Kälte war ihre Verbündete. Sie wusste, dass bei Temperaturen unter fünfzehn Grad das Vermögen, die Luft anzuhalten, sich auf zehn Sekunden verringert. Rezeptoren auf der Haut geben den Kälteschock an den Organismus weiter. Das Herz hämmert von einem Moment auf den anderen in höchster Frequenz. Der Körper braucht Sauerstoff, den er nicht kriegt. Der Blutdruck schnellt in die Höhe. Die Durchblutung des Herzens lässt nach.

Sie spürte, wie sich der Brustkorb des Mannes in ihren Armen zusammenzog. Offenbar hatte er eingeatmet und hustete nun Wasser ins Wasser.

Galati kämpfte ihren eigenen Atemreflex nieder und hielt weiter fest, bis der Körper in ihren Armen erschlaffte. Sie überliess ihn der Strömung und beeilte sich, an die Oberfläche zu gelangen. Das Schiff war weitergefahren.

Galati keuchte an der Wasseroberfläche. Sie trieb den Körper mit den Flossen an und schaufelte crawlend Wasser weg. Obwohl sie gegen die Strömung ankämpfte, kam sie erstaunlich gut vorwärts. Als sie ins Boot stieg und die Kapuze des Neoprenanzugs nach hinten schob, wusste sie, weshalb sie überhaupt eine Chance gehabt hatte, das Schiff zu erreichen. Der Motor war nicht mehr zu hören.

Sie setzte sich hin, stützte die Ellbogen auf den Knien ab und wartete, bis sich die Muskeln an den Armen erholt hatten. Auch der Atem ging allmählich langsamer. Ihr Blick fiel auf einen Haken, an dem ein dünnes Seil befestigt war. Sie hatte gesehen, wie Leute damit ihre Boote, die zwischen zwei Pfosten im Wasser befestigt waren, ans Ufer zogen.

Besser als nichts. Sie nahm den Haken an sich, stellte sich auf einen Sitz im Boot und sprang hoch. Sie zog sich auf den Sims, der das Schiff umgab, und kletterte über die Reling.

Sie duckte sich in eine Nische und versuchte, sich zu orientieren. Vor ihr lag der Bug mit den Sitzreihen für die Touristen. Hinter ihr ging es hoch auf die Kommandobrücke. Um die Ecke musste sich der Eingang zum Hauptdeck befinden. Galati richtete sich auf, drückte sich gegen die Wand und bewegte sich langsam dorthin. Die Tür, die ins Hauptdeck führte, stand offen. Galatis Kopf schnellte vor und wieder zurück. Sie sah niemanden und tat einen Schritt hinein. Stimmen, die aus dem Restaurant kamen, liessen sie in der Bewegung innehalten. Sie lauschte und wagte einen weiteren Schritt.

Mit einem lauten Rumpeln stürzte ein Körper die Treppen vom Oberdeck herunter und blieb regungslos liegen. Galati zog sich sofort zurück. Schritte hasteten aus dem Restaurant.

«Es ist der Polizist», rief eine Stimme mit Akzent.

«Scheisse, Bärtschi.» Sie erkannte Menks Stimme.

Eine dritte Stimme gesellte sich dazu. «Ich dachte, niemand weiss, dass wir hier sind?»

«Ich habe den Anruf nicht weitergeleitet», sagte Menk.

«Grund genug, dass wir uns beeilen. Ihr erledigt die drei da drinnen. Den anderen überlasst ihr mir.»

Galati schob den Kopf nach vorn. Sie sah, wie einer der Männer die Pistole entsicherte und auf Bärtschis Kopf zielte. Mit einem kurzen Schwung schleuderte sie den Haken. Er krallte sich am Hals fest. Galati riss am Seil. Der Mann taumelte und fiel zu Boden.

Der andere bückte sich, hob den Haken auf und folgte dem Lauf des Seils. Aus dem Inneren hörte Galati Glas splittern. Der

Mann drehte sich zurück. Eine Gestalt schnellte hervor und warf sich auf den am Boden Liegenden. Ein Schrei zerriss die Stille. Die Gestalt drückte ihm einen Gegenstand ins Zwerchfell. Der Mann bäumte sich auf. Ein Schuss löste sich, die Gestalt sackte leblos zusammen und blieb auf dem Körper unter ihm liegen. Das Weiss des Bodens färbte sich rot. Galati zog den Kopf zurück.

«Da! Im Taucheranzug!», rief Menk.

«Scheisse, Menk. Er hat Koki eine abgebrochene Flasche in den Bauch gerammt. Das geht auf dein Konto.»

«Was habe ich damit zu tun? Immerhin hat Koki den anderen auch erledigt.»

«Ruf Giorgi. Er soll sich um den Typen im Tauchanzug kümmern. Dann lösen wir das Problem mit der Frau und dem Kind.»

«Und der Alte?»

«Der läuft uns nicht davon.»

Ein Ruck ging durchs Schiff und schleuderte Galati gegen die Reling. Unter ihr riss das Boot an der Leine. Das Schiff bewegte sich nicht von der Stelle. Sie drückte sich weg und sah nach oben. Vom Hauptdeck ging aussen herum eine steile Treppe zur Frontseite der Kommandobrücke. Sie kletterte hoch.

Menk stolperte aus dem Eingang und fiel aufs Deck. Als er sich hochgerappelt hatte, trat er an die Reling und sah hinunter.

«Giorgi ist weg!»

«Was?» Der andere rannte zu Menk und sah hinunter. «Verfluchte Pfeifen! Menk, du gehst rein und schaust, dass die Frau und der Junge nicht verloren gehen. Ich kümmere mich um Taucheranzug.»

«In Ordnung, Aleko.»

53

Irina konnte warten. Das wusste sie. Sie hatte eine Nacht lang bei Eiseskälte auf dem Dach gegenüber einer Diskothek gelegen. Das Gewehr im Anschlag. Es war eine Frage der Zeit gewesen, bis die Zielperson in die Winternacht treten würde. In den frühen Morgenstunden war es so weit gewesen. Ein einzelner Schuss zerriss die Stille. Ein Mann sackte in den Schnee. Sie hatte den Mörder ihres Bruders hingerichtet.

Jetzt kauerte sie gegenüber der Holzwand, die den Estrich vom Rest des Hauses trennte. Sie brauchte die Pistole nicht zu entsichern. Die Five Seven ist eine Single-Action-Waffe. Die meisten Komponenten werden aus Kunststoff hergestellt. Sie liegt leicht in der Hand. Der Rückstoss ist gering. Die Wirkung verheerend. Schutzwesten kein Thema.

Irina hatte Munition mit Hartkern geladen, die Militär und Polizei vorbehalten war. Für Zivilpersonen war der Besitz verboten. Irina hatte sich nicht darum geschert. Es war schliesslich alles nur eine Frage des Geldes.

Sie versuchte, still zu atmen, und lauschte, unterschied die Laute des Hauses von denen, die von Menschen verursacht wurden. Ein leises Knacken ging durchs Holz des Treppengeländers. Weit unten bewegte sich die Mechanik einer Uhr. Wasser gluckerte leise in den Heizkörpern.

Vom Estrich her kam in unregelmässigen Abständen kaum vernehmbares Knarren. Jedes Mal, wenn sich die Spannung im Holz entladen hatte, passierte eine geraume Weile nichts mehr. Dann ächzte ein weiterer Balken leise auf, ein nächstes Knarren ging durch die Bretter. Zwischendrin glaubte sie Getuschel zu hören.

Als sie durch die offene Tür einen Schatten auf dem Holzboden sah, hob sie die Waffe. Sie schätzte ab, wo die Person etwa stehen konnte, zielte auf eine Stelle in der Holzwand nah bei der Tür. Atmete aus. Drückte ab.

Unmittelbar auf den Knall folgte ein Aufschrei. Ein Gegenstand fiel zu Boden. Sie hörte eine männliche Stimme «Oh Gott!» rufen. Schritte, die sich entfernten. Weitere Schritte, die in dieselbe Richtung liefen.

Zeit, anzugreifen.

Irina drückte sich erst an die Holzwand, schoss dann in den Estrich, kullerte sich auf den Boden und suchte Schutz hinter einem Stapel Kisten. Sie spähte hervor.

Imhofs hatten sich in der äussersten Ecke des Estrichs unter die Dachschräge gekauert. Johann bedeckte sein Gesicht, Annette hielt sich den linken Oberarm, der nutzlos von der Schulter baumelte.

Irina hob die Pistole auf, die beim Eingang zum Estrich lag, und steckte sie ein. Sie trat in die Mitte des Raumes, blieb vor dem Zettel stehen, der an einen Balken geheftet war, und lächelte.

«Gute Vorarbeit.» Sie tippte mit dem Lauf ihrer Pistole auf den Text. «Zuerst die Frau», befahl sie. «Aufs Sofa.»

Annette schob sich weiter nach hinten. Die Strümpfe zerrissen. Irina ging auf sie zu. «Ich sagte: Zuerst die Frau. Steh auf. Wenn es dir lieber ist, zerschiesse ich dir die Knie. Dann wirst du zum Sofa robben.»

Annette schob sich mit dem gesunden Arm nach vorne und erhob sich. Auf wackligen Beinen stolperte sie zum Sofa.

«Hinsetzen.»

Annette setzte sich. Irina trat vor sie hin. «Bald tut's nicht mehr weh. Dein Bruder hat mit meinem Mann gute Geschäfte gemacht. Ich habe aber den Eindruck, dass er Geschäftspartner fallen lässt, wenn er sie nicht mehr braucht. Ein mieser Charakterzug. Tut mir leid, man kann sich die Familie nicht aussuchen.»

«Ich habe niemanden fallen gelassen», meldete sich Imhof aus der Ecke.

«Du hast zu lange gewartet, Johann. Du hättest Gaugler klipp und klar sagen können, dass das Restaurant für jemand anderen bestimmt ist. Nämlich für uns.»

«Ich sagte es ihm. Aber er wollte ans Licht bringen, dass er

Annette eine Invalidenrente ermöglicht hatte, weil ich ihm die Liegenschaft versprochen hatte.»

«Siehst du, Johann, das soll nicht unser Problem sein. Wir wollen die Liegenschaft, der Rest interessiert uns nicht. Die Anzahlung hast du gerne entgegengenommen.»

«Du Schwein.» Annette richtete sich auf.

«Aber Gaugler ist ja jetzt tot», sagte Imhof.

«Ja, damit gingen die Probleme erst richtig los. Einer unserer Männer kam bei Gaugler ums Leben. Gauglers Frau und Sohn haben mehr gesehen, als sie hätten sehen dürfen. Dieser Journalist schnüffelt herum und hat eine Idee, auf wessen Konto der Mord an Roth und dessen Frau gehen könnte. Und du, Johann, wer sagt uns, dass du nicht bald unter der Last zusammenbrichst?»

«Ich werde schweigen, das verspreche ich.»

«Ich brauche keine Versprechen, ich brauche Gewissheit. Und die einzige Gewissheit ist der Tod, Johann. Steh auf.»

Imhof schüttelte den Kopf. Irina schoss. Holz splitterte Imhof ins Gesicht. Er schrie auf.

«Ich kann auch näher.»

«Bitte nicht.»

«Dann steh auf.»

Imhof kroch auf allen vieren unter der Dachschräge hervor und richtete sich auf.

«Komm her.»

Er gehorchte.

Irina zeigte auf den Zettel am Balken. «Lies vor.»

Imhofs trockener Mund bewegte sich. «Ich habe Ulrich Gaugler erschossen. Er hat meine Schwester vergewaltigt. Ich kann mit dieser Tat nicht länger leben. Johann Imhof.»

«Sehr schöner Text. Etwas holperig, aber gut genug für meine Zwecke.»

«Was hast du vor, Irina?»

«Ich? Gar nichts. Ich arrangiere bloss. Am Ende wird es so aussehen, dass du in deiner Verzweiflung erst deine Schwester erschossen hast, und danach hast du dir selber eine Kugel durch den Kopf gejagt. Mit deiner Armeepistole.»

«Das kannst du nicht.»

«Doch, doch.» Sie drückte die Mündung in Imhofs Nacken. «Falls ich dich erschiessen müsste, bevor deine Schwester tot ist, wird es für sie ein sehr schmerzhafter und schwieriger Tod werden, Johann.»

Sie hielt ihm die Armeepistole hin. Er nahm sie an sich. Die Hände zitterten.

«Gehen wir näher, Johann.»

Sie grub die Mündung tiefer in Imhofs Nacken. Er machte drei Schritte. Annette verkroch sich in die rechte Ecke des Sofas.

«Und jetzt hoch die Waffe.»

Imhof bewegte sich nicht.

«Ich sagte: hoch die Waffe.»

Langsam hob Imhof die Pistole.

«Nicht, Johann.» Annette hielt die Arme schützend vor ihr Gesicht.

«Ziel auf ihre Brust, Johann. Nach dem ersten Treffer nimmt sie die Hände runter.»

Schweiss rann Imhof übers Gesicht. Annette versuchte, der Mündung der Pistole auszuweichen.

«Ziel tiefer, Johann.»

Er zielte auf ihre Brust.

«Nein!» Annette schrie.

«Drück ab.»

«Ich kann nicht.»

Irina bohrte Imhof den Lauf tiefer in den Nacken. «Du oder ich, wer zuerst?»

Ein lauter Knall krachte durch den Estrich. Annette zuckte weg. Imhof stockte der Atem. Irina ging zu Boden und hielt sich den Oberschenkel. Die Ohren dröhnten.

54

Der Mann, den Menk Aleko genannt hatte, ging unter der Kommandobrücke durch. Er blieb stehen. Galati hörte ihn atmen. Ein weiterer Ruck ging durchs Schiff. Das Metall des Rumpfes stöhnte auf. Galati nutzte den Lärm und richtete sich auf. Das Schiff schwamm weiter.

Aleko ging von Sitzbank zu Sitzbank und bückte sich, immer bereit, seinem Blick eine Kugel hinterherzuschicken.

Galati spürte mehr, als dass sie es sah, wie das Schiff wieder Fahrt aufgenommen hatte. Es schwamm ohne Antrieb und steuerlos den Fluss hinab. Die Bugspitze bewegte sich von der Fliessrichtung weg und stellte sich allmählich quer zur Strömung. Es war nur eine Frage der Zeit, bis es erneut auf Grund laufen würde. Anna Galati hatte sich der Treppe genähert, um im hinteren Teil der Kommandobrücke Schutz zu suchen.

Aleko war an der Spitze des Bugs angekommen. Er stemmte die Arme in die Hüften und sah aufs Wasser hinaus.

Galati zuckte zusammen, als sie neben sich einen Schuss bellen hörte. Ihre Ohren waren taub, als sie sich umschaute. Ein älterer Herr humpelte zum Heck zurück. Als sie sich wieder nach vorne drehte, hatte sie bereits verloren. Sie stand im schwarzen Neoprenanzug vor einer weissen Wand. Das perfekte Ziel.

«Da haben wir ihn ja, den Taucheranzug. Was ist mit Giorgi?» Aleko lächelte.

«Schwimmt bei den Fischen.»

«Schau einer an. Der Taucheranzug ist eine Frau. Was tun wir denn jetzt?»

«Ich schätze, das liegt in Ihrer Hand.»

Aleko blickte auf die Pistole hinab. «Ich schätze auch.» Er hob sie hoch und zielte.

Galati sah sich nach einem Gegenstand um, den sie nach Aleko schleudern konnte. Vergeblich. Als sie wieder nach vorne blickte, war vom Mann zunächst nichts mehr zu sehen. Trockenes Geäst verdeckte die Sicht. Das Schiff hatte sich um die eigene Achse gedreht. Der Bug war dem Ufer so nahe gekommen, dass er die Bäume streifte.

Aleko versuchte, sich von den Ästen, die nun über den Bug wischten, nicht wegschieben zu lassen. Er drückte dagegen, einige Zweige brachen ab. Mit den Füssen stiess er gegen die Sitzbänke, rutschte auf ihnen aus, verfing sich in ihnen und wurde mit dem Rücken gegen die Bordwand gedrückt. Aleko stemmte sich mit aller Kraft gegen einen wuchtigen Stamm, der seinen Oberkörper übers Schiff schob. Die Füsse und Beine hatten sich in den Sitzbänken verkeilt. Die Gewalt der Strömung liess sich nicht aufhalten.

Galati war sich nicht sicher, ob das laute Knacken von einem der Äste herrührte oder von der Wirbelsäule. Aleko schrie kurz auf. Dann hing sein Oberkörper schlaff verkehrt herum über die Bordwand. Die nachfolgenden Äste zerrten die Füsse aus der Umklammerung. Alekos Körper wurde über die Brüstung geschleift und fiel ins Nichts.

Anna Galati wartete, bis sich das Schiff weiter gedreht hatte und die Gefahr durch herabhängende Äste geringer wurde. Sie ging zu der Stelle, von der aus Aleko sie bedroht hatte. Mit den Füssen schob sie trockene Zweige beiseite, bis sie fand, was sie suchte.

Da Aleko kurz davorgestanden hatte, sie zu erschiessen, ging sie davon aus, dass die Pistole entsichert war. Sie kehrte zum Eingang zurück. Bevor sie eintrat, blieb sie an der Wand stehen und lauschte. Es war nichts zu hören. Sie bückte sich und zog den Haken, mit dem sie den Georgier zu Fall gebracht hatte, zu sich heran. Er schepperte über den Boden.

«Aleko?», rief Menk aus dem Restaurant.

Galati warf den Haken erneut. Wieder zog sie ihn zu sich heran.

«Aleko, bist du's?»

Sie stellte sich vor den Eingang und zielte auf die Tür zum Restaurant. Der Atem ging ruhig. Sie bemerkte eine Spiegelung in der Glastür. Sie erhöhte den Druck auf den Abzug. Ein Schatten sprang hervor. Sie schoss und ging zurück in Deckung.

Sie horchte.

Nur der Fluss plätscherte.

Kein Hinweis darauf, ob sie getroffen hatte oder nicht.

Galati langte an den Bändel, der am Reissverschluss an ihrem Rücken befestigt war, und zog daran. Sie zerrte den linken Arm aus dem Neoprenanzug, wechselte die Pistolenhand und tat das Gleiche mit dem rechten Arm. Sie schälte den Anzug vom Rumpf, öffnete die Reissverschlüsse der Gummischuhe und strampelte sich frei. Nur mit Slip und Büstenhalter bekleidet bückte sie sich und hob den Anzug auf. Sie hielt ihn in den Eingang und erwartete einen Knall. Nichts geschah.

Schlotternd vor Kälte und mit vorgehaltener Pistole schlich sie um die Ecke. Bärtschi lag seitwärts, die beiden andern Männer noch immer übereinander, wie zuvor. Sie ging näher und beugte sich zu Bärtschi hinunter. Sie fühlte einen schwachen Puls. Als sie sich wieder aufrichtete, hörte sie ein Klicken in ihrem Rücken.

«Leg die Pistole hin.»

Galati bewegte sich nicht.

«Weg mit der Pistole.»

Sie warf sie auf einen der beiden Körper. «Gewonnen, Menk.»

«Was sonst?»

«Ich hätte darauf kommen sollen, Menk. Ich hätte damit rechnen müssen, dass Sie um die Kommandobrücke herumgehen.»

«Uralter Trick, Galati.»

«Wie weiter?»

«Da rein, zu den anderen.»

Mutter und Kind sassen, an Tischbeine angebunden, am Boden. Julia Gaugler redete auf den Kleinen ein. Der konnte sich vor Schluchzen kaum halten.

«Sag ihm, er soll endlich damit aufhören!»

Julia Gaugler spuckte vor Menks Füsse. «Finn, das Arschloch ist wieder reingekommen. Er will, dass du ruhig bist.»

«Mama, mach ihn nicht wütend.»

Menk ging zu der Frau hin und ohrfeigte sie. Finn kreischte. Menk drehte sich zu ihm um und zielte. «Gleich ist Ruhe.»

Ein Schuss riss ihn von den Füssen.

«Schau weg!», schrie Julia Gaugler.

Es folgte ein weiterer Schuss.

Finn presste die Augen zusammen.

Jack humpelte auf Menk zu und feuerte, was die Pistole an Munition hergab. Erst als der Hahn nur noch hell klickte, senkte er die Waffe. Langsam drehte er sich um und betrachtete Anna Galati.

«Und wer zum Teufel sind Sie?»

55

Cobb hatte Galati mit einem unguten Gefühl ins Wasser steigen lassen. Er konnte nicht abschätzen, was sie auf dem Schiff erwartete, wenn sie es überhaupt erreichen würde. Auf der Landstrasse nach Schaffhausen starrte er aus dem Seitenfenster, sah aber nichts als Nebel. Sein Handy vibrierte. Er sah nach. Eine Nachricht von Marlen.

Darf ich bei Valentin übernachten?

«Vorsicht!» Eleina schlug an die Kopfstütze.

Cobb bremste früh genug. Ein Schwan stolzierte vor der Stossstange vorbei. Als Cobb hupte, plusterte sich das Tier auf und fauchte das Auto an. Es dachte nicht daran, zur Seite zu weichen. Cobb schaltete in den Rückwärtsgang, setzte zurück und fuhr um den Vogel herum.

«Danke», sagte Cobb.

Eleina schluchzte, statt zu antworten. Cobb sah in den Rückspiegel. Sie hatte die Beine wieder hochgezogen, und ihr Gesicht lehnte an den Knien.

«Willst du einen Kaugummi?»

Eine Hand erschien neben seinem Kopf. Cobb kramte in der Jackentasche und hielt Eleina ein Päckchen hin. Die Hand verschwand für einen Augenblick und erschien wieder, um ihm die Kaugummis zurückzugeben.

«Nimmst du mir bitte auch einen raus?»

Cobb steckte den Kaugummi in den Mund.

«Den Rest kannst du behalten.»

«Danke.»

«Eine Frage, Eleina. Weisst du, ob deine Mutter eine Pistole besitzt?»

«Weiss nicht.»

«Hast du sie schon einmal mit einer gesehen?»

«Ja.»

«Scheisse.»

«Wie?»
«Nichts.»
Wie die Sache aussah, war Irina Hausmann zu den Geschwistern Imhof gefahren, um sie aus dem Weg zu räumen. Dass sie dabei gründlich vorgehen würde, hatte sie bei Roth bewiesen. Cobb war sich noch nicht ganz klar, wie er das verhindern wollte. Er könnte die Polizei informieren. Eine Idee, die Cobb gleich wieder verwarf. Vielleicht war Menk nicht der Einzige, der mit den Georgiern zusammenarbeitete. Vielleicht gab es ein Netzwerk.

Er hatte keine Wahl. Wollte er das Leben der Geschwister retten und sollte Irina der Prozess gemacht werden, musste er auf eigene Faust handeln.

Wollte er das wirklich? Abgesehen von einer durchschnittlich grossen Portion Empathie lag ihm nicht viel an den beiden. Warum also raste er mit hundert Sachen am Rheinufer entlang, überfuhr hupend Kreuzungen und rammte in einem Kreisel beinahe einen Lastwagen, der Kühlgut transportierte?

Irina hatte Roth Sekunden vor seinem Tod mit dem Anblick seiner gefrorenen Frau gedemütigt. Sie hatte Vera, deren Körper sich einst warm an den seinen geschmiegt hatte, in die Tiefkühltruhe gesteckt.

Zudem hatte Irina ein eindeutiges Zeichen gesetzt, wo nach ihrer Auffassung die Grenzen der Pressefreiheit lagen. Nämlich dort, wo sie die eigenen Interessen in Gefahr bringen.

Dafür wollte er sie vor Gericht sehen. Deshalb musste er verhindern, dass Gabriel sie liquidierte.

Vor der Villa stand das Auto, welches in Büsingen den Hang hinuntergerast war. Cobb befahl Eleina, im Auto zu warten und sich nicht zu rühren. Sie nickte und vergrub ihr Gesicht zwischen den Armen, welche die Knie an den Oberkörper zogen.

Das Gartentor jammerte, als er es öffnete. Die Haustür war verschlossen. Cobb entdeckte zersplittertes Glas, langte hinein, kriegte die Klinke zu fassen und drückte sie hinunter. Leise schlich er an der Garderobe vorbei zur Treppe. Aus den oberen Stockwerken hörte er Stimmen. Cobb ging ein paar Schritte weiter und drückte sich in eine Nische.

Er hörte jemanden stolpern und hinfallen. Schwere Schritte folgten. Dann unsicheres Getrappel von Absätzen. Dazu ein dumpfer Laut, ein gedämpfter Schrei. Cobb versuchte leise aufzutreten, als er sich zur Treppe zurückbewegte und hochsah.

Er erkannte zwei Beinpaare. Eines war in Hosen gekleidet, das andere in Strümpfe, die an den Knien mit Blut verklebt waren. Sie versuchten, Ferse an Ferse, synchron die Treppe herabzusteigen. Alle paar Stufen blieben sie stehen, warteten und fuhren mit dem seltsamen Pas de deux fort. Wie siamesische Zwillinge, die an den Handgelenken zusammengewachsen waren.

Die Beine, die dahinter folgten, bewegten sich nicht so koordiniert. Das rechte nahm jeweils eine neue Stufe. Das linke war blutverschmiert und schleifte hinterher. Als sie näher kamen, sah er, dass sich die Frau mit dem Ellbogen am Geländer abstützte. Die Hände waren im Rücken zusammengebunden. Wenn sie stolperte, wurde sie von einem riesigen Kerl mit Glatze an den Haaren hochgerissen. Gabriel. Ihr Jammern wurde von einem Klebeband gedämpft, mit dem ihr Mund verschlossen worden war. Cobb hörte ihren Atem durch die Nase pfeifen. Es war ein qualvoller Weg zu einer erbärmlichen Exekution.

Cobb trat an den Antritt der Treppe. «Ich denke, das reicht.»

Gabriel zog an Irinas Haaren. Die Gruppe blieb stehen. «Du kannst reden, Cobb. Aber rate mal, wer hier das Sagen hat.» Er schlug mit dem Lauf hart an Irinas Wange.

«Ich denke, es ist das Beste, sie dem Staatsanwalt zu übergeben.»

«Damit sie ein oder zwei Jahre absitzt. Das kann es nicht sein, Cobb.» Er zerrte Irina vorwärts. «Weitergehen.»

Sie taumelte. Gabriel hielt sie an den Haaren aufrecht. Cobb wünschte sich, er hätte eine Knarre in der Hand, um diesen Alptraum zu beenden.

Gabriel war mit seiner Gruppe am Antritt angekommen. «Verpiss dich, Cobb.»

Cobb rührte sich nicht.

«Spiel hier nicht den Helden, Cobb.»

«Du spielst Krieg, Gabriel.»

«Das hier ist Krieg.» Er setzte Cobb die Mündung an die Stirn.

Eine helle Stimme erklang vom Eingang. «He!»

Gabriel sah hin, die ganze Gruppe wandte sich zu ihr.

Eleina hatte einen Tennisschläger in der einen Hand. Mit der anderen warf sie einen goldgelben Gegenstand in die Höhe. Sie holte mit dem Schläger aus und streckte sich dem Objekt entgegen, als ob sie einen Ball mit einem Aufschlag übers Netz befördern wollte.

Cobb sah Gabriels verwirrten Blick. Für einen Sekundenbruchteil hatte Gabriel die Kontrolle verloren. Er konnte nicht abschätzen, was auf ihn zukommen würde.

Es war eine kugelförmige Buddhafigur aus Bronze, die, von der Bespannung des Tennisschlägers beschleunigt, auf seinen Kopf zuraste. Buddha traf ihn an der Stirn. Gabriel sackte in sich zusammen.

Cobb schnappte sich die Pistole und hielt sie so, dass es wirkte, als sei er Mitglied in einem Schützenverein.

«An die Wand mit euch. Alle!»

Dann wählte er die Rufnummer der Polizei.

56

Cobb versuchte sich den Weg frei zu hupen. Der Berufsverkehr war zum Erliegen gekommen, kaum hatte er eingesetzt. Autos stauten sich am Rheinufer bis hoch zum Bahnhof. Kurz geschorene Männer in Anzügen trommelten aufs Steuerrad. Frauen verfolgten missmutig die Bewegungen der Scheibenwischer. Handwerker sassen müde in überfüllten Lieferwagen, rauchten, assen und tranken. Busfahrer versuchten, wieder aus den Haltestellen zu kommen. Einzig Velos kamen vorwärts, indem sie sich durch die stehende Kolonne schlängelten.

Cobb war froh, dass er die Pistole endlich hatte ablegen können. Sie war ihm allmählich schwer geworden, und es hatte grosser Anstrengung bedurft, nicht anzufangen zu zittern. Auf seinen Anruf bei der Polizei hatte ein Herr Meyer geantwortet. Er hatte gefragt, ob es denn so dringend sei, da sämtliche verfügbaren Kräfte der Schaffhauser Polizei zu einem Schiffsunglück abberufen worden seien. Es hätte nicht viel gefehlt und Cobb hätte gedroht, sämtliche Anwesende zu erschiessen, den Möchtegern-Stadtpräsidenten Imhof inbegriffen. Meyer hatte aber zuvor eingelenkt und sechs Verkehrspolizisten vom Schiffsunglück abgezogen und zu Imhofs Anwesen geschickt.

Cobb hatte sich als neuen Mitarbeiter der Fachgruppe Gewaltdelikte ausgegeben. Er hatte nicht vor, stundenlange Vernehmungen über sich ergehen zu lassen, ohne zu wissen, wie es um Anna Galati stand. Die sechs Verkehrspolizisten waren nervös genug gewesen, um Cobb ohne Weiteres Glauben zu schenken.

Da alle Krankenwagen ausgebucht gewesen waren, hatten sie die verdächtigen Objekte, wie Cobb sie genannt hatte, in drei Wagen verstaut. Der Transport von Gabriel, der wie tot dagelegen hatte, aber noch atmete, war eine Herausforderung gewesen. Das alles war sehr unprofessionell vonstattengegangen, aber es hatte funktioniert.

Alles Hupen nützte nichts. Cobb stellte den Motor ab, stieg

aus dem Auto und liess den Schlüssel stecken. Sollte sich darum kümmern, wer wollte. Die zügigen Schritte wechselten in einen leichten Trott. Die Abgase stanken und brannten in der Lunge. Er rannte an der Rhybadi vorbei. Bereits bei der Brücke, die nach Feuerthalen führte, sah er das Schiff, das sich zwischen dem Pfeiler der Eisenbahnbrücke und dem Ufer verkeilt hatte.

Gleissendes Licht beleuchtete die Szene. Boote der Wasserpolizei kreisten. An der Rheinpromenade hatten sich die Gaffer versammelt. Cobb boxte sich durch, bis er vor dem rot-weissen Absperrband der Polizei stand. Er hob das Bein, um auf die andere Seite zu gelangen. Ein junger Uniformierter hielt ihn zurück.

«Tun Sie Ihre Finger weg», herrschte Cobb ihn an.

«Sie treten besser zurück.»

«Wissen Sie, wen Sie vor sich haben?»

«Ich bin sicher, Sie werden es mir mitteilen.» Der Uniformierte bleckte die Zähne.

Straumann trat aus der «Fischerstube», die offensichtlich zur vorübergehenden Kommandozentrale umfunktioniert worden war. Cobb rief seinen Namen. Straumann drehte sich um.

«Cobb?»

«Ja, Straumann.»

«Frau Galati sagte aus, dass Sie bei Imhofs zu tun hatten.»

«Wie? Ich verstehe Sie nicht, Straumann.»

«Kommen Sie näher.»

Cobb grinste den Uniformierten an und ging zu Straumann. «Wie geht es Anna?»

«Etwas durchgefroren, aber sonst in Ordnung. Nach ersten Erkenntnissen hat sie ein noch grösseres Massaker verhindert.» Straumann zeigte zum Eingang der «Fischerstube». «Sie sitzt da drinnen. Die Frau mit den Wolldecken.»

Galati hatte einen Thermoskrug vor sich stehen. Neben ihr kauerte eine Frau mit einem Jungen, der an sie gelehnt eingeschlafen war. Sie wirkte abgekämpft. Ein älterer Herr stritt sich mit einem Polizisten, weil er sich endlich eine Zigarette anstecken wollte.

Galati hob den Kopf und lächelte Cobb an. «Bärtschi geht's nicht besonders, aber er wird durchkommen. Der da hielt ihn für einen der Bösen.» Sie zeigte auf den älteren Herrn, der sich nun demonstrativ eine ansteckte. «Er hat ihm Insulin in den Nacken verpasst. Beim Sturz von der Treppe hat sich Bärtschi auch noch Brüche zugezogen.»

Jack zog an der Zigarette. «Und wenn er aufwacht, knall ich ihm eine. Intensivstation hin oder her.»

«Und du?»

«Na ja.»

Cobb erhob sich und ging Straumann suchen.

Es dämmerte endlich. Cobb und Galati sassen in einem Streifenwagen und fuhren mit Blaulicht zwischen den stehenden Autos hindurch zurück in die Stadt. Als sie aus dem Auto stiegen, fiel Cobb ein, dass er vergessen hatte, auf Marlens SMS zu antworten.

Galati zog sich mit Mühe die Treppe hoch. Oben angekommen, suchte Cobb nach dem Wohnungsschlüssel. Er fand ihn nicht und sah Galati an. Sie hob die Wolldecke und schüttelte den Kopf. Frustriert schlug Cobb gegen die Tür. Als sich Galati eben auf die Treppe setzen wollte, wurde innen ein Schlüssel im Schloss gedreht. Marlen stand da.

«Ich dachte, du wolltest bei Valentin übernachten.» Cobb war überrascht.

«Das wollte ich auch. Aber er nicht.» Schluchzend fiel sie Cobb um den Hals. «Er sagte, ich sei zu jung für ihn.»

Cobb seufzte. Er war erleichtert.

Danksagung

Es ist schön, eine Familie zu haben, die einen hin und wieder schreiben lässt. Danke euch dreien!